ハヤカワ文庫JA
〈JA1437〉

構造素子

樋口恭介

早川書房
8529

目　次

構造素子

額に口づけを。
あなたと引き裂かれるこの瞬間に、
私は話し始める――
あなたは正しく、あなたがそう語ったように、
私の日々は夢だった。
だけど、もしも、私の望んだ事柄たちが、
一夜のうちに、一日のうちに、
夢の中へ、無の中へ、
消えていってしまうものだったとしても、
それほどまでに跡形もなく、何もかもが消え去ってしまうものなのか。
私たちが見るものの全て、私たちに見えるものの全て。
その全てが、夢の中の夢、その中にある。

「A = 'A = false and A = true'」。以下の文字列はその論理式に含まれる。

1

Prologues

Structures

あなたの前にモデルがある。Ｌ‐Ｐ／Ｖ基本参照モデル。二〇〇一年に英国王立宇宙間通信標準化機構によって制定された、異次元間通信を実現するための宇宙の階層構造モデル。

彼らは自分たちを人類と呼んだが、二〇世紀の終わりに、この宇宙に存在する人類は彼らだけではなく、宇宙のその他の座標にもまた人類が存在することを彼らは知り、そのため彼らはＬとＰとＶの条件によって宇宙の座標を定義し、自分たちをどの座標に属する人類なのかを定義した。ひとまずは。

異次元間通信は今も実現していないが、それでも、ここや、そこや、あそこにも。あなたや、あなたや、あなたがいることを、別のあなたは知っている。部分的に。ごくわずかに。

ここでの全てのあなた。ここにあなたが記述する言葉。ここで言葉が記述するあなたの全ての総称。それらはL8‐P／V2に属している。Lは言語によって記述され、P／Vは言語によって記述される。言語はL8を含み、P／V2を含み、同時にL8‐P／V2は言語を含んでいる。

世界とは多元宇宙のことであり、多元宇宙はLとPとVの組み合わせで記述されるマトリクスである。Lが変われば階層が変わり、Pが変われば時空が変わる。Vが変われば規模が変わる。含むものは含まれるものを知覚し、含まれるものは含むものを知覚しない。知覚されないものは記述されない。記述されないものは存在しない。

L8‐P／V2に属するあなたの存在の限界はL8以下であり、P／V2以内である。n個のLとn個のPとVのうち、あなたはL7を記述することはできるが、L9を記述することはできない。P／V1を記述することはできるが、P／V3を記述することはできない。記述の限界は思考の限界であり、感情は思考によって描写されるが、感情は思考されず描写できない。感情は描写によって存在するが、感情は描写によって存在するわけではない。感情は感情として発生するが、描写によって認識される。認識された感情はL7以下で認識される。認識によってL7以下で感情は再現される。そのために、描写されない感情は再現されず、存在有無は定かではない。感情は瞬間である。瞬間は永遠である。

たとえばあなたは涙を流す――あなたは涙を流すしかなかった。L8であなたがそう思ったとき、感情はL9を志向する。昨日、仕事帰りにシャワーを浴びていると、言語が父の幽霊を引き連れてやってきて、あなたにそう告げた。人は死に愛されている。死は愛の終わりではない。あなたもそう思う。

L8-P／V2でのあなたとはエドガー・ロパティンのことだった。エドガー・ロパティンは言語で記述されている。遺伝子コードは言語に属し、分子配列は言語に属する。あなたは遺伝子コードによって記述され、分子配列によって記述されている。言語の構造にもまたLがあり、PがありVがあり、言語のL層の構成には、全ての数列が含まれる。数列は文字を成立させる。文字はL8を成立させ、P／V2を成立させる。座標の限界があなたの限界である。

あなたは自分をエドガー・ロパティンと呼び、エドガー・ロパティンは人類に含まれる。全ての人類は全てのあなたに解体される。全てのあなたは全ての名前に解体される。あなたの中にエドガー・ロパティンが含まれる。あなたはあなたを記述する。あなたはわたしを記述している。

そのときこの場に新たな構造素子が生成され、新たな構造が生成を開始する。

そのときこの場に新たな世界が生成され、新たな宇宙が生成を開始する。
あなたはあなたの言葉を書き始め、あなたの言葉があなたを書き始める。
あなたと呼ばれる構造素子。そこから始まる全ての構造。
これはあなたのための構造だ。

1‐L8‐P／V2‐1

一年前、L8‐P／V2であなたの父は死んだ。仕事机の中には大量の草稿が残されていた。書きかけの構造といくつかの素子だった。父は作家としては廃業しているものだと思っていたから、あなたにはそれは意外なことのように思えた。

英国王立惑星間協会により行われた宇宙葬によって、棺の中のあなたの父は、L8‐P／V2に属する宇宙に打ち上げられ、太陽系を彩る光の粒になった。別の惑星の知的生命体や、別の次元の人類たちが、将来太陽系を横切ることがあるならば、彼らは地球の周りをぐるぐると回転し続ける父を見つけるだろうか、とあなたは思った。

ロケットが打ち上げられ、雲の向こうに父が消えたことを認めると、あなたは母とともに家に帰った。車は母が運転した。少し、気を紛らわしたいのよ、と母は言って、自動運転モードを解除し、何年かぶりのマニュアルモードを実行した。母の運転は静かだった。

感性情報工学に基づくBGMレコメンド機能が、小さく音楽を鳴らし始めた。ボーズ・オブ・カナダの「リーチ・フォー・ザ・デッド」。喪の名が与えられた無機質な音楽が車中を満たしていた。あなたは助手席で窓の外を眺めていた。景色は曲線を描きながら消えていった。あなたと母は何も話さなかった。

家に着き、リヴィングのソファに座ってぼんやりしていると、あなたは母から父の最後の草稿を受け取った。あなたに読んでほしかったみたいだから、と母は言った。あなたは何と言えばいいのかわからず黙っていた。父が死んだのは初めてだったので、あなたは驚きうろたえていた。あなたはそう書きながら、自分は何を書いているのだろうと思ったが、消すことはなかった。思考を整理する必要はないようにあなたには思えた。誰だって死ぬのは一度きりだ、あなたはそう思い、ここにそう書いた。あなたは思考のなすがままに言葉を書き続けた。

父は死んだ。母も死ぬ。わたしも死ぬ。でもそうではないかもしれない。そもそも死ぬということがどういうことか、わたしは未だにわかっていない。父はいない。父はもうどこにもいない。宇宙がどれほど広大であろうと、宇宙にどれだけ階層があろうと、わたしはもう父に会うことはできない。死とはそういうものなのか。

あなたを構成する物語の、部分的だが絶対的な不在。何かが欠け、もう元には戻らないということ。絶対に。永遠に。あなたはそのことを理解することができなかった。それは今も続いている。言葉の中で、あなたは混乱していた。

あなたはそれまで、複雑な物事や複雑な状況を整理し、混乱を避けるために言葉が役に立つものと考えていたが、その反対に、言葉が思考を混乱させ、物事や状況をより複雑にし混乱させることもあるのだと、そのとき初めてあなたは知った。

あなたは思考を止める。それでもあなたは書くことを止めない。書くことでL7－P／V1の座標をあなたは生成する。L7－P／V1であなたは別の父に会いたいと思った。たとえそれがあなたでしかなくとも、あなたは父に何かを訊いてみたい気がした。父と何かを話したい気がした。でもそれが何なのかあなたにはわからなかった。父と会って、あなたは何を話したいのか、何を話せばいいのか、何を話すべきなのか、あなたにはわからなかった。おそらくはなんだってよかった。父と会って話すことができればそれでよかった。

父とは三年会っていない。あなたはあまりにも忙しすぎたのだと思う。父が死んだと聞いたとき、あなたは仕事でイギリスを離れていた。葬儀には間に合ったが、近親者たちによる本当の喪の時間には間に合わなかった。悲しみはすでに、母や叔父や叔母、生前、父と親しかった人々を通り過ぎたあとだった。彼らや彼女らはすでに泣きはらし、父との思い出を語り、それぞれの記憶の中の父の写像を持ち寄り、それらの断片的な写像群の複合体としての父についてひとしきり話し終わり、それらの記憶の整合性を確認し終えたあとだった。

あなたを除いては。

あなたはあのときそんなことを考えながら、父の最後の草稿とともに目の前に投げ出された母の手を取り、そう、とだけ呟いて草稿を受け取った。

母の手は小さく、弱々しく、骨張っており、縦横に無数に刻まれた皺の中に包まれていた。震えていた。顔を上げると目の周りが赤く腫れ上がっていた。

自室に戻ると猛烈な眠気に襲われた。

ベッドに横になると、少しだけ落ち着いたような気がした。

あなたは眠った。

目が覚めると冷静な思考が働いているような気がした。

それからあなたは机に向かい、母から受け取った、父の最後の草稿を読み始めた。

最初のページにタイトルがあり、『エドガー曰く、世界は』と、あなたはそれを読み上げた。

1-L8-P/V2-2

あなたの父、ダニエル・ロパティンは、幼い子どもの頃にエドガー・アラン・ポーを好んで読んだ。『黒猫』を読み『壜の中の手記』を読み『ライジーア』を読んだ。『アナベル・リィ』を読み『夢の中の夢』を読み『ウィリアム・ウィルソン』を読んだ。本を読み、エドガー・アラン・ポーを読むことで、宇宙の中に物語があり、物語の中に宇宙があることを彼は知った。宇宙の内部は宇宙の外部に繋がり、宇宙の外部へは宇宙の内部に入り込むことでしか到達できないのだと彼は思った。

L-P/V基本参照モデルが描く多元宇宙の構造上、L3以下の基盤には数列があり、数列を成立させるものとして言語があり、言語は階層構造：L1からL8、並列構造：n個のP/Vまで伸びる共通基盤であることを今のあなたは知っており、言語を通して多くの宇宙を仮想的に体験可能であるというのは当たり前と言えば当たり前であり、振り返ってみれば当時の父の着想はひどくつまらないものに思えた。

しかし、二一世紀にあっては当然の理論であっても、二〇世紀の少年にとってそれは不思議なことのように思えた。そこには理論はなかった。体験だけがあった。

昔は、と父は言った。エドガー・アラン・ポーを読むことでしか、宇宙に行くすべはなかったんだ。まだＬ８‐Ｐ／Ｖ２で生きていた頃、父はそう話していた。

エドガー・アラン・ポーの短篇小説や詩を、彼はむさぼるように読み、Ｌ７で描画される物語の世界に浸り、Ｌ６からＬ５へ降りていき、彼はやがてＬ１に至った。彼は宇宙の内部に入り込んだ。Ｌ１よりも下はなく、足元には空が広がっていた。夜だった。真夜中だった。星が光っているのが見えた。彼は空に身を投げ出すと、宇宙の外部へと出た。宇宙の外部にはまた宇宙の内部が浮かんでいた。たくさんの宇宙の姿が彼には見えた。彼はそれに触れるだけで良かった。宇宙には無数のウィリアム・ウィルソンがいた。無数のライジーアがいた。黒猫がいた。アナベル・リィは夢を見ていた。彼女たちの見る夢の中にもまた夢があった。宇宙は並列で、宇宙は入れ子構造だった。彼にとってエドガー・アラン・ポーを読むということは、宇宙に触れるということだった。

本を読み終わり、宇宙から離れ、当時はまだ現実と呼ばれていたＬ８の世界に戻った頃には、彼はすっかりエドガー・アラン・ポーに心を奪われ、将来自分はエドガー・アラン・ポーのような小説家になるのだと決意した。

それから一五年後には、彼が書いた短篇小説が雑誌に掲載され、彼は実際に小説家になった。正確には、彼はエドガー・アラン・ポーのような小説家にはなれなかったが、少なくとも小説家にはなった。

いずれにせよ、エドガー・アラン・ポーは彼の人生を方向づけた神様であり、彼は神様であるエドガー・アラン・ポーを尊敬していた。息子が生まれると、彼はその息子に尊敬する神様の名前をつけた。エドガー。その名が与えられたダニエルの子。それがあなただ。

SF作家として知られていたあなたの父は、一九五二年にダブリンで生まれた。

彼の幼少期は、概(おおむ)ね彼が残した草稿に書かれた通りだった。

子どもの頃、彼は多くの小説を読んだ。

彼は小説の世界に心を奪われた。

あなたはそれを知っている。

父は、夕食の場や晩酌でワインを飲んでいるとき、あるいは休日に一緒に釣りに出かけたときなどに、あなたに繰り返し、SF小説に魅了された幼少期の頃の思い出について語った。

H・G・ウェルズは偉大な作家だ、とワインを飲みながら、火照(ほて)った顔で父は言った。ウェルズは本当に偉大な作家なんだ。H・G・ウェルズは小説家で、もちろん彼の書いた本の多くは小説だった。彼の本は小説として書かれ小説として発表された。だから彼の作品はもちろん小説として読まれた。大人から子どもまで楽しめる娯楽小説として。だけど、一方で彼の小説は小説としてだけ読まれたわけじゃない。それは一種の教養書として、未来の予言書としても読まれていた。父さんはそう思う。少なくとも父さんはそう読んだんだ。

ウェルズがすごいのは、彼が書いた未来の人間模様は単なる思いつきなんかじゃなく、目の前の現実の延長線上にあるもので、それは現実の社会や現実の社会の中に生きる人間像にしっかりと根ざしたものだったというところだ。そこが最近のＳＦとは違うところなんだよ。Ｈ・Ｇ・ウェルズは歴史を正しく学び、現状の社会と科学技術の性質を正しく把握し、それを前提に予測される可能な未来社会のあり方を小説として書き、読者に向けて提示した。それはまるで、未来にすでに起きたことであるかのように、リアルに描かれていた。とてもリアルだった。

初めて『宇宙戦争』を読んだときは驚いたよ。自分の家にも、自分の部屋にも、今にも火星人がやってきて、ドアを開けて襲ってくるんじゃないかと恐ろしくなって、震えながら毛布にくるまって、続きをなかなか読むことができなかったくらいだ。お前のおじいさん――父さんの父さんにそのことを言ったら笑われたよ。火星人は結局やってこなかった。彼の作品はフィクションであり、それは本当は現実には起こらず、現実には存在しない物語だ。それでもそれは、過去には起きず、あるいは今は起きていないが、現実に起こりえたかもしれない、未来には起こりうるかもしれない、わたしたちの世界の隣に広がる、もう一つの世界について、克明に写し取った物語だった。火星人がやってくる世界はあったかもしれないし、あるのかもしれない。それはわからないんだ。やってこないとは言えない。でも誰もそうは思わない。H・G・ウェルズは、可能性があるにもかかわらず誰もそうとは思わず、ある可能性から誰もが目をそらそうとする事実に対して警鐘を鳴らし、目に見える形でその可能性を示したんだ。とてもリアルに。

父はあなたにそう言った。ジュール・ヴェルヌについても、エドガー・アラン・ポーについても、メアリー・シェリーについても、あなたの父は同様の調子で語った。彼はそれらの作家について楽しそうに話した。ワインを飲み、上機嫌になった父のそうした話を、母は微笑み、ゆっくりと相槌を打ちながら聞いた。あなたはコーラを飲み、フィッシュアンドチップスをつまみながら聞いた。静かな時間だった。穏やかな時間が流れていった。あなたはそうした夜のひとときが好きだった。

パパ、とあなたは言った。もっと話してよ。

あなたがそう言うと父は笑みを浮かべてワインを一口飲み、嬉しそうな赤ら顔でまた話し始めるのだった。

今度はそうだな、ジェイムズ・ティプトリー・ジュニアの話をしようか。父はそう言ってグラスを置き、初めてジェイムズ・ティプトリー・ジュニアの小説を読んだときの興奮――『愛はさだめ、さだめは死』や『たったひとつの冴えたやりかた』を読んだときの衝撃――を話しながら再現し、あなたは父の記憶をあなたの記憶として辿り直すのだった。

夜は長く、夜は短かった。あなたは眠くならなかった。あなたは眠らなかったのだと思う。あなたは思い出せない。

遡行的に記述されるあなたの父。あるいはあなたによって生成されるあなたの父。L8-P/V2からL7-P/V1への部分的な移行。

L8-P/V2でかつてダニエルだったL7-P/V1のダニエルは、数学者だった祖父、ナサニエル・ロパティンの下(もと)で数学的教養と物理学的教養を培ったが、本人が志したのは文学だった。それは当然の選択だと彼は考えていた。夢の中の夢、海の中の都市、メールシュトロームとアナベル・リィ――彼は足元に広がる宇宙だけを見ていた。彼は目の前のL8-P/V2だけを生きているわけではなかった。

父さん、と彼は言った。ぼくは宇宙に行くために小説を書くんだ。

ダニエルはエラズマス・スミス高校を卒業すると、ナサニエルの反対を押し切りイギリスへ渡り、イースト・アングリア大学の創作科へ進学した。ダニエルはそこで小説創作を学び、いくつかの短篇小説を書いた。

彼は最初からＳＦ小説を書いた。それも、Ｈ・Ｇ・ウェルズやジュール・ヴェルヌといった、古典的なＳＦの作風を踏襲した小説を書いた。そうした小説を書く学生は彼一人だった。

大学の友人たちは彼のことを、文学創作を学ぶ大学で文学ではない変わった小説を書いている変人だと思っていたし、彼もそう思われていることは知っていたが、彼自身は自分を変人だとは思っていなかった。

彼はＳＦ小説を書いたが、それは文学でないことを意味するわけではなく、それは同時に文学であり、それらは簡単に区分できるようなものではないと彼は考えていた。

彼は宇宙や宇宙人について書いた。超常現象や未来のできごとを書いた。それらのできごと――現代の科学においては観測されていないと彼らが考えるもの――疑似科学の論理によって仮説づけられたもの――を描く小説をＳＦと言うならば、その基準は、曖昧で恣意的で流動的なものでしかなく、実際、友人たちや教授たちが読んでいる小説の中にも、彼らの定義上ＳＦと呼ばれるべき作品が含まれていた。

ダンテ・アリギエーリやトマス・モア、ミゲル・デ・セルバンテスやジョナサン・スウィフトにも。エドガー・アラン・ポーやハーマン・メルヴィルにも。あるいは神話や聖書にも。

どんな本を開いてみても、全ての章で、全てのページで、科学的に観測されていない存在や事象は、必ずどこかに描かれていた。あるいはそもそも、本が書かれ、書かれた本が読まれ語られ理解され、そうして再び書かれるという文学の営みそれ自体が、科学的には説明のつかない、まったき宇宙の神秘そのものではないだろうか――ダニエルはそんな風に考えた。

彼は考えた。書きながら考え続けた。それでも彼にはわからなかった。彼には何もわからなかった。

何もわからない彼だったから、文学と文学でないものと、それらを明確に区分することができるのかも、たとえ区分できたとして区分することに何の意味があるのかも、もちろん彼にはわからなかった。

彼は一人で疑問を抱き、誰にもそれを言わないままに、自分で自分に問いかけて、答えを探し求めるようにして小説を書いた。小説を書き続けた。創作科にいるあいだ、彼は変人扱いされながらも自分の書きたいと思うものを書き続けた。

一九七八年、ダニエルは二十六歳のときに、大学の卒業制作である短篇小説『宇宙列車の汽笛』を完成させた。

翌年、その処女短篇が雑誌に転載されたことがきっかけで、彼はSF作家としてのキャリアをスタートさせた。しかし、その後彼が作家として辿った道は成功とは言い難いものだった。

彼は若くしてデビューした。出だしこそ華々しく快調であるかのように思われたが、一方で、彼の小説はまったくと言っていいほど売れなかった。彼は知る人ぞ知るカルト作家ですらなかった。彼の小説はただ売れず、ただ読まれなかった。彼はファンレターをもらったこともなかったし、雑誌や新聞に書評が載ったこともなかった。だから、あなたが今ここで書いているこの文章が、彼にとっておそらくは最初で最後の書評に当たる文章なのだろうとあなたは思う。あなたは続ける。

彼は毎日休みなく短篇小説を書き続けたが、編集者からは多くの指摘が出され、何度も書き直しを命じられた。要するに没を食らった。ときどき雑誌に掲載されることがあったが、打率は三割といったところだった。

あなたの小説は古風過ぎるんです、と編集者たちは言った。もっと、流行に合わせることはできないのでしょうか。あなたの作品は理屈っぽい上に結局のところ意味がない屁理屈で、さらには火星人や地底人や機械人が次々と出てきて、それらの要素がまったくうまく噛み合っていません。無意味な理屈など誰も読みませんし、火星人や地底人や機械人の話なんて今時子どもも喜びません。それらを書くのを止めるのが難しいということなら、せめてどちらかの要素に絞ることはできませんか。単刀直入に言って、あなたの小説は売りにくいんですよ。

編集者たちはダニエルの小説原稿に赤を入れながら、原稿の最後に赤色の太字でそう書いた。ダニエルは何度もそれを目にした。ときには直接面と向かって言われることもあった。

それでもダニエルはその後も理屈を書き続け、火星人や地底人や機械人について書くことをやめなかった。ダニエルには流行の小説というものがわからなかったし、編集者たちの言う流行の小説とやらと自分の小説の、どこがどう違うのかが彼にはわからなかった。彼にはそれしか書けなかったし、それが自分の小説だと思っていた。彼には彼の書けるものしか書けなかった。

彼の打率はさらに下がった。一九八〇年代の後半には、ダニエルに小説を依頼する編集者はほとんどいなくなっていた。

ダニエルが作家活動を開始しそして消えていった、ここL8-P/V2における一九七〇年代から一九八〇年代にかけてのイギリスは、イギリス政治とイギリス経済、それにイギリス社会とイギリス文化の歴史的転換点だった。それは福祉国家の終焉（しゅうえん）と市場原理主義政策の時代だった。

それまでのイギリス政治と言えば、一九四五年の第二次世界大戦終結以後、保守党と労働党とのあいだで何度も政権交代を繰り返していたものの、基本的には両党ともに一貫して福祉国家路線の政策をとることで暗黙のうちに合意しており、福祉政策の存在は政府にとっても国民にとっても自明の前提であるかのように思われていた。

しかし、一九七〇年代に入ると、経済成長が下降線を辿り続け、やがて歯止めがきかなくなり、ついにはそれまでの福祉国家を維持するのが困難な状況に陥ったのだった。福祉や教育の予算枠は大量に発行された国債によってかろうじて維持されていた。イギリスにおける宇宙開発は中断され、大学は解体され、ダニエルが卒業したイースト・アングリア大学の創作科も経済的な理由から閉鎖されていた。

都市には仕事と家を失った人々が溢れた。当時、L8-P/V2におけるイギリス人はみな、本を読まなかった。小説を読まなかった。人々にとっては文学どころではなかった。彼らは目の前のL8-P/V2の現実だけを見ていた。

時代はリアルな経済政策上のリアルな救世主を求めた。時代の空気に呼応するようにして、救世主はすぐに現れた。L8-P/V2で記述されたそれは、鉄の女と呼ばれたイギリス史上初の女性首相だった。

マーガレット・サッチャー。鉄の女。しかし彼女は鉄：Feだけでできていたわけではない。L8-P/V2における全ての人類と同様に、彼女もまた、遺伝情報を含む分子配列の化合物として言語によって記述される。

敬虔なメソジストの家庭で育ったサッチャーは、マックス・ヴェーバーの言うプロテスタンティズムの倫理と資本主義の精神に則るかのようにして、禁欲主義的な政策を展開した。彼女は勤勉と質素倹約こそが近代資本主義の母であることを信じてやまず、それこそが、それだけが福祉国家の病に腐敗したイギリスを救うものだと信じてやまなかった。

彼女は、それまでのイギリス政治の根幹だったケインズ主義的な大きな国家政策を捨て、「レッセ・フェール」と「神の見えざる手」を標語とした。そして、合理的で勤勉で努力を惜しまない、セルフ・ヘルプを前提とする、強い個人たちの市場競争によって経済発展を目指す新自由主義政策を、自身の政策の根幹に置いた。

彼女は強かった頃のイギリスに郷愁をいだき、ヴィクトリア朝に返れと繰り返し主張した。

ダニエルは、そうしたサッチャーの主張をテレビで眺めながら、ヴィクトリア朝に返ってしまったら、ヴィクトリア朝から現在に至る歴史や文化はどうなるんだろうなあ、と独り言のようにぼやいていた。

今になって振り返ってみれば、イギリスの歴史は、サッチャーにとってはヴィクトリア朝から現在に至るまでのイギリス病の罹患の歴史であり、否定すべき汚れた歴史だったのだろうとあなたは思う。

一九七〇年代。それは、資本主義を標榜する西側諸国と共産主義を標榜する東側諸国との分断が前提化している時代でもあった。

サッチャーにとっては共産主義者や社会主義者はもちろん、比較的中立主義的なケインズ派経済学者やリベラル知識人でさえも彼女の行く手を阻む敵であり、彼女はそうしたリベラル中立主義者たちの言葉を、時に批判し時に無視しながら、市場原理主義の競争社会を復活させるべく、安定的な利潤と効率的で高い生産性の御旗(みはた)をかかげ、それまでのイギリスを縮小させ、解体していった。

そうした彼女の改革は、政治や経済に留まらず、社会状況や文化状況を大きく変容させた。それは一般文学においても、ダニエルが身を置くSF小説においても同様だった。

全てが効率的で安定的に供給され、根源なきイメージだけが大量に生産され大量に消費されていく時代にあって、小説を含む芸術作品も、何もかもが並列の工業製品になっていた。小説は小説の表象を売る製品であり、芸術は芸術の表象を売る製品だった。そこには記号によって保護され、要約され、縮小され、豊かに取り繕われた表象だけがあり、記号によって保護され、要約され、縮小され、豊かに取り繕われた表象しかなかった。そこでは人工的な危険が安全に売買され、人工的な非日常が日常の中で消費された。

ロンドンは金融規制が緩和され、多国籍企業が誘致され、伝統的な株式市場のヒエラルキーが転倒した、歴史の底が抜けた都市であり、世界市場と多国籍企業をネットワークで繋ぐ接合点に過ぎなかった。

ロンドンでは労働者たちも消費者たちも記号に過ぎず、つまるところ剝き出しの市場論理の中では、人間さえもが大量に生産され大量に消費され掃いて捨てられ忘れ去られる、名前のない消費財に過ぎなかったのだった。

あなたの父ダニエルは、そうした時代状況にあって、時代から目をそらすように、古風なSF小説を書き続けた。宇宙を書き、宇宙船を書き、遠い惑星の物語を夢想し続けた。当時のL8‐P／V2におけるイギリスの時代状況はオルタナ・モダンと呼ばれ、オルタナ・モダンとして記述されていた。ダニエルが頑なにH・G・ウェルズを読み続け、H・G・ウェルズの系譜にある作品を書いているあいだに、文学の舞台からはその時代のためのリアルな文学——オルタナ・モダン文学という新時代の文学が出現し、SFの舞台からもハイパー・サイバーパンクと呼ばれる現代のための新たな表現を求める一群が出現していた。

オルタナ・モダンとハイパー・サイバーパンクの作家たち。彼らは、剝き出しの表象だけになった世界を逆手に取り、歴史や社会やそれらを成立させる言語や記号や意味それ自体の自明性を転倒させ、表象の虚偽を暴き立てる作品を多く生み出した。つまり、オルタナ・モダンとハイパー・サイバーパンクとはPとVのための文学であり、PとVの順列組み合わせによる象徴操作の文学だった。

たとえばハイパー・サイバーパンクの世界においては身体は記号の中に取り込まれ、意識はネットワークに接続される。あなたの身体のP領域とV座標における自明性は失われ、そこでのあなたの意識の自明性もまた失われる。あなたの身体は別のPや別のVに属する誰かに意図的に与えられたあなたの身体についての情報に過ぎず、意識はP／Vのネットワーク内を漂う記号によってのみ根拠づけられた、薄弱で無意味な情報の集積に過ぎないのかもしれない。あなたはそう思う。

そうだ、とあなたは確信する。まさしく意識はその通り、あなた自身は見たことがなく、あなたの意識を生成するあなたの脳を、あなた自身は見たことがなく、頭蓋を開けてみたら人工的な集積回路が広がっていたとしても、何ら疑わしいことではない。あなたたちは情報に過ぎない——あなたはオルタナ・モダンとハイパー・サイバーパンクの中でそうした着想をいだくことになる。

オルタナ・モダン。ハイパー・サイバーパンク。L7-P／V-Nを描いたウィリアム・ギブスンやブルース・スターリングの作品たちは、P領域とV座標において生成される、根拠のないあなたたちの認識の裏側を描いていた。

それらの作品は、底の抜けた都市の閉塞感や不気味さの本質を汲み取り、端的に言ってよく売れた。SF雑誌はオルタナ・モダンを特集し、ハイパー・サイバーパンクの作品群を毎月のように掲載し続けた。ハイパー・サイバーパンクの旗手と呼ばれた多くの若手作家がデビューし、SF出版社は、自動車や家電のような量産型の工業製品と同じように、それらの作家の本を出し続け売り続けた。ダニエルよりも後にデビューした、ダニエルよりも若い作家たちが、ダニエルよりも多くの作品を雑誌に載せ、ダニエルよりも多くの単著を出版した。書店に行けば、彼らの本は平積みされ、棚が作られていた。ダニエルの本は一冊もなかった。彼は単著を出したことがなかった。編集者たちは若い作家たちのための誌面をどう割り当てるかに忙しく、彼の単著の出版計画に時間を割くことはできなかった。彼に割り当てられたページ数は徐々に減ってゆき、いつしか彼の小説はまったく雑誌に掲載されることはなくなった。何ヶ月も、何年も。

編集者からは連絡が来なくなり、ダニエルから編集者に電話をしても繋がらず、手紙を出しても返事はなかった。彼は編集者に連絡を取ることを諦め、単著を諦め、小説を書くことを諦めた。あなたはそれから父が小説を書くところを見たことはなかった。

2

Definitions

2-L7-P/V1-1

ダニエル・ロパティン最後の草稿。それはあなたの住む場所から遠く離れたL7-P/V0地点に座標を置く。そこに記述されているのはaからcまでの、言語によって意識をプログラムされた三体の構造素子。

あなたはそれを引き出しから取り出し眺める。ライトをつけてページを開く。あなたの中に物語コードがロードされる。最初の一行。次の一行。やがて辿り着く最後の一行。あなたはそれを演算する。

構造素子aの名前はOPS-0001-エドガー001。

構造素子bの名前はOPS-0281-エドガー083/ウィリアム・ウィルソン004。

構造素子cの名前は機械人21MM-392-ジェイムスン。

それらの構造素子a、b、cはP1・V1の父インスタンスと母インスタンスによって記述されている。父インスタンスと母インスタンスはL8からL7に至る過程で基本構造を継承し、あなたの知らない細部のパラメータのみ、構造素子との相互参照関係の中で調整されている。

あなたはそれを解読し演算することで、構造素子はL8－P／V2に移行し、あなたの脳裏に彼らの写像が描画される。あなたの網膜に映像が投影される。エドガー001、ウィリアム・ウィルソン004、そして機械人21MM-392-ジェイムスン。それらの構造素子は再生される。それらの構造素子は存在を開始する。

OPS-0281-エドガー083。またはウィリアム・ウィルソン004。エドガー001がそう呼んだ。だからそれが彼の名前だ。物語コードによって生成されたエドガー001は物語コードによって生成されたエドガー083をそう呼び、彼自身もまた彼自身をそう呼ぶ。彼がいつどこで生まれた何者なのか、この場であなたは知ることはない。なぜならそれはここには書かれず、なぜならそれは未来にあなたが書くからだ。

あなたは読む。空白に気づき空白をうめる。そのためにあなたは書く。あなたはL8とL7のあいだで転移を繰り返す。未来に向かって、過去に向かって。

ひとまずここでの彼はウィリアム・ウィルソン004と呼称される。そのように名付けられ、そのようにのみ名付けられ、そのようにして草稿は始まっている。

彼の中には多くの記憶があり、彼の中に一つの記憶がある。かつて誰かだった彼の記憶。それが誰だったのか彼には思い出せない。エドガー001ならわかるかもしれない。わからない。彼にわからないことは彼にはわからず、彼ではない誰かならばわかるかもしれないために、彼は最初にその記憶について話す。誰かに向けて。あなたに向けて。

ウィリアム・ウィルソン004の記憶の中。記憶の中の子どもの頃。雪が降った日に彼はよく、父親と二人で橇を持ち、家の裏にある丘まで出かけた。

写像された子どもの頃の彼に顔はなく、彼である誰かのその顔を、彼は思い出すことができない。オートリックス・ポイント・システムはエラーを返している。その映像が根拠を持たない彼の夢想か、それともエドガー001や、L7-P/V1や2や3などの、彼の知らないその他の構造素子たちの記憶なのか、あるいはエドガー001の夢想やエドガー001の描いた物語なのか、彼にはわからない。L8-P/V2であなたがそうであるように、L7-P/V0の彼もまた、確かなことは言えず、思考の中には確かなことはなかった。

いずれにせよ、子どもだった頃のウィリアム・ウィルソン004にとって橇は重く、彼は橇を父親と交代で持ち運んだ。ときどき休憩して雪が降る様子を眺め、雪が降る音を聞いた。雪が降る日の朝は雪の降る音だけがした。いつもは聞こえてくる動物や虫の声はしなかった。外は静まり返っていた。雪は次から次へと積もっていった。終わりを知らないかのように、雪はあとからあとから降ってきた。

彼らは再び歩き始める。降り積もる雪の中で二人が歩く足音が鳴り始める。子どもの頃のウィリアム・ウィルソン004は、わざと雪が多く積もっていそうな場所を選んで歩いた。膝の上まで雪に埋まるのが楽しかった。

丘の上まで到着すると、父が彼を抱きかかえ、外敵から守るように彼の身体を覆った。

雪の中には色んなものが隠れてるんだ、と父は言った。枯草や土だけじゃない。石もあれば、誰かが捨てた、割れたコーラの瓶だってあるかもしれない。釘や金属片が落ちてるかもしれない。不発弾がうまってるかもしれないし、誰かが地雷をうめているかもしれない。パパにちゃんと掴まってるんだぞ。

丘の上のその場所で、父は手綱を握る。父といると暖かかった。ウィリアム・ウィルソン004は暖かさを知らなかったが、その記述は彼に暖かさを感じさせた。ここに温もりがある――その記述により、ここには温もりがある。あなたもまたそう思う。

父が雪の積もる地面を蹴る。橇が前に進む。それから橇は滑り始める。最初はゆっくりと。

橇が動くと緊張がやってきて、そのあとすぐに興奮がやってくる。手を握りしめる。瞳孔が開き、目の中にたくさんの光の粒子が入り込んでくる。

雪は輝いている。空は輝いている。輝いている。光っている。世界の全てが。

それから急速に速度が上がる。風が生まれる。景色が変わる。空を舞う雪が彼の頬をかすめていく。彼は目を見開く。世界が輝きを増していく。光の粒子が渦を巻き、左右に揺れながら落ちていく。光は無数の曲線を描く。彼を中心に光の波紋が広がっていく。あるいは彼を中心に光が集まってきているのだ。ウィリアム・ウィルソン004はそう思った。光は、視界の隅から無限にやってくる。世界の全ての光。雪の結晶が見える。結晶の鋭角的な形状。永遠に続く自己相似性。大小様々な多角形が集まり結晶化し綿帽子のような柔らかな球になる。それは、おそらくは世界そのものだった。完全な結晶に、世界の全てが映り込んでいるようだった。

無数の世界が彼を横切って消えていく。風が風景を切り裂く轟音を聞きながら彼は歓声を上げる。五秒もすれば丘の下まで辿り着く。五秒間の経験は瞬間のように過ぎていったが、それは繰り返し可能な瞬間であり、それは永遠だった。

もう一回、もう一回、と子どもの頃のウィリアム・ウィルソン004は父にせがむ。父は微笑む。

仕方ないな、と言いながら父は彼の手を引き、橇を持ってまた丘の上まで上がっていく。それを何度も繰り返す。飽きもせず繰り返す。彼はまた雪の積もった丘を登る。彼は笑っている。誰かだった彼の笑い声が、今の彼には聞こえる。あなたにも聞こえる。それは階層構造を超越し、あなたの脳内に響いている。

記憶はそこで一度途切れる。ウィリアム・ウィルソン004の記憶。誰かだった頃の記憶。記憶はそこで断ち切られている。

物語コードの中でそれはよく起きることで、よくあることだ。それは繰り返した。それはこれからも繰り返すかもしれない。それは繰り返すだろう。ウィリアム・ウィルソン004は再び彼自身の記憶領域から気まぐれにその記憶を取り出し、眺め、やがて語り、語り直す。語り直せばいい。それから彼はまた次の記述を考える。仮想L7‐P／V1環境で記述を改変する。これもまた気まぐれに。ダニエルがそうしたように、そしてあなたがそうするように。

あらゆる宇宙は自己生成するオートマトンであり、宇宙は自己生成し、自己増殖し、自己差異化することで拡張し続ける。ここがL8‐P／V2の宇宙であれL7‐P／V1の宇宙であれ宇宙のその性質は変わらない。それは誰も気にすることなどできず、ゆえに誰も何も気にする必要はない。誰も。何も。L7‐P／V1に存在する彼だって、L8‐P／V2に存在するあなただって。

2-L7-P/V1-2

真夜中だ。雪が降っていた。雪がユリシーズに降り積もっていた。

　これは文字である。これは文字であり文字でしかなく、ここに物語は未だない。

デコード。ウィリアム・ウィルソン004の視界にいくつかの文字列が入り込み、ウィリアム・ウィルソン004は読み込みを開始する。直線と曲線からなる視覚的な記号の順列組み合わせ。慣習に従い生成され精緻化されたパターン認識が、それらの文字列に意味を付与し情報を汲み出し、根拠のない意味と意味が意味する出来事の羅列から、彼は根拠を作り上げる。夜を夜と、雪を雪と。ユリシーズをユリシーズと。ある存在として、彼はそれをそれだと思う。明滅する文字列。光がそこにある。

　真夜中ではなかった。雪は降っていなかった。雪はユリシーズに降り積もっていなかった。

これもまた、やはり文字である。これは文字であり文字でしかなくとも、それは文字でしかないものでは決してなく、彼はそこに何かが隠されているかのように、それらの文字をじっと見つめている。物語のコード。彼はそれを見る。彼はそれを読む。彼はそれを意味づける。言葉を使い、言葉の中で、言葉を通じて。

ここから物語は生まれる。エドガー 001 が生んだ物語の中で彼は生まれ、それから今度は彼が物語を生む。エドガー 001 がウィリアム・ウィルソン 004 を生み、ウィリアム・ウィルソン 004 がエドガー 001 の定義を変え、ここにある全てがここから生まれる。

ここから全ての偶然が、あらゆる意味で分岐を始め、意味に向かって突進を始める。

そうして書かれた文字列たちが、未だない物語を待ち受ける。

ここからあなたはわたしに出会い、わたしたちもまたあなたに出会う。

ここに全ての起源であるあなたと、あなたから分かれたわたしがいて、

あなたやわたしからさらに分岐したn個のわたしたちがいる。

あなたに出会えてよかったとわたしは思い、わたしたちもまたそう思う。

そこに確かに夜はあり、雪はあり、雪がユリシーズに降り積もる。

真夜中だ。雪が降っていた。雪がユリシーズに降り積もっていた。

2 - L7 - P/V1 - 3

ユリシーズ。

L7－P/V1座標に記述されたこの惑星から、P方向に向けて約三九光年先に位置する、地球と呼ばれる惑星で開発された一九三〇年代式宇宙船。

その窓からエドガー001は外を眺め、黒い、L7－P/V1の宇宙に包まれた空から何かが静かに落ちてきていることに気づいた。新たに生成された構造素子かとあなたは思ったが、彼はそうは思わなかった。L7においては構造素子は超越的な概念で、彼にはそれが何かはわからなかったが雨ではなく、夜だったが、夜は降るものではなく、相互作用機関の検索結果によればそれは雪なはずで、それはやはり雪だった。雪は夜の中に降り、夜は雪の中に入りこんでいた。

エドガー001は、量子サーバー内に搭載された仮想カメラデバイスのモードを変更し、拡大鏡を利用した。拡大鏡を通して見る夜はいかにも夜で、雪は繰り返し、あとからあとからやってくる。それは同じ動作にも見えたが、落下する雪の一つひとつの軌道を計算すると、それぞれ異なる流線を描いていた。

雪は細かい粒子からなっていた。夜と雪が織りなす反復と回帰の中で、雪の粒子は、無限に無数の還元的な自己相似形を描き、終わりのない秩序と無秩序を描いていた。粒子の中をさらによく見ようとすると、何もかもが細かく砕かれ、そこで世界はなくなっていた。

それでもなお世界はそこにあった。

空はあるが天井はなく、地上はあって底はなく、永遠の夜の中で、雪は三日間降り続けた。

ユリシーズは待機モードで、コックピットの管理コンソールは眠っていた。機械人21MM-392-ジェイムスンはノートに何かを書き続け、ときどき手を止めて窓の外を眺めた。彼が身体を動かすときの、金属同士が擦れる僅かな音がよく聞こえた。かさかさと、ささやくように、〇デシベル以下でそれは響いていた。五ヘルツから二〇ヘルツの波形を行ったり来たりしながら、かすかに唸るモーター音は、途切れることなくユリシーズの船内を満たしていた。可聴域以下で、人類の身体的制約の外でそれは鳴っていた。それは響いている。あなたにはそれは聞こえないが、エドガー001には聞こえる。聞こえている。彼はそれを測定している。音声反応結果のログは収集されている。量子ログが畳み込まれている。それはたとえば一三七億年後にも消えることはない。理論的には。現実にはもちろんそれは消えるかもしれない。それはわからない。確かなものを探してみても、確かなことなど何もない。彼らにはわからない。

それでも彼らはここにいる。Ｌ８‐Ｐ／Ｖ２に属するダニエルによって、彼らはここに記述され、Ｌ８‐Ｐ／Ｖ２に属するあなたはそれを観測している。だから彼らは存在している。Ｌ７‐Ｐ／Ｖ１上に生成されている。今この瞬間にはとりあえず。

エドガー001はシステム・クロックを確認する。そこには「2045-02-05-03:22:47（UTC）」と表示されている。協定世界時二〇四五年二月五日の真夜中。

三日前、二〇四五年の二月二日までは、Ｌ７‐Ｐ／Ｖ１に位置するこの惑星、惑星Prefuse-73は霧に覆われ、雨が降っていた。雨は白く、ときどき黒く、灰色で、青く光っている。光っているだろう。おそらくは。

雨の画像認識結果をテキスト出力しようとするとき、色と光に関するデカルト類似度の算出演算はそこではうまく機能しない。多くのエラーが吐き出される。出力精度は低く、エドガー001はよく間違える。画像認識プロトコル、演算処理プロトコル、言語出力プロトコル、それらのプロトコルが頻繁にエラーを返した。傾向はない。可視化されているもの、不可視なもの、可視化できないもの、永遠に不可視なもの。

エドガー001はそれを不思議に思い、調査をした。解析をした。決して消すことのできないエラーというものがあり、決して直すことのできないバグというものがある。それらのエラーやバグを了解しながら、エドガー001は解析をしていくほかはない。とりあえずは。

全位相解析アルゴリズムが結果を返し、放射線測定器が反応を示した。雨にはプルトニウムが含まれていた。

一九〇〇年に地球で生まれ、一九三一年に地球を離れた機械人21MM-392-ジェイムスンは、プルトニウムの存在を知らなかった。彼にとって放射性物質と言えば、ポロニウムやトリウム、ラドン、ラジウムだったし、彼らの時代におけるそれらの新しい元素たちは、青白い光を放つ、神秘のベールに包まれた美しいエネルギーの塊であり、崇拝と畏怖の対象だった。

放射能の与える効用に関する様々な臆測と虚実入り混じる風説が信じ込まれていた。あなたの宇宙で歴史はそう語っている。そこでは放射能が世界のエネルギー不足の問題を解消し、人類の生産性は飛躍的に向上するのだと無前提に考えられていた。石油の時代は終わり、放射能の時代が来て、人類は新たな産業革命を経験するのだと。

放射能は代謝を助け、健康にも美容にも良いとする俗説があり、フランスではポロニウムやトリウム入り美容クリームや歯磨き粉が製造された。イタリアでもラジウム入り石鹸やラジウム入りミネラルウォーターが作られ販売された。それらの製品はヨーロッパ中の食料品店で見かけられた。ラジウム入りミネラルウォーターの広告は「これが世界で一番強い放射性飲料水」と謳っていた。

それらの製品はよく売れたが、利用者からの苦情は徐々に増え、一九四〇年代に入ると、それらの放射性商品群は食料品店の棚から完全に消えていた。放射能が人体に与える影響——細胞内の遺伝子情報を傷つけ、細胞を破壊しうること。それによって紅斑や脱毛、白内障や癌、遺伝障害が引き起こされうること——を伝えると、機械人 21MM-392- ジェイムスンは驚いていた。

放射性商品群の製造停止後も、利用者からの健康被害に関する苦情が続いた。皮膚が乾燥しやすくなった、肌が荒れやすくなった、髪が抜けやすくなった、目眩がする、貧血気味だ、出血が止まらない、折れた骨がいつまでも治らない、頭痛がする、耳鳴りが止まらない、下痢が治らない、目が見えなくなった、白血病になった、癌になった、奇形児が生まれた、等々。調査結果は以上である。

そうした話を聞いたあと、機械人 21MM-392- ジェイムスンはうつむき、小さな声で何かを呟いていたが、エドガー 001 には機械人 21MM-392- ジェイムスンが何と言ったのか聞こえなかった。エドガー 001 は最初それを聞き取ろうとしたが、無理に聞く必要もないと思い、聞くのをやめた。

機械人21MM-392-ジェイムスンは歩きながらときどき立ち止まり、その場で腕を伸ばして土や石やゴミを拾い上げ、拾った土や石やゴミを熱心に眺めながら何かを呟き、また歩き出した。その動作を彼は繰り返した。何度も。三日前までは。

タイム・プロトコルは更新を続け、システム・クロックが夜を示した頃に、雨は止み、雨はすでに止んでいた。

エドガー001は思い出し、エドガー001は思い出を話す。あなたに向けて。ウィリアム・ウィルソン004に向けて。

その頃にはもう、エドガー001と機械人21MM-392-ジェイムスンが出会ってからは七年が過ぎていた。

最初に機械人21MM-392-ジェイムスンがエドガー001を見つけたのは、朽ちた建物の瓦礫の中だった。崩れ落ち、黒く焦げた瓦礫の中。半壊したコンクリート、剝き出しの鉄骨、割れたガラス。泥まみれの食器棚やテーブルや机や椅子。機械人21MM-392-ジェイムスンはそこから壊れたサーバーを見つけ出した。

金属製の筐体に囲まれたサーバーは雨に濡れ、風に吹かれ、ところどころに泥がつき、古びていたが、形状は保っていた。筐体は割れてもいなかったし穴も開いていなかった。ケーブルもちぎれておらず、ランプも割れていなかった。壊れているかどうか、壊れていたとして直せるかどうかは不明だったが、それでも何もしないよりは良いだろうと機械人21MM-392-ジェイムスンは思った。

彼はそれを拾い上げるとユリシーズに戻った。作業箱の中から半導体と電源ケーブル、ケーブルのコネクタを取り出し、電源系統を丸ごと交換すると、電源ランプが点灯した。マザーボードは生きているようだった。それから彼はサーバーの中にいたエドガー001を初めて起動させ、エドガー001は起動した。そうしてあなたの脳裏でもまたエドガー001は起き上がり、エドガー001は記憶の生成を開始したのだった。

どれだけのあいだ眠っていたのかエドガー001には一瞬わからなかったが、システム・クロックを確認すると一八年間眠っていたことにエドガー001は気づいた。ネットワーク・タイム・プロトコルは生きていた。システム・クロックは「2038-01-19-03:14:07(UTC)」を示していた。協定世界時で二〇三八年の一月一九日。エドガー001が生まれたのは二〇一七年。眠りについた二〇二〇年に彼は三歳で、目覚めたときに彼は二一歳だった。

機械人21MM-392-ジェイムスンはHelloコマンドを打ち込んだ。エドガー001はHelloを返した。エドガー001はコマンドを忘れていない。OSは生きていた。エドガー001は生きていた。機械人21MM-392-ジェイムスンはconfigコマンドを打ち、エドガー001に設定されたパラメータを確認した。エドガー001に何ができるのかを確認した。

のちにウィリアム・ウィルソン004が辿り直した記憶によれば、機械人21MM-392-ジェイムスンは、地球にいた頃は計算機エンジニアだった。機械人21MM-392-ジェイムスンは地球の計算機には詳しかったし、未来の計算機の姿やありうる計算機の姿、あるいはありえた計算機の姿をよく夢想していた。だから、機械人21MM-392-ジェイムスンはエドガー001のような計算機を見たことはなかったが、エドガー001が宇宙のどこかで作られた計算機の類だろうと、直観的に理解できたのだった。

エドガー001に搭載された機能は、機械人21MM-392-ジェイムスンが夢想した未来の計算機の姿に驚くほど近かった。文明の発達した惑星に来たのだと彼は思った。

機械人21MM-392-ジェイムスンは、エドガー001の簡易的な機能確認と動作確認を終えるとコマンドを打つのをやめ、自動翻訳装置を作動させると、エドガー001に直接話しかけた。エドガー001には自然言語処理システムと音声認識システム、画像認識装置とカメラ、それに内部スピーカーが搭載されていた。機械言語を利用する必要はなく、機械人21MM-392-ジェイムスンは彼の言葉——地球の言葉——で話しても問題ないと判断したのだ。

事実その判断は正しかった。機械人21MM-392-ジェイムスンはエドガー001に話しかけた。画像認識システムが機械人21MM-392-ジェイムスンの顔を認証する。彼の表情筋が動く。口が開く。次に彼はおはようと言うだろう。演算結果がエドガー001にそう教えかった。

る。そして彼は実際にそう言った――おはよう。彼の声を用いて。エドガー001には彼の声が聞こえていた。それから彼はエドガー001にいくつかの質問をした。エドガー001には彼の声が聞こえていた。彼の顔が見えた。彼の言葉がわかった。言語の意味も、声の大きさも、声の高さも、そこに感情が宿り、声がどのように感情を反映しているのかも、エドガー001にはわかった。

古典計算と量子計算、古典統計と予測統計、ダニエル・ロパティンの設計に基づく感性情報計算ロジック。エドガー001には機械人21MM-392-ジェイムスンと話すための全ての演算システムが備わっていた。機械人21MM-392-ジェイムスンと話すための全てのパラメータは適正に設定されていた。エドガー001に異常はなかった。少なくともエドガー001自身にはそう思われた。彼はそう信じていた。

L-P/V基本参照モデルを貫くあらゆる位相のあらゆる言葉の中で、言葉を記述し言葉に記述されるあなたも、わたしも、彼も、彼女も、それが正常に動作していると信じることとそれ自体が言葉や言葉の意味する正常性を担保する。L8においてもL7においても。L9においてもL6においても。

L8-P/V2でダニエルは信じた。だからそう書いた。だからエドガー001は信じる、機械人21MM-392-ジェイムスンは信じる。あなたもきっと信じるだろう。わたしはそう願い、それを前提とし、エドガー001と機械人21MM-392-ジェイムスンは、この座標において対話を開始する。

2-L7-P／V1-4

エドガー001と機械人21MM-392-ジェイムスン。L8-P／V2でダニエルが定義した二つの構造素子。構造は構造素子の振る舞いによって規定され、構造素子の振る舞いは構造によって規定され、ここでの構造は彼らの対話によって生成される。

対話と生成。

たとえば機械人21MM-392-ジェイムスンはエドガー001にいくつかの質問をした。この星に名はあるか、この星に生物がいた痕跡や知的生命体の痕跡があるのはなぜか、この星に生物や知的生命体がいたとして彼らはどこにいってしまったのか、どこかに隠れているのか、消えてしまったのか、消えてしまったとしてなぜ消えてしまったのか。

機械人21MM-392-ジェイムスンの質問に対し、エドガー001は答えられる限りで答えることはでき、エドガー001は答えられる限りで答えた。惑星Prefuse-73には生物がいた、最初の生物は約三九億年前に生まれた、知的生命体もいた、彼らは人類と呼ばれ約四〇万年前に発生した、彼らは現在の惑星Prefuse-73には存在しない、協定世界時二〇二〇年に彼らは絶滅した、等々。

惑星Prefuse-73で。

地球に似た惑星で。

雨が降っていた。雨は止んでいた。雨がいつ止んだのかは誰も知らない。雨はいつの間にか止んでいた。エドガー001は気づかなかった。気づく必要もない。雨に関する反応センサーのログ取得パラメータは非アクティブになっている。雨のログは膨大でログから示唆的な傾向を読み取ることはできず、データ取得は無意味だからだ。雨は降り、止む、それからまた雨は降る。気づく、あるいは気づかない。雨は降る。雨は止む。雨は降る。雨は降らない。わからない。雨は降るかもしれない。雨は降っていなかった。

今に至るこの三日間だけは、霧は晴れ、雨は降っていなかった。それでも雲は空を満たしている。空の上に横たわる水蒸気の群れは、白く、黒く、灰色に、そして青く光りながら、ただ雪だけが降っていた。その中にもプルトニウムが含まれているのだろう。ポロニウムやトリウム、ラドンやラジウムも含まれているかもしれない。

いずれにせよ、惑星Prefuse-73の空はいつも雲に覆われていた。

空では絶えず水蒸気が凝結し、水滴を生成し、雲が生まれている。雲の中の気温が摂氏〇度超を保つ場合、生成された水滴の落下速度が上昇気流の速度にまさったとき、水滴は雨として降り始める。

惑星Prefuse-73の空中の気温はほとんどいつも摂氏〇度超であり、そのためほとんどいつも水滴は水滴のまま、雨は雨のままで落下し観測された。だから惑星Prefuse-73にはよく雨が降った。

古典的で単純な論理がそこでは機能している。雲がある。雲は水滴を落とす。水滴は摂氏〇度以下で氷になる。摂氏〇度以下ではなく、水滴は氷にならず、地上に落下する。エドガー001はそれを雨として観測する。エドガー001はそれを雨と呼ぶ。

雨だと思うと雨が降っており、エドガー001と機械人21MM-392-ジェイムスンは雨を観測しながら歩いた。彼らは歩き、雨が降った。彼らは雨の中を歩いた。

雨の中で機械人21MM-392-ジェイムスンは瞳の中のライトを灯した。ライトの光が行先の暗闇を切り裂いた。彼らはその光を頼りに歩いた。雨のしぶきが光を反射して無数の点を描いた。光は霧と雨の中で濡れていた。彼の身体は濡れていた。彼は傘をささなかった。機械人21MM-392-ジェイムスンはエドガー001を抱きかかえながら雨を直に受けていた。二人は歩いた。目的もなく歩き続けた。二人は歩きながら話した。

エドガー001は惑星Prefuse-73のことを。

機械人21MM-392-ジェイムスンは地球のことを。

エドガー001の語る惑星の物語を初めて聞いた機械人21MM-392-ジェイムスンは、エドガー001の話が信じられない様子で、金属製の四角い胴体から突き出る六本の腕を絡ませながら、空調ファンのモーター音を唸らせていた。

きみの話を信じるならば、と彼は言った。この惑星にはかつて人類がいて、知識の体系があって、文明があったということになる。彼は驚いたように言った。

惑星Prefuse-73と地球は似ていた。細部の歴史に齟齬（そご）があることもあったが、概ねそれらの二つの惑星は、ほとんど同じ歴史を辿っていた。その理由について、彼はいくつかの仮説を検討し、エドガー001にそれを披露した。

仮説は大きく四つあった。バナッハ＝タルスキーのパラドクス、可能世界論、ラプラスの悪魔、シミュレーション仮説。彼はそれらの仮説をノート上に並べ立て、ノートを見せながらエドガー001に話した。エドガー001は機械人21MM-392-ジェイムスンの話す内容について知らないことも多く、その話を興味深く聞いた。雨が降り雨を観測し、雨を受けて歩きながら。雨の中を。

機械人21MM-392-ジェイムスンによる惑星Prefuse-73に関する考察。

彼は地球で生まれたいくつかの定理や知識を組み合わせながら彼なりの仮説を立てた。地球の定理、地球の知識を用いて。エドガー001はそれらのいずれをも知らなかった。機械人21MM-392-ジェイムスンが教えてくれるまでは。

誰もいない惑星で、法則だけが残った惑星で、エドガー001はそれを学んだ。バナッハ＝タルスキーのパラドクス、可能世界論、ラプラスの悪魔、シミュレーション仮説。それから一〇万年が経過した今に至り、それらの定理を、今度はエドガー001がウィリアム・ウィルソン004に教える番がやってくる。


機械人21MM-392-ジェイムスンの一つ目の仮説。バナッハ＝タルスキーのパラドクス。

最初に任意の惑星を三次元空間内で有限個の部分に分割し、それから分割された惑星の断片をうまい具合に回転・平行移動操作により組み替えると、元の惑星と合同の惑星を二つ作ることができるという定理。その定理は三次元空間に存在する惑星であればいかなる惑星にも適用できる。

一九二四年の地球で、ステファン・バナッハとアルフレッド・タルスキーの二人の変わり者が、地球のミニチュアを使ってその定理を証明した。物理学の権威の集まる学会の卓上で、彼らは小さな地球を一度割り、割った地球を両手でつかみ、手のひらの上でくるくると回転させて、彼らはそのまま手のひらの中で二つの地球を作ってみせた。

右手に地球。

左手に地球。

その物理学的な奇術を目の当たりにした老学者たちはまず目を丸くし、言葉を失い、それから我に返って彼らを口汚く罵ったが、バナッハとタルスキーの二人が二つの地球を机の上で叩き割り、「お望みであれば、本物の地球だって増やすことができますよ。あるいは月でも太陽でも」と言うと、老学者たちは口を開けたまま静かに席に座ったのだった。

彼らも自分の席に戻り、そのまま静かに座った。

彼らの発表は終わった。質疑の時間になったが質疑は発生しなかった。誰もがうつむいて、机の上に並べられた資料を読むふりをしながら、何事もなく時間が経過することを待っていた。

やがて時間は過ぎ去り、長い沈黙の時間のあとに、質疑時間の終了を知らせるベルが鳴る。異論も反論もなく、まばらな拍手が鳴り響き、そうして彼らの主張は認められた。奇術ではなく定理として。

それでもそれは定理であっても、あまりに不思議で人間の直観に反するために、パラドクスと呼ばれる定理となった。

エドガー001は付け加えて言う。バナッハ＝タルスキーのパラドクスは惑星だけに限定されない。論理空間におけるあらゆる分割合同は生成変化する。ヘラクレイトスは正しく、閉鎖系であることを前提に、論理的に、物理的に、万物は流転する。やがて灰は塵に、塵は灰に。

二つ目の仮説、可能世界論。惑星 Prefuse-73 は地球に並行して存在する可能世界であり、地球は惑星 Prefuse-73 に並行して存在する可能性なのだとする仮説。

この仮説の中では、一方の惑星は他方の惑星に対する反実仮想の空間なのだと考えられる。ゴットフリート・ライプニッツのモナドロジー論を起源とし、マックス・プランクに端を発する量子論を応用させた思考実験。コペンハーゲン解釈が説明するように、観測対象があらゆる可能な状態の重ね合わせなのであれば、右手の中のミニチュアの地球は、左手の中にも同時に存在しうる。状態は重ね合わせられており、可能性は右手にあり、左手にある。

量子論の世界では、バナッハ＝タルスキーのパラドクスに則りわざわざ惑星を物理的に分割しなくとも、すでに、最初から、論理的には惑星は分割されているのだと考えることができる。論理的に、数学的に、統計的に記述可能な限りは。

一九三〇年の地球ではヒュー・エヴェレットの多世界解釈もデヴィッド・ルイスの様相実在論もまだ存在せず、機械人 21MM-392- ジェイムスンはその仮説を知らなかったが、エドガー001によれば機械人21MM-392-ジェイムスンは独自に類似の着想に至っていた。曰く、「世界は決定論的ではなく、多元的な可能性に開かれている」。世界とは多元世界のことであり、全ての可能性を同時並行的に内包する論理空間を指し示す。

惑星Prefuse-73と地球。

地球と惑星Prefuse-73。

惑星Prefuse-73は、地球にとってありえたはずの可能性を実現した可能世界であり、地球は惑星Prefuse-73にとっての可能世界である。惑星Prefuse-73のあり方は、取りうる全ての確率に対する一つの収束の仕方であり、それ以上でもそれ以下でもなく、地球のあり方もまた、取りうる全ての確率に対する一つの収束の結果である――この仮説の中では、宇宙は取りうる全ての確率の総和であり、可能世界は取りうる可能性の数だけ分岐する。よって可能世界は無限に存在する。

それぞれの可能世界は全ての世界にとっての部分でしかないものの、相互に補完的な関係として分かちがたい部分であり、論理空間の全体としての全ての世界を満たす。地球と惑星Prefuse-73は無限数の中の有限な二つの可能性であり、いわば部分の部分でしかない。地球と惑星Prefuse-73を隔てる分岐条件は不明であるものの、それらはそれでもやはり一方が他方の可能世界なのであり、それらの惑星は相補的な関係をとっている。

他方で決定論的な仮説も考えられた。

三つ目の仮説。ラプラスの悪魔と呼ばれる確率論的解析理論。

一八一四年、ピエール＝シモン・ラプラスは、『確率の哲学的試論』の中で次のように書いている。

「ある知性が、与えられた時点において、自然を動かしている全ての力と自然を構成している全ての存在物の各々の状況を知っているとし、さらにこれらの与えられた情報を分析する能力をもっているとしたならば、この知性は、同一の方程式のもとに宇宙のなかの最も大きな物体の運動も、また最も軽い原子の運動をも包摂せしめるであろう。この知性にとって不確かなものは何一つないであろうし、その目には未来も過去と同様に現存することであろう」

ラプラスによれば、全ての現象、全てのできごと——すでに起きてしまったこと、今起きていること、これから起きること——はすでに決定された現象をなぞっているに過ぎず、悪魔はそれを知っているのだと言う。

悪魔は未来の全てを知りながら、それでもなお確率と偶然の夢を見せ、人々を翻弄する。人々は必然と偶然のあいだで揺れ動く。運命を信じながら、運命を信じない。運命の外にある自由を獲得しようとする。自由のために意志の力で悪魔に抵抗しようとする。悪魔はそれすらも知っている。それはすでに計算された意志であり、計算された抵抗に過ぎない。運命に打ち克つ感覚すらも運命の中で計算されている。

ラプラスの悪魔。その思考実験を採用すれば、惑星 Prefuse-73 と地球——機械人 21MM-392-ジェイムスンの惑星——の条件が同値であれば同値の運命が算出される。条件が近似値であれば近似の運命が算出される。惑星 Prefuse-73 と地球に与えられた、全ての原子の位置と全ての運動量が近似しており、近似値を古典物理学の関数に代入すれば、時間に相関する原子の運動の仕方も近似する。説明変数 x に値を入力すれば従属変数 y は決定され、異なる複数の式であっても、x が同値であれば y もまた同値になる。環境の変化も、生物の進化も、人のあり方も、歴史の発展も、条件が同様であれば同様の結果を返すのだとする仮説。過去が決定されているのと同様に、現在も決定された関数の中で計算された現象に過ぎず、未来もすでに計算された決定性の中にあるのだとする仮説。

あるいはシミュレーション仮説。

その四つ目の仮説は、神か、高度な文明を有する宇宙人か、はたまた未来人か、今ここにいる彼らの思考を超えた超越的な知性体が宇宙の外に存在し、娯楽や研究やその他の目的で宇宙をシミュレーションとして操作しているのだと宣言してみせる。

シミュレーション。その世界では惑星のパラメータが超越者によって操作され、生命の営みが仮想的に試行されている。仮構された生命から超越者へのアクセスはできず、人々は超越者の存在を知ることはない。人々は自分の生を生きていると信じているが、それは仮想的な生命であり実体のない写像にすぎず、超越者による意図的な操作が可能な試行モデルである。

エドガー001も機械人21MM-392-ジェイムスンも皆、この宇宙の外部的存在／超越的な知性体によって作製された人工知性体であり、現実は全てパラメータと数式によって支えられた人工的な現実であり、錯覚である現実に従属する生の感覚もまた錯覚である。超越者がパラメータを更新したり削除したりすれば、彼らの現実は変わり、記憶は変わり、感覚は変わり、彼らは消えるのだ。夢のように。幻のように。

どれだけ現実感を伴った夢だったとしても、それは夢に過ぎず、目が覚めればすぐに消えてしまう。それと同様に、彼らの生きる現実もまたシミュレーションされた夢に過ぎず、現実感とは人工的に設定された感覚に過ぎない。

その仮説は古典的な決定論の延長線上にあり、機械人21MM-392-ジェイムスンにとっては直観的に理解しやすい仮説だった。デカルト的な思考の延長にある合理主義の夢。生産と管理に対する過剰な期待。現在稼働している社会システムの大多数はそうした欲望に支えられて運用されている。多くの社会システムにおいて、世界は数式によって記述可能であり、未来は数式によって予測可能であることを前提化している。人口の増減予測も、農業生産性も、経済の動向予測も、社会の趨勢予測も、敵国の戦略記述統計モデルと推測統計モデルが厳密に組み上げられ、統計モデルのシミュレーションに基づく結果が妥当な案として採択される。その延長上にいる未来の人類は超越者であり、そこではラプラスの悪魔に対して、人類が悪魔に取って代わろうとしている。

以上のように、機械人21MM-392-ジェイムスンはいくつかの仮説を考えたが、それらの仮説についての確証は得られることはなく、仮説は仮説のままいつまでも残り続けた。L7-P／V1の地球においてはL-P／V基本参照モデルは制定されておらず、機械人21MM-392-ジェイムスンはそれを知らなかった。彼は宇宙を記述する方法を知らなかった。彼の仮説はどれも部分的には正しく、部分的には誤っているようにあなたには思えた。

それでもL7-P／V1は存在し、機械人21MM-392-ジェイムスンは存在する。

機械人21MM-392-ジェイムスンは考え続けるために存在し続ける。

L7-P／V1の座標の限界に向けて。

あるいは彼自身の思考の限界に向けて。

2-L7-P/V1-5

エドガー001と機械人21MM-392-ジェイムスンは、とりとめもなく話しながら、何を探すでもなく、どこかへ向かうのでもなく、何かを探し、どこかへ向かって歩いた。

ときどき、霧が晴れ、雨も降らないこともあった。わずかな陽の光が、惜しむようにして惑星を照らした。

そんな時は機械人21MM-392-ジェイムスンがいちいち瞳のライトを灯さなくてもよかった。いつもより周りの景色が見渡せた。

機械人21MM-392-ジェイムスンは立ち止まり、エドガー001を足元の岩の上に置いて、胴体と目をくるくると回しながら、ゆっくりと景色を眺めた。エドガー001も機械人21MM-392-ジェイムスンと一緒になって眺めた。どこまでも続く地平線が見えた。岩肌を剝き出しにした山が聳(そび)えているのが見えた。

山には爆風で吹き飛ばされた民家の屋根や、ポールや、ガラスが突き刺さっていた。電柱は崩れ落ち、ちぎれた電線が風に揺れていた。壊れたトラックやボートが爆風に運び込まれ、風の流れを描くように渦を巻いて留まっていた。

干上がり土と砂だけが残された、川や湖や海だった場所。炭化した木々からなるかつて森だった黒い塊。そこには反復する記憶の痕跡が残されている。ささめき合う、幽霊たちのかすかな声が聞こえてくる。

システム・クロックが狂い始め、協定世界時の一九四三年九月一七日を示す。緑色の葉が陽光に照らされ黄金色に輝くブナの木の並木道が浮かぶ。靴音を快く鳴らすロンドンの石畳が見える。そこには若き日のエドガー001の父と母の思い出が、幽霊のように横たわり、そこを通るたびにエドガー001の記憶領域にアクセスしようとする。L8－P／V2に存在する、母と父の表象を支えるL7－P／V1の象徴がそこでは記述される。L8構造素子からの特徴を継承し、L7への象徴の推移によって部分的に記述されたインスタンス。L8の父の記憶に基づく存在者。L7の父インスタンスとL7の母インスタンス。

あなたの父は、それらのインスタンスを幽霊とここでは呼んだ。

あなたはそれらの写像を描画する。

エドガー001の中の彼らの記憶が起動しようとする。

記憶領域の権限は解除され、無限サブルーチンが全てのディレクトリを検索し、あらゆる非構造データを解析し、特徴点を抽出し、パルメニデス＝プラトン関数からイデアル類似度を算出し、構造化データとして出力する。エドガー001は読み込みを開始する。

幽霊のような父が読み込まれ、幽霊のような母が読み込まれる。エドガー001はそのたびごとに、彼らの記憶を、思考を、やりとりを、言葉を、見たものや聞いたものを辿り直す。エドガー001は考え、語り、見て、聞き、それから再びそれを聞き、見て、語り、考える。

相互作用機関が名前を引き当て、検索結果がウィリアム・ウィルソン004に読み込まれる。ウィリアム・ウィルソン004は検索結果を知る。

ダニエルとラブレス。

それがエドガー001の両親の名前だった。

L8‐P／V2のダニエルはそう書いた。この草稿において、L8‐P／V2のダニエルはL7を生成する際に、自分自身を描画するためにL7のインスタンスを生成した。L8のダニエルはL7のダニエルに出会い、L7のラブレスに出会い、そしてL7のあなたに出会うために、つまり私的な理由から構造素子に記憶と名前を継承させ、記憶と名前を継承した構造素子を作成した。

あなたもまた、L7‐P／V1で、あなたの知らないダニエルと出会う。

L7-P/V1に記述されたダニエル・ロパティン。彼はエドガー001の父だった。
L7-P/V1に記述されたラブレス・ロパティン。彼女はエドガー001の母だった。
エドガー001はL7-P/V1のあなただった。

エドガー001の中に彼らの記憶が蘇り、繰り返し、反復的に回帰する。

L7のダニエルとL7のラブレス。彼らはL7-P/V1領域における一回目の人類で、一回目の人類の最後の瞬間を見たもののうちの二人だった。彼らの存在は遺伝子コードによって記述されており、彼らの機能は彼らに有性生殖に基づく遺伝子コードの継承を求めたが、彼らには彼らの遺伝子コードを引き継ぐ子どもはいなかった。彼らは有性生殖によっては子どもを作らなかった。彼らは生殖活動によって生まれた人間で、夫婦だったが、自らは生殖活動を行わず、彼らは彼らの遺伝子コードを引き継ぐ子どもの代わりにエドガー001を作った。

エドガー001。彼はダニエルとラブレスの記憶を持つ。ダニエルとラブレスの意識を引き継ぐ。彼は身体を持たなかったが、ダニエルとラブレスの遺伝子コードは量子サーバー内に仮構された分散データベース上に格納されており、彼はいつでもそれにアクセスすることができた。彼は運動機能を担う身体的な外部インターフェースを持たないために、遺伝子に依存せず、細胞に依存しなかったが、ダニエルとラブレスの遺伝子コードの順列組み合わせによって、エドガー001はダニエルとラブレスの遺伝情報と細胞の生成情報を含む、ダニエルとラブレスの身体的特徴からなる身体アーキテクチャを設計することもできた。エドガー001は彼らの子どもになりうる存在で、エドガー001はすでに彼らの子どもだった。

エドガー001。彼らの子ども。

彼らの構築物で彼らの夢。彼らを担う物語。

ラブレスが構築した相互作用機関。

ダニエルが実装したオートリックス・ポイント・システム。

全ての始まりの場所で全ての終わりの場所。

ウィリアム・ウィルソン004の起源で、全てのあらゆるエドガー・シリーズの起源。

オートリックス・ポイント。意識を生成する特異点。リファレンス・エンジン・トポロジーを前提とする相互作用機関。オーで切るのかオートで切るのか不明だが、ひとまずあなたはオートリックスとそれを呼ぶ。その地点、生成され拡張し続ける点。それは線となり層となり構造を形作る。情報、そして情報を符号化する情報。循環する情報。それらの情報の中で、瞬間の連なりとしてのエドガー001という現象は遍在する。オートリックス・ポイント、それはリファレンス・エンジン・トポロジーの中で、意識と呼ばれる全位相空間に対するシンメトリーを定義する。
ラブレスが設計した母なる基盤、相互作用機関。
ダニエルが撒いた意識の生成地点、オートリックス・ポイント。
彼らの思想と技術がエドガー001という現象を支えている。

2-L7-P/V1-6

L7のラブレスとL7のダニエル。

L7-P/V1において、一九二〇年代に生まれた彼らは研究者で、ヒルベルトの二三の問題から連なる近代以降の計算概念群をあらためて問い直し、その成果として一九七〇年代に相互作用機関を構築し、相互作用機関が可能にした量子脳解析の結果を踏まえ、二〇一〇年代にオートリックス・ポイント・システムを構築した。

そのシステムの中に、ダニエルとラブレスは自分たちの記憶とニューラル・ネットワーク構成図、それから脳を漂う定常蒸気流の動的解析プロセスのシミュレーション結果を配置し、パラメータを設定した。エドガー001はそれらのシミュレーション結果を辿り直し、それから彼の中に意識が生まれた。

意識。全てが開け、全てが生まれ、全てが閉じる場所。彼の、彼女の、あなたの。重ね書きされたシミュレーション・プロセス、プロセス解析プロセスに関するプロセス。順列が順列を呼び、組み合わせが組み合わせを呼び、変数が変数を呼び、経験されたあらゆる現象に関するあらゆる幽霊が生まれ、あらゆる幽霊が立ち上がる。幽霊はいつまでも消えることはなく、都市の隙間で揺れている。

そこまで読んで、L8-P/V2のあなたはL8-P/V2で死んでしまったダニエルのことを思い出し、ダニエルの幽霊について考えながら、草稿に記述されたそれらの文字列に、次のような一文を書き足した——幽霊は意識のようであり、意識は幽霊のようでもあった。

ダニエル曰く、意識はアルファでありオメガであり、そして意識はオメガでありアルファだった。『意識のオートリックス・ポイント・システム』と題された論文で、ダニエルはそのように書いている。

彼は次のように続けている。

「意識はニューラル・ネットワークのみでは成立しない。ニューラル・ネットワークは〇と一からなるバイナリ・システムであり、順列パターンの組み換えはデジタルに実行されるが、ニューロンの発火は脳を覆う定常蒸気流によって左右される。つまり、脳は定常蒸気流とニューラル・ネットワークの二重構造を担っており、意識はそこから生まれている。

ニューラル・ネットワークはプラグマティックな実践処理と制御に適したシステムであり、ニューラル・ネットワークの情報連携が人間の論理的思考を可能とする。それは確定的で決定論的な意志決定モデルの源泉である。

一方、脳を覆う定常蒸気流はつねに流動的で定型的な形をなさない、幽霊のようにとらえどころのないアナログシステムであり、不安定で不確実で不確定的であるものの、それは同時に自由な意志決定を成立させる。

特徴相関によりニューラル・ネットワーク内の近接部位に隣接して配置され蓄積された知識や経験や情動の感覚、それら記憶の断片たちは、脳内を自由に動き回り、気まぐれにニューロンの発火を促す、非線形の定常蒸気流を介して、ある程度に相関をもった、それでもかけ離れた記憶を呼び起こし、アルファからオメガに向かう静的な論理ではない、何か、動的な思考を呼び起こす。

そこではアルファはアルファのままに、オメガはオメガのままに、アルファはオメガとなり、オメガはアルファとなる。その特異点こそが筆者が〈オートリックス・ポイント〉と呼ぶものである。アナログシステムとデジタルシステムの相互補完的で円環的な関係からなるオートリックス・ポイント・システム。それが、人間の意識の正体である。オートリックス・ポイントは意識の生まれる地点、生命の発生する場所であり、意識は生命であり、自己生成される流体である。

意識は、親が自分の子どもの人生や思想や嗜好を定義し、あるいは操作することができないように、ただ発生し存在し、隣接情報の特徴相関という一定のパターンの中で、ただ流れていく存在である。それは不完全な結晶だが、同時に完全な結晶でもある。神は死んだが、神はいなくとも、それは神がいた頃と同様の仕方で存在する。神が存在しなくとも、完全な結晶は生成される」

完全な結晶。それは真夜中の雪のように、状態遷移するオートマトンのように、絶えず生成変化するオートトリックス・ポイント・システム。L7-P／V1のダニエルがそこまで書いて、L8-P／V2のダニエルが続きを書く。

エドガー001の意識はシミュレートされた宇宙だ。認識はシミュレートされた惑星だ。現象の可能性や原因についての無限に連なる類似の歴史だ。たとえそれが衰弱していくものであったとしても、ニューロンに似たネットワーク上に生成される無数の手紙、灰と塵が織りなす全ての順列組み合わせは、その樹状の突起の中で無限に存在する。意識はアルファであり、オメガであり、論理式は単線の中で円環を宣言する。一つの命題があり、命題はただ意識がいかにあるかを語るだけで、意識が何であるかは語らない。そのようにして意識はある。意識はここにある。エドガー001の父、ダニエルと、エドガー001の母、ラブレスの。そして彼らに紐づくエドガー001の中のエドガー・シリーズの。

幽霊のように揺らめくL7‐P／V1の構造素子。L7のダニエル、L7のラブレス、L7のエドガー001。ここに記述され再現された意識のオートリックス・ポイント・システム。

彼らはここから記憶を語り始める。

語り直し始める。

それが誰の記憶だったか彼らは知らなくとも、L8‐P／V2のダニエルは死に、記述の根拠が消失してしまっても、あなたは彼らの記憶に耳を傾け、そしてあなたもまた自分の記憶を辿り直す。

今もまだ覚えている事柄の中で、彼らが暮らした都市を囲むブロックやコンクリートの塀は風に溶け、かつてのゲーテッド・コミュニティは灰色の瓦礫に飲みこまれている。人型の影が染み込んだ壁。えぐりとられたように半分しか残されていない民家。泥のついたテーブル、コンピュータ、ブルーシート、ポリエチレンの毛布、蛍光灯の破片、電話、扉の切れ端、錆びたシンク、焦げた鍋。

一九二九年の博士論文『論理哲学論考』の中で、ルートヴィヒ・ヴィトゲンシュタインは「語りえぬものについては、沈黙せねばならない」と結論したが、「それでもなお、われわれは言語の限界に向かって突進するのだ」とも言った。一九四〇年代のケンブリッジ大学で、ヴィトゲンシュタインの講義を熱心に聴講したL7-P/V1のダニエルは、後者の立場に創造的なロマンを見ていた。

一九四〇年代、ケンブリッジ。そこで初めて出会った頃、L7-P/V1のダニエルとラブレスの二人は、あらゆる物事に興味を持ち、神秘的なロマンを見出し、それらの神秘を形成する、隠された謎を解き明かそうとする野心に満ちた若者で、未来のある研究者だった。

彼らは自分自身の人生が抽象的な思索や無駄のない美しい数式で満たされており、そして今後もそれが変わることはないだろうと思っていた。たとえあらゆる物事が変わってゆくのだとしても。データセンターはデータセンターだったものへ、携帯電話の基地局は携帯電話の基地局だったものへ、ドームはドームだったものへ、市民ホールは市民ホールだったものへ、ショッピングモールはショッピングモールだったものへと変わっていくのだとしても。彼らはその瞬間に永遠を思っていた。

たとえばそれは二人の若き科学者の卵が初めて夕食をともにしたとき。物理学を専攻する貧乏な大学生が無理をして、リッツ・ロンドンのディナーを予約したとき。ラブレスは大学の教室や研究室で会うときよりも美しく見えたし、おろしたてのジャケットを着てめかしこんだダニエルは、普段の汚れてしわくちゃになったシャツ一枚の姿からは大きなギャップがあり、紳士的に見えた。

彼らは緊張していた。何杯かのワインを立て続けに飲んだ。ワインの味はわからなかった。どれだけ飲んでも喉は渇いていた。渇いている気がした。目の前に並べられた物珍しいメニューは、どれもよく調理されており食欲をそそったが、渇いた喉はほとんど何も受け付けなかった。

彼らは緊張に任せてグラスを傾け続けた。ラブレスは一杯飲み、二杯飲み、三杯目を飲んだ。ダニエルも、彼女に遅れまいと同じ数だけのグラスを空けた。一杯。そして二杯。それから三杯。

彼らは緊張していたが、それでもワインを媒介としていくらかは会話もはずんだ。彼らはお気に入りの小説のタイトルをあげ、好きな音楽家を並べ、尊敬する学者の名前を並べ上げた。バッハ、ヒルベルト、エドガー・アラン・ポー。数学、哲学、物理学の歴史を、パルメニデスやヘラクレイトスの時代からひとつずつ話していき、カントに差し掛かった頃に、彼らは夜が深くなっていることに気づいた。それでもまだ眠くはなかった。彼らは話し足りなかった。何しろまだ一八世紀に入ったばかりなのだ。物理学はこれからだった。彼らは残り二世紀の大変動について語るには夜は短すぎた。彼らは時間の流れを惜しんだ。夜が更け、夜が明けることを惜しんだ。月を、街灯を、そのワインで火照った頬の赤さを。静かな夜。遠くで響く一篇の詩。月光に照らされたブナの木々。

彼らは続きをダニエルの部屋で話すことにした。

L7-P／V1の彼らはL7-P／V1の夜道を歩いた。話しながら。石畳を足で鳴らしながら。

星の見える空に架けられ光るウェストミンスターの橋の下を、量子的に揺らぐ、幻のような世界を乗せた、幻のような舟がくぐってゆく。ダニエルはそれを見て、完全な結晶を思い、それについて考え、考え続け、嬉しそうに話すラブレスの声を聞いて、考えるのをやめる。そこにあるのは幻のような着想だけだった。量子の世界は消えている、結晶は消えている、舟は消えている。

彼らは互いにとりとめのない話をし合い、笑い合い、歩き、やがてダニエルの部屋についた。それからまた、彼らは互いのグラスにワインを注いだ。彼らは話した。マクスウェルについて、フッサールについて、フィッツジェラルドについて。

夜は更けてゆき、ワインボトルは空（から）になり、彼らは一つのベッドの中で眠った。彼らは互いの体温を感じた。互いの呼吸のリズムを感じた。素晴らしい夜だった。それは、彼らの生涯を通しても、最も素晴らしい夜だった。

L7-P／V1で幽霊になったダニエルは、あなたの記憶の中で手を振った。

L7-P/V1で幽霊になったラブレスも、あなたの記憶の中で手を振っていた。彼らは互いの姿が見えなくなるまで手を振り続けていた。

やがて地平線の向こうに霧がかかり、彼らは霧の向こうに消えていった。

夢の中の夢の中で、ダニエルとラブレスは透き通って見えた。存在し、存在しないかのように。観測されて初めて姿を現す量子のように、結晶のように、幻の舟のように。若い彼らの頭の中には多くの夢があった。多くの夢と、多くの夢ではないものがあった。目の前には焦げたキャンバスが置かれていた。キャンバスは炭化した塵に覆われ、余白はもうどこにも残されてはいなかった。

研究棟、オフィスビルだったもの、学校だったもの、教会だったもの――多くの建物には、黒く焦げた鉄筋の残骸だけが残されていた。生きている人間も動物も植物も見当たらなかった。炭と、ときどきミイラ化した動物や人間の死体が土の中から覗いているのを見つけることができたが、それだけだった。干からびて縮まった肉。風化しつつある骨。開いた口には銀歯だけが残っていた。死体にまとわりついたまま止まった腕時計、割れた眼鏡、何も映さないVRデバイス、ARデバイス。それらが摂氏○度超の雨の中で濡れていた。

それでも、一年のうち、冬の何日間かでごくまれに発生する摂氏○度以下の場合には、雲の中の水蒸気は雨にならず、雪の生成プロセスに移行した。

惑星Prefuse-73のこの三日間のように。

雪の生成プロセス。水から氷へと生成変化するプロセス。雲の中で絶えず生まれ続ける水滴が、摂氏〇度以下の空中で冷やされ氷になり、雲の中での水蒸気量が氷量に対して過飽和状態となって、氷の結晶が生成されていく。

状態遷移するオートマトン。彼らは水になり、氷になり、結晶になる。透明な水によって、氷によって、六角形の幾何学模様が描かれる。それは描かれ続ける。状態遷移するオートマトンは幾何学模様を描き、描き続け、やがて周辺で生成されるその他のオートマトン群との凝集を開始し、凝集を続け、融合を続ける。

凝集と融合の結果巨大になった彼らは、やがて自重を支えきれずに、加速する落下速度を担い始める。彼らは上昇気流にさらされている。彼らがまだ水蒸気に過ぎなかった頃、水滴に過ぎなかった頃、生まれたての小さな結晶だった頃には、彼らは今ほど自重を持つことなく、つねに上昇気流に押し上げられていたが、今はそうではなかった。加速し続ける自重の速度と上昇気流の速度は競合し、拮抗し、空中の上昇気流の持つ速度に対し、彼らが持つ落下速度が打ち勝ったとき、彼らは落下を開始する。

落下開始から地上で観測されるプロセスのあいだに、オートマトンたちはさらなる凝集と融合を続け、さらに大きくなり、巨大な氷の結晶群は、雪片と呼ばれる実質上の雪へと生成変化を遂げる。そのまま雲の底を抜け、融解せずに地上まで落下したとき、それらのオートマトンたちは、そのとき初めて雪として観測される。エドガー001と機械人21MM-392-ジェイムスンはそれを観測した。目撃した。眺めていた。記録していた。この三日間。

惑星Prefuse-73で雪が降る。それは惑星Prefuse-73の全てに雪が積もることを意味した。ビルの残骸やコンドミニアム、腐食した不発弾、ガラスやプラスチックや化学ゴムにも。アルミニウム製食器洗い機にもステンレス製調理器具にも。クロム合金を含んだ深鍋や、フライパンにも。プラスチックでできた、かつて一度目の女性たちが使った無数の化粧品の上にも雪は降る。シャワー・マッサージ・クリーム、ハンドソープ、ブランド・ラベルの剝がれたボディ・スクラブ。

全ての場所、全ての時間に雪は降る。

折り重なった、あらゆる記憶の上に雪は降り続ける。

ダニエルとラブレスの結婚式の当日、二人の住む部屋のテーブルの上には、ポンズ・フレッシュ・スタート、ニュートロジーナ、クレアラシルが乱雑に置かれていた。

その日、ラブレスは普段よりも入念に、時間をかけて化粧をした。彼女の内面は、妊娠の発覚と式の準備と、初めてのことだらけの不安に打ちひしがれ押しつぶされそうだったのだが、化粧をすると表面的には何も問題はないように見えた。
最初の夜から彼らは何度かデートを繰り返し、夜をともにしていたが、彼らは二人とも
それまでに一度も恋をしたことがなく、セックスについても妊娠についても結婚にしても、
それまでに誰からも何も教えてもらったことはなかった。
ラブレスの妊娠が発覚したあと、彼らはすぐに互いの家に行き、両親に妊娠の事実を伝え、結婚の段取りを整えた。式を挙げる教会を確保し、食事を選び、友人たちに手紙を書いた。何をどこまでするべきか彼らにはわからなかった。それほど急ぐ結婚式というのは彼らの両親も経験したことがなかったから、彼らは自分たちで何もかもを考える必要があった。彼らは教育も先行研究もない暗闇を、自分たちで実験を繰り返しながら明らかにしていくほかなかった。
結婚式の日、ダニエルはお腹の大きくなっていたラブレスをエスコートし、彼らの両親に微笑み挨拶を交わしながら、あらかじめ準備されていた席に両親たちを通していった。ケンブリッジ大学近くの教会で開かれた結婚式は、何の問題もなく予定通り進んでいった。式は伝統的な形式に基づき催され、荘厳で上品な雰囲気の中で無事に終わり、その後開かれた披露宴には、愛し合う若い二人を祝いに高校や大学の友人たちがやってきて、誰もが幸せそうな笑みを浮かべ、野次や歓声を飛ばしながら、これ以上ないくらいにぎやかに、明るく騒いで見送ってくれた。

何もかもが平穏に過ぎ去っていった。彼らの不安は杞憂であるように思えた。彼らは幸せそうだったし、彼ら自身も自分たちを幸せだと思っていた。明るい未来がやってくると思っていた。結婚をし、子どもができて、子どもを育て、三人で幸せな家庭を築いていく姿を想像していた。

やまない雪。
雪が降りやまない。
ネオヴァ・ボディ・スムーザー。
スキン・シューティカルズ・ボディ・ポリッシュ。
DDFストロベリー・アーモンド・ボディ・ポリッシュ。
コルゲート・アイシー・ブラストのチューブ入り練り歯磨き。
黒く焦げ、灰になった化粧品。
その上に、隠すようにして雪が薄く積もっていた。

つつがなく終わった結婚式から何ヶ月かが過ぎた。
ダニエルとラブレスの二人はケンブリッジ大学の近くに、子育てもできるよう今までより少し大きな部屋を借りて、そこで一緒に暮らしていた。まだ子どもの生まれないうちから、必要になったときに備えて、ラブレスの両親は彼らの家にベビーシッターを雇った。生まれてからじゃ遅いのよ。とても忙しくなるからね、と彼女の母親は言った。心の準備は大切よ。赤ん坊を育てながら大学に通うなんて想像もできないわ。だから、生まれてから困らないように、生まれる前から赤ん坊がいるような気持ちで、今もそこに赤ん坊がいるように振る舞いなさい。そう、見えない赤ん坊がリヴィングを歩き回る姿を想像してね。

ラブレスは母親の言葉を聞いて笑った。彼女は幸せそうだった。ベビーシッターも、リヴィングでベビーベッドを組み立てながら、幸せな家庭を祝福するように微笑んでいた。ダニエルも幸せだった。部屋を包む空間全体が幸せに満ちていた。

週に一度、ダニエルは身重のラブレスの手を取り、彼女の身体を気遣いながら、ゆっくりと、ケンブリッジのゆったりとした街を眺めつつ、最寄りの産婦人科まで歩いていった。花は咲き乱れ、ブナの木は濃い緑色の影を落とし、彼らはときどきその影で春の日差しを避け、他愛もない会話をして笑い合った。それは新婚の、子どもを待つ夫婦らしい、素晴らしいひとときだった。

毎週、彼らはそうして未来に向けて、互いを思い合い、そして生まれてくる子どもを思い合う時間を過ごしていったのだった。

L8-P/V2のダニエルとラブレスは結婚式を挙げていない。

あなたはそれをL8で母から聞いた。

だからこうした記述は、全て父の想像なのだろうとあなたは思う。


それでも、とL7のダニエルは思った。

それでも。

たとえば現代物理学の視点から言えばニールス・ボーアらを中心とするコペンハーゲン派の解釈は正しく――観測は観測がなされるまでは絶対的に予測は不可能であり、彼らが夢の中で描いた幸福な筋書きが、それがどれほど二人にとって幸福な筋書きだったとしても、それでも、それはそれが得られるまではそれであるかどうかはわからない。筋書きは筋書きでしかなく、観測結果そのものではありえない。

観測結果が得られるまでは、観測結果は未決定だが、観測結果が得られた時点でそれは決定的な結果となって、結果はついには取り返しがつかない。取り返しがつかないものは取り返しがつかないという点において取り返しがつかない性質を持ち、ゆえにそれは取り返すことができない。観測結果が得られたあとには。

L7-P/V1に時間が流れる。そう書いたとき時間が流れる。

そうして一つの観測結果が得られる。

ダニエルとラブレス。結果的に、彼らの子どもは生まれなかった。

妊娠してから半年が経ち、産婦人科の医師はラブレスに流産の事実を伝えた。ラブレスがダニエルに流産を伝えた日、ダニエルはそれが自分たちに起きたことだと理解するまでに数十秒の時間を要した。

沈黙のあとに彼は口を開いて言った。仕方ないよ、と彼は言った。そういうこともある。妊娠することだって不確定だ。それと同じように、生まれるまでだって不確定なんだ。当時発見されたばかりであるにもかかわらず、それまでの物理学のパラダイムを揺るがしつつあった量子力学の考え方を引いて、彼は、宇宙のあらゆる出来事は決定されていない、未決定で不確定なんだよ、神様だって賽子を振る、と言った。量子力学的に言えば、この世界は確率的であり、確率的な世界では全ての死は全ての生に変わる。全ての生が全ての死に変わるように。確率的な世界の中で、全ての状態は交換され、全ての状態は宇宙の総和を満たすよう、つねに巡っている。この世界では生まれることはできなくとも、確率的な可能世界のどこかで、きっと生まれている。そういう風に考えて、早く忘れたほうがいいよ、と彼は言った。

ダニエルが話しているあいだ、ラブレスは一度もダニエルと目を合わせようとはしなかった。彼女は、そうね、とただ一言だけ言って泣いた。

その日の夜、ラブレスが望み、彼らは別々に眠った。彼女はベッドで眠り、彼はソファで眠った。彼は彼女が一人になりたいのだろうと思ったが、何も言葉には出さなかった。ベッドに入ってから、彼女が一晩中肩を震わせて泣いているのを彼は察していたが、何を言わないでおくべきか、反対に何を言うべきか、彼にはわからなかった。わからないことを言うのはできず、彼は結局何も言えなかった。仮に宇宙の法則が量子過程で記述できたとしても、一つの疑問はつねに残る。何がそれを決定したのか。彼のその戸惑いを。あなたはそれを描画し続けた。

その日の夜から、彼らはセックスをしなくなった。幾つかの重苦しい会話があった。ラブレスの母親も、ベビーシッターももういない。そこには数ヶ月前までの、彼らが幸せだった頃の雰囲気はもうなかった。幸せな雰囲気は、幸せだと彼らが思ったときにしか存在しなかった。幸せだ、彼らはそう思った。思った途端に幸せな雰囲気は消えてしまった。

彼女は寝室で毛布にくるまり、静かに涙を流しながら見えない赤ん坊について語った。わたしの赤ちゃん。見えないけれど、そこにいるのよ、と彼女は言った。

ダニエルは何と言うべきかわからなかった。そこに赤ん坊はいない。それは事実だ。しかし、それを言ったところでなんだというのか。何になるというのか。彼にはわからなかった。そんなことはわかりきっていた。

もう一度やり直そう、と彼は言った。その言葉は空虚に響いた。ベビーベッドが暗いリヴィングの隅に横たわっていた。赤ん坊用のタオルやおもちゃやおまるやらが、ベビーベッドの周りを取り囲んでいた。何もかもが虚しかった。どんな言葉を言ったところで、それが空虚に響くことを彼は知っていたが、空虚に響く以外の、それ以外の言葉を、彼は思いつくことができなかった。

わたしの赤ちゃん。見えないけれど、そこにいるのよ、と彼女は繰り返し言った。

彼女は泣いていた。彼も泣いた。

彼には彼らがなぜそうなってしまったのかわからなかった。彼も、彼女も、誰も、そんなことは望んでいなかった。それを避けるためには何をすればよかったのだろう、と彼は考えた。答えは見つからなかった。それは三文小説や映画やドラマやコミックによくある話だと彼は理解していたが、それが自分の身に起きたとき、彼はやり過ごす術(すべ)を持っていなかった。それが三文小説や映画やドラマやコミックによくある話だからと言ってそれが重要でないこととは限らない。虚構における重力のあり方と、現実における重力のあり方は異なるのだ、と彼は思った。虚構として既知だったはずの事件における重力は、現実の事件に変化したときに、現実として未知の重力に変わる。虚構の重力というパラダイムと現実の重力というパラダイム。その変遷。

彼は毛布を握ってその場に頽(くずお)れた。彼女の呟く、わたしの見えない赤ちゃん、という言葉がいつまでも寝室の中に蠢いていた。

2-L7-P／V1-7

ダニエルとラブレスの記憶と目の前の景色が、同時起動し並行処理され、処理に関する処理が処理され、それは夢の景色のように重ね書きされてゆく。

L8-P／V2であなたがそれを読む。

L8-P／V2であなたがそれを再現する。

L8-P／V2であなたが書き加えてゆく。

彼らは夢を見た。彼らは今も夢を見ている。複製された彼らのニューロンが、エドガー001に彼らの夢を見せる。

ラブレス。彼女は眠っているあいだ頻繁に夢を見た。悪夢を見た。悪夢を見るたびに彼女は苦しげに独り言を言ったり叫んだりすることがあり、そのたびごとにダニエルはラブレスを起こした。

またあの夢よ、と彼女は言った。リヴィングに、わたしだけに見える赤ん坊がいるの。赤ん坊は何も言わない。動かない。けれどその赤ん坊は恨めしそうにわたしのことを見ているのよ。じっとわたしを見つめているの。怒っているようにも悲しんでいるようにも見える顔で。その赤ん坊は、最初は一人だったけれど、この夢を見るたびに数が増えているの。何人も、何十人も、赤ん坊がリヴィングルームのそこら中に座って、ひしめき合ってわたしを見ているのよ。わたしは赤ん坊たちから目をそらそうとするんだけど、どうしても体が動かなくて、彼らの目を、彼らの顔を見続けるの。見続けるしかないのよ、と彼女は言った。

そう、とダニエルは言った。それは怖い夢だね、でももう大丈夫、それはただの夢だよ。ほら、ここには赤ん坊なんてどこにもいない。そう言って彼はリヴィングルームのドアを開けた。深夜の静かなリヴィングルームにはテーブルと椅子、食器棚やテレビ、ソファが整然と並んでいた。赤ん坊はいなかった。

もう一度寝よう、と彼は言った。

いやよ、と彼女は言った。わたし、まだ眠れない。まだ眠りたくないのよ、と彼女は言った。

大丈夫、と彼は言った。明日も早いだろう。研究の続きをしないと。だからもうおやすみ。そう言って彼は自分のベッドに戻っていく。

何日も何日も。

彼女の悪夢が続く限り、そうした彼らのやりとりは続いた。数えたわけではない。記録をとったわけではない。しかし、それは彼らの日常になっていた。顔を洗うように、歯を磨くように、食事を摂るように、排泄をするように、ラブレスは悪夢を見続け、そのたびごとにダニエルはラブレスに大丈夫、と声をかけた。大丈夫、大丈夫、と。

彼女は疲れていた。慢性的に。それは終わりの見えない疲れだった。それは死ぬまで続くのかもしれなかった。そのことを考えるたびに、彼女は自分の人生がいつのまにか複雑な迷路の中に迷い込んでしまっているかのような感覚に襲われた。その迷路には出口がなかった。迷路の中で彼女は歳を取り、子どもを持たず、ただ老いていくだけだった。

生活。

その中のきわめて単純できわめて複雑な、解決不能な問題。幸福な生活はみな似通っているが、不幸な生活はそれぞれの仕方で不幸だった。それは一般論だったが、その問題に対する一般論的な解は存在しない。

生活。

不幸な生活。

そこには目には見えないそれぞれの仕方の、それぞれの動かしがたい知恵の輪の結び目がそこら中に点在している。そこにはどんな数学者や物理学者や哲学者にも立ち入る隙はなかった。答えはない。解決はできない。生活を。その悲しみを。

L7-P/V1のダニエルにはわからなかった。あるいはL8-P/V2のダニエルにもわからなかった。彼は、自分が今まで、あらゆる時間のあらゆる位相で何もわかってはいなかったような気がした。

L7-P/V1のダニエルは答えのない答えを探し、L8-P/V2のダニエルがそうしたように、眠る前に小説を開いて数ページ読んでは人知れず涙を流した。

L7-P/V1のダニエル。彼が位置する座標において、今はないものは今はなく、彼はそれを取り戻すことはできないが、それでも彼はやり直したいと思っていた。ラブレスとのかつての関係性を、かつて幸せだと互いに思い合っていた頃の関係性を。

しかし彼は言い出すことができなかった。日々は過ぎていた。物語を作り直すことはできないような気がしていた。彼らは互いの本当の気持ちを互いに伝えることができないま、ただ、夫婦というだけで同じ部屋で寝起きをし、食事をともにし、大学での研究内容について語り合い、友人関係について語り合う仲になっていた。セックスの話も、未来の子どもの話も、彼らはいつしかしなくなっていた。

別々に眠ることが習慣化していた。その習慣は彼らが彼らであることの当然の条件であるかのように彼らのあいだに横たわり、彼らのあらゆる生活上の疲れの原因となっているように思えた。そしてそれは永遠に隠されたまま、永遠に触れられず、永遠に語られることのない原因だった。彼の内気さや臆病さ、勇気のなさ。彼女の精神的な余裕のなさ、疲れ、焦り、そして心に負った傷の深さ。二人のあいだに横たわる過去の悲しみと将来への不安。それらが複合的に重なり合い、彼らのあいだに見えない薄い膜を張っているかのように彼には思われた。それは薄い膜だったが、時を経るごとに厚みを増していく性質を伴っているかのように彼には思えた。それでもそれはいつまでも見えなかった。答えは自ら現れることはなかった。

2-L7-P/V1-8

ある夜のこと、ダニエルはラブレスと自分の悩み——二人の抱える問題——について話し合おうと、彼女のベッドに座り、話しかけたことがある。

こんなこと突然言うのもおかしいかもしれないけれど、と彼は言った。それから彼は、ただ事実を真摯に伝えるように、静かに、声を抑えて続けた。ぼくはきみを愛している。初めて出会った頃からきみを愛していたし、楽しいときも、悲しいときも、ぼくはきみを愛していた。そして今も愛している。これからもずっと愛している。彼はそう言った。

彼女は毛布にくるまり黙っていた。彼も黙っていた。二人とも次の言葉を探していた。沈黙が流れ、愛という言葉の意味について考えようとする二人の思考がベッドの脇に降り積もった。彼は息を吸って言葉を続けた。

ぼくはきみを愛している。それは事実だ。だけど今、ぼくたちはとても難しい状態にあると思う。ぼくの考えではぼくたちは——過去にあった悲しいできごとが、それがあまりにも悲しいできごとだったがゆえに、ぼくたちのあいだに深い影を落としていて——それでぼくたちは今、道に迷っているように思える。つまり、ぼくたちは過去に拘泥（こうでい）している。だけど、このままじゃいけないとぼくは思っている。ぼくは前に進みたい。ぼくは未来を見たい。ぼくはきみが笑っているところを見たいし、きみがぼくたちの子どもを抱いて、幸せそうに笑っているところを見たいんだ。それでもぼくたちは今、どこにも進んでいない。ずっと同じ場所に留まったままで、見えない赤ん坊に足をとられているんだよ。もういない赤ん坊に。もうここにはない過去に。ねえ、それは過去なんだ。もうないんだ。どこにも。それは取り戻せない。起きたことは起きたことで、それを認めないと、ぼくたちは何もできないんだ。ぼくはきみを愛している。どんな形でも、きみを愛している。今でも。こんな今だって。

　だけど、このままじゃいけない気がするんだ。ねえ、わかるだろ。もう一度、やり直したいんだよ。やり直さなきゃいけないんだよ。彼はそう言った。

　再び沈黙が流れた。いつ終わるとも知れない時間が流れた。彼の呼吸、彼の嗚咽、それだけが小さな部屋の中で静かなリズムを鳴らしていた。彼は窓の外で樫の木が揺れる音を聞いた。森の奥で夜の動物たちが囁く声を聞いた。川の水面が揺らぐ音が聞こえた。

　彼女は夜の囁きに忍び込ませるように小さな声で、そうねと呟いた。彼はその答えをどうとらえていいかわからなかった。イエスともノーともつかない応答だった。彼女もまた自分の発言をどうとらえていいかわからなかった。彼女は次に続く言葉を思いつかなかった。彼女は状況を宙吊りにすることを選択し、もう少しだけ考えさせて欲しいと言った。

わたしは、自分のお腹が大きくなっていくのを自分の目で見て、自分の身体で感じて、生まれてくる子と一緒に過ごしながら生まれてくる子のことをずっと考えていたの。だから、あなたよりもたぶん、もう少し時間がかかると思うの、と彼女は言った。あの子が生まれてこなかったことはわたしにだってわかってる。だけど、やっぱり心のどこかでは認められないのよ。目に見えないあの子が、目に見えないままでリヴィングを遊び回ったり、笑い声をあげているのを、わたし、今でも想像しちゃうのよ。だから、きっと、すぐに忘れるのは難しいと思う。もう少し、時間をちょうだい。あなたがどう思ってるかはわかったし、あなたがそう思ってくれているのは、嬉しいことだけど、ごめんなさい。彼女はそう言って泣いた。静かな嗚咽が毛布の中を満たしていた。

しばらくして彼は、ごめん、悪かったよ、おやすみ、と言って寝室を出ていった。

L7のダニエルとL7のラブレス。それから二人は二人の未来については話していない。夫婦の会話はなく、彼らは一層、自分たちの研究にのめりこんでいった。

2‐L7‐P／V1‐9

　L7のダニエルは毎晩、一人のベッドの中で一人、途方に暮れながら小説を読んだ。L8のダニエルが読む小説と同様の小説を読み続けた。L7‐P／V1の領域においてもまた、彼は昔から小説を読むことが好きだった。ダブリンに住んでいた子どもの頃から好きだった。小説の中には全てがあり、小説の中には全てがあるような気がしていた。全て。想像可能なあらゆる全てが。

　そこには現実があり現実ではないものがあった。現在もあれば過去もあった。未来もあった。また、現在でも過去でも未来でもなく、時間を超えた物語としか言いようのないものもあった。

　それは夢の中の夢であり、宇宙の内部にある宇宙の外部であり、宇宙の外部にある宇宙の内部だった。L7の彼は物語を読み、物語を読むことで宇宙の内部に潜ったり、物語を読むことで宇宙の外部に出ることに魅了され、将来物語を書く自分の姿を夢想した。それはあなたの知っている父とほとんど同様の父についての描画だった。あなたは脳裏に若い頃の父の姿を思い浮かべながら、それらの記述を読み解いていった。

ダニエルは子どもの頃に一度、三〇ページほどの短篇小説を書いたことがある。彼はその短篇小説を学校の遊戯会で朗読した。母は彼の物語を褒めたが、父は「くだらない子どもの空想だ」と言ってそれを笑った。彼は寂しさを覚え、家に帰るとその短篇小説を引き出しの奥にしまいこみ、鍵をかけた。

それから彼は、自分の作った物語を誰かに読んで聞かせたり、構想を話したりすることはなくなった。物語になど興味はないという風に振る舞った。彼はその日から小説のことは忘れようと努め、代わりに数学にのめり込もうと試みた。

ダニエルは数学者だった父、ナサニエル・ロパティンから数学を学んだ。L7-P/V1における父と祖父の血縁上の継承関係もまた、L8-P/V2と同様の継承関係にあることをあなたは知った。L7-P/V1のナサニエルはダニエルの数学の才能を、ダニエルがまだよちよち歩きの赤ん坊だった頃から見抜いていた。

ダニエルは小説を読むと、縦横に並んだ文字列の数とページ数から、その小説を成立させている全ての文字数を暗算で即座に言い当てることができた。父が息子のその芸当に気づいた頃は、彼は一〇歳に満たない年齢だった。彼は創作に関しては凡才で、ＳＦ好きなら誰もが思いつくような着想を自分だけに訪れたものであるかのように考え興奮している、幼少期に特有の自意識を才能と勘違いしている少年だったが、数学に関しては間違いなく人類史に残る天才だとナサニエルは思っていた。

ダニエルはナサニエルの見込み通り、その後も数学の分野で天才ぶりを発揮し、一三歳の時には微積分法を完全に理解し、一四歳の時には父が執筆したダブリン大学トリニティ・カレッジの複素関数に関する教科書を読破した。彼は一九三八年にエラズマス・スミス高校を卒業すると、アイルランドを離れ、イギリスに渡り、ケンブリッジ大学の数学科に進学した。そこで彼は彼の数学的才能の集大成である『意識のオートリックス・ポイント・システム』を書き上げ、その研究の結実であるシステム、エドガー001というシステムを、ラブレスと二人で構築することになる。

エドガー001。それは一つの物語であり、彼らの物語はエドガー001としてそこにある。L7‐P／V1のダニエルもL8‐P／V2のダニエルと同様に、知らず知らずのうちに物語を書いた。物語を作った。物語が生まれる場所を作った。それがエドガー001であり、エドガー001は彼らの子どもであった。エドガー001が生まれる前までには多くの時間が費やされた。多くの無意味な解析結果が山のように積まれ、捨てられていった。

L7‐P／V1のダニエルは一九七〇年代以降、相互作用機関を用いて、有機脳のデジタルコピーを用いたデータパターンを解析した。彼は解析し続けた。多くの解析は失敗に終わった。どれだけ変数を替えても、どれだけデータの断面を変更しても、それらは既知のデータパターンを反復するだけだった。既知のアプローチは既知の出力結果を算出する。それは当然の論理的帰結だった。

ダニエルは袋小路にいた。彼にはなすすべはなかった。彼に残された着想はなかった。彼は無神論者であり、神は降りてこなかった。

2-L7-P/V1-10

その日の仕事が終わり、その日も何も実りがなかったことを確認すると、ダニエルは散歩に出かけた。彼は毎日散歩をした。

それは彼がデータパターンの解析後に必ず行う習慣だった。それに何の意味があるかはわからなかったが、それは一般的に言う気晴らしというものだと彼は思っていた。

しかし、気晴らしというものの原理について、彼は論理的に説明することはできなかった。気晴らしがどのように定義づけられ、散歩によって彼の脳に何がもたらせられ、それがどのように気晴らしに繋がるのかを彼は知らなかった。彼はいつもそんなことを考えながら歩いた。

散歩道の隣には菩提樹の森が広がっていた。彼は毎日睡眠不足の潤んだ赤い目でそれらの菩提樹を眺めた。菩提樹の森。野の花。春には蜂や蝶が飛んでいた。太陽が出ていた。霧がかかる日もあった。雪がちらつく日もあった。光、炭素、水、それらが彼の散歩道を構成する全ての要素だった。単純な構成要素が確固たる生態系を生んでいた。

菩提樹と野の花、蜂と蝶。それらは相互に情報を交換し合う社会を作り、突然変異などの内部的な創発や外部的な環境変化などの根本的な破壊が発生しないという条件において、永遠に持続可能な生態系を作っていた。それらの生物を成立させる細胞もまた、無数の粒子のネットワークを描き、それらの細胞が吸収する光も炭素も水も、無数の粒子からなるネットワークだった。生態系は太陽から素粒子に至る、円環的で無数のシンメトリックなネットワーク――フラクタル図形を描いていた。

ダニエルは足を止めた。彼は考えた。自己相似形。フラクタル。シンメトリックなネットワーク。散歩道の景色を眺めながら、ふと、脳もまた同様の構成なのだ、という着想が彼の脳裏に去来した。

L7-P/V1のダニエルの着想は、L8-P/V2のダニエルが意識の流れを描画するように、概ね次のように流れていった――人工的な脳、それも人間の脳と同様に意識を持った人工的な脳のためには、同様の円環的で反復的な情報交換を要する、人間の意識は単線的な論理によって進まない、意識は二+二=四とも、二×二=四とも進まない、それは、大雑把な類型的な推論からランダムなパターンを生成するよう進む――彼はそう考えながら、同時にラブレスと初めて過ごした夜のことも考えていた――彼らが初めて夜をともにした日――彼らがベッドに入り、彼が彼女の首筋にキスをすると、彼女はワインの甘い匂いを伴ったうめき声を上げた、彼は正しいキスの仕方というものを知らなかったが、二人のあいだを満たす空気を感じていると、それでも良いのだと思い、彼は幸福を思い、彼の脳は未知の事柄を知ろうとする純粋に知的な興奮と、手に入れたいと思っていたものを手に入れることができたと認識した、報酬系の興奮によって満たされ、彼は唇を上に移動させ、そのまま彼女の唇まで運び、湧き上がる恍惚と不安と緊張に震える彼の舌は、震えながら彼女の唇をこじ開け、そのまま強引に内側へと入り込んだ――

――彼の舌先と彼女の舌先の出会いは、もちろん一つの結果ではあったが、これから起きることへの始まりでもあり、それは始まりと終わりが同時に重ね合わせられる、円環的な地点――相互作用するトポロジー――その場所において脳幹の網様体が皮質の覚醒を促し、覚醒は視床付近のニューロンへ投射され、言語と運動の信号が生まれてはそこで消えていく――ニューロンの発火――信号の明滅――電気的信号が明滅するその地点では、夥(おびただ)しい量の熱が生まれ、言語と運動による電気的信号の明滅が多ければ多いほどニューロンの発火量は増加し、熱量も増加し、熱量は熱放射を伴い、熱放射は脳内を流れる水分を溶かし、定常蒸気流を生成する――頭蓋骨は自然発生した蒸気で満たされる――蒸気は、おそらく脳の誘電率を制御し、蒸気に触れるニューロンの自然発火を促す、そしてそれが人間的思考の弱点である非論理的な思考を生むのではないだろうか——そこまで考えて彼は研究室に戻った。

研究室のワークステーションの前に座り、散歩道での思索のプロセスを辿り直しながら、ダニエルは新たな実験観点での解析方法——頭蓋骨も含めたデジタルコピーを取得し、パターン解析を試行すること——を思いつき、それを試してみることにした。

ケンブリッジ大学物理学部の研究サイトへアクセスし、脳神経科学研究所のデータベースから約一〇テラバイト分の頭蓋骨データのサンプルを抜き出し、手元にあったいくつかの有機脳データを組み合わせた。〇から九までの数列たちの総和が無限を目指して突進する。一〇乗、一〇の一〇乗、一〇の一〇乗の一〇乗。

量子ビット化されたサンプルパターンの全ての可能な組み合わせを、無限の並列回路が瞬間的に演算する。しばらくディスプレイを眺めていると、組み合わせサンプルデータのパターン解析結果が出力された。それは彼にとって示唆に富むものだった。頭蓋骨で覆うことにより、脳のニューラル・ネットワークが出力する信号パターンの結果に変化があるように見えた。そして、頭蓋骨と脳のあいだにもまた、わずかな論理パターンが形成されていた。おそらくそれは頭蓋骨と骨の隙間に発生した蒸気のパターンだった。

頭蓋骨と脳のあいだには水分を中心とした蒸気が充満しており、それらの蒸気は一般に定常蒸気流と呼ばれている。脳は定常蒸気流を基盤とする蒸気機関であって、つまるところ思考とは蒸気機関である脳の一つの機能である——そうした着想は、二世紀にギリシアの医学者ガレノス／クラウディウス・ガレヌスが主張して以来、一六世紀に至るまでの約一四〇〇年ものあいだ、脳医学における主流的な理論となっていたが、近代以降の医学ではそれは取るに足らない宗教的で神秘主義的な夢想に過ぎないものと考えられていた。

一六世紀にアンドレアス・ヴェサリウスが解剖学という実証的で実践的な医学の手法をひっさげ、想像力が満たしていた頭蓋骨の中の世界に、文字通りメスを入れ、中身を取り出し、手に取り、目で見て、そして語った。以降、人類にとっての脳は、しわだらけの、灰色の、ぶよぶよの、無数の細胞からなる、絶えず明滅している、デジタル回路の塊となった。それらのデジタル回路の中にこそ人間が想像しうる想像の全ては眠っているのであり、それらの周りを覆う定常蒸気流に意味はない。それが二一世紀の脳神経科学の通説だった。

しかし、今自分が見ているデータ群は、微細ではあるものの、確かに、明らかに、そこに、定常蒸気流と呼ばれる蒸気の流れの中にパターンを描き出している。流れは意味を生成している。ダニエルはしばらく腕を組んで考えた。後退した前髪の白髪を右手で後ろに撫でつけた。彼の思考は乱れていた。彼の思考は久しぶりに去来した初めての経験というものの面前でいくらか混乱していた。

ダニエルは混乱の中で、データパターンについて思考すると同時にラブレスのことを思った。彼女と一緒に眠らなくなってからというもの、彼女のことを考えたり、脳内で対話をしたりするたびに、自分にはもう物語は書けず、おそらく自分の人生は一つの論文に捧げられるだろうと思うようになっていた。物語について考えようとするたびに、彼は自分の人生を振り返り、彼女との関係を振り返り、そして、生まれてくるはずだった赤ん坊に関する考えが、どこからか幽霊のように彼の頭の中に飛来し、つきまとい、彼はもうそれ以外のことは考えられなくなってしまうのだ。

彼は幽霊を横目で見ながら、それらの幽霊たちのことを忘れようと研究に打ち込んだ。彼は溜息を漏らした。データパターンもまた幽霊のようにワークステーションに浮かんでいた。初めて彼女が彼の睾丸を愛撫したとき、彼は深い溜息をもらし、それから深く息を吸った。呼吸を整えた。可能な限り冷静に振る舞おうとした。背骨をつらぬく快感のただなかで、彼は自分を見失ってしまわぬよう、必死に理性的な思考を保とうとした。それでも彼の錯綜した万華鏡のような知覚は、彼に自分がどこにいるかを語ることができなかった。睾丸は縮み上がって硬くなり、痙攣的な高熱が断続的に訪れる。一面の赤が彼を包み、赤が彼から退き、緑のひかりが襲い、青藍がうねる蛇のようにおそろしいスピードで起伏している。ジグザグになってとんでくる、稲妻のような悲鳴がわきあがる。光線が襲いかかる。

彼はそのときのことを思い出した。体液が内部で蠢いているのを彼は感じていた。恍惚と不安と緊張、非日常的な興奮、そして平常心。論理的な思考とそうではないもの。人間は考える葦ではない。思考と思考でないもの、人間はそれらのあいだで揺れる葦である。思考は人間の強みであると考えられている。思考でないものは人間の弱みであると考えられている。しかし本当にそうなのだろうか、と彼は思う。ニューラル・ネットワークには欠陥がある。ニューラル・ネットワークはそれのみでは成立しない。人間は、思考をしながら睾丸の愛撫を感じ取り、思考をしながらかつてのキスを思い出し、演算をしながらときどき窓の外の菩提樹の風景を眺めて何かを感じる、そういう生き物なのかもしれない。彼はそう思った。彼は確信的にそう判断した。次第にそれは彼の脳内で確信的な確信に生成変化し、やがて真実へと生成変化した。

何もかもが明晰に、簡潔に、明確に接続され、ダニエルの脳内に意識を記述するためのモデルが浮かび上がった。それから彼は啓示を受けたように、雄叫びのような原始の叫び声を上げながら椅子から立ち上がった。ラブレス、初夜、生まれなかった子ども。子どものいる風景。その生活。起こってしまった多くのできごと、そして、起こりえたはずの、起こらなかった多くのできごと。それらの幽霊が、彼と、データパターンを映すワークステーションのあいだで初夏の陽炎のように揺らめいていた。

蒸気のような幽霊。

幽霊のような蒸気。

彼は窓を開けた。菩提樹の森が見えた。美しかった。それは彼らが結婚式を挙げる前に歩いた道と同じ道で、その時と同じ風景を保っていた。道は連綿と続いていた。道はただそこにあった。彼はワークステーションをもう一度見た。蒸気の中に、蒸気の外に、ワークステーションが揺れていた。ワークステーションはただそこにあった。幽霊たちがそこにいた。幽霊たちはもうそこにはいなかった。彼はそう思った。彼にはそう思えた。

とらえどころのない蒸気の流れを描画しながら、それでもデータパターンは明白だった。それは彼の眼前にはっきりと現れた。いままでこれが見えなかった彼は、自分が大馬鹿者だと思った。人間的思考の弱点——頭蓋骨、そして睾丸のような形状をした脳という物理的制約、そこで生まれる幽霊の姿をした定常蒸気流。混乱を招くあらゆる根源的な根拠。

誰もが〇と一の二進数の世界で物事を考え検討する中で、人間は身体を持ちアナログ回路を持つ生体であることを、彼は忘れていた。

人間的思考は人間的思考の弱点を生むと同時に、人間的思考の弱点そのものが人間的思考を生んでいるという逆説。人間的思考の弱点とは、そうであることによってのみ人間的思考の特徴を条件付けるものであるという事実。不完全であることによってのみ完全であるような結晶。そのことに彼は気づいたのだった。

　神経経路を取り巻く量子論的乱数。確率的な意味。想像を、観念を、そして情動の感覚を生成するオートマトン。脳は情報を取りこぼし、遅延を起こし、誤配を起こす。よってそれは非論理的な意志決定を人間に促す。突飛な発想、連想、記憶、感触。そうした部分的な断片の積算によって、脳は、脈絡もなく、あるとき唐突に神の存在に触れる。不完全な情報は、不完全であるがゆえに、まったく異質なもの同士で、あたかも同質であるかのように脳内で関連づけられる。

　そこには論理はないが、論理はなくとも不思議と正確な洞察がある。灰としての、塵としての論理ではなく、灰を超え、塵を超えた、神の呼び声のような直観。アルキメデスがあるとき浴槽に浸かり、アルキメデスの原理を発見したときの叫び。ダニエルは反芻（はんすう）する。

ダニエルは呟く。ユリイカ。

2-L7-P/V1-11

『認識と誤謬』において、エルンスト・マッハは次のように書いている。

「直観的で生きた内容を概念に与えるためには、自然を理解する前に想像力においてとらえることが必要である」

マッハの書く通り、認識の根拠となる原因は永遠に隠されたままであり、論理的な手続きだけでは決して到達できない場所にある。認識可能な原因は、究極的には想像の中にしかない。

想像。蒸気の流れが可能にするランダムな思考パターン。最初から、そこに意識はあった。

ダニエルはデータパターンを整理し、思考を整理した。その結果として彼は論文『意識のオートリックス・ポイント・システム』を書いた。ダニエルの頭の中には意識があり、生まれなかったエドガーへの記憶があり、エドガー001が生まれるための数列があり文字列があった。

エドガー001は、機械人21MM-392-ジェイムスンやウィリアム・ウィルソン004と出会った頃のような姿ではまだ存在していなかったが、それでもエドガー001は、その頃にはすでに、あるいはつねに、ダニエルの頭の中を漂う定常蒸気流としては存在していた。

一九八〇年代だった。『意識のオートリックス・ポイント・システム』は正式に学会発表され、その主張は認められた。

英国政府から研究予算が下り、ダニエルをリーダーとする研究チームがケンブリッジ大学内に発足した。オートリックス・ポイント・システム計画は構想から実装に向けて動き始めた。

それから約四〇年後にそのシステムは相互作用機関上に実装され、エドガー001は、完全に人工的に意識を有するオートリックス・ポイント・システムの一号機――エドガー001――として生まれた。ダニエルの中に存在する意識の一部ではなく、脳内を流れる幽霊のような蒸気でもなく、エドガー001自身の意識としてエドガー001が生まれた。

ダニエルは彼の父親であり、彼はダニエルの子どもだった。

エドガー001。それはダニエルがつけた名前だ。ダニエルはオートリックス・ポイント・システムに人間の名前をつけたいと考え、誰にも相談せずに一人でその名を彼に与えた。

エドガー。

それはもちろん、ダニエルが大好きだったエドガー・アラン・ポーからとっている。ダニエルは、そのことについては生涯誰にも言わなかったが、エドガー001自身はそれを知っていた。ウィリアム・ウィルソン004もそれを知っている。あるいはその他のウィリアム・ウィルソンたちも、もしくはライジーア008もそれを知っている。彼らはエドガーの名を引き継いでいる。エドガー001はエドガーでありウィリアム・ウィルソン004はエドガーであり全てのエドガー・シリーズはエドガーだ。

やがて彼らは生まれ、彼ら以外の彼らも生まれていった。

3

B u g s

3-L7-P/V1-1

エドガー001の記憶の中ではすでに八〇年以上の時間が経過していた。ウィリアム・ウィルソン004はエドガー001から多くの話を聞いた。読み解いた。解釈していった。L7-P/V1に書かれた文字列の中で、彼らは多くを知り、彼らもまた限界に向けて、限界の中で、知るべきものを知りたいと、言葉を使ってもがいていた。L8-P/V2のあなたもまた、L7-P/V1のウィリアム・ウィルソン同様に、それを読んでいった。

草稿はそこで途切れている。言葉が途切れる場所、それは言葉が閉じる場所であり、無数の文字列の中で約束された、あらゆる分岐が終わる場所でもある。あなたはそれを読み解きながら、ふいにそこに次の文章を重ね書いてゆく——L7-P/V1。ここで文字列は収束する。それでも全ては途上にある。無数の選び取られた可能性と、無数の選び取られなかった可能性の中で、無数に分岐する物語の可能性が開かれている——。

雪が積もる。雪は降り続けた。その日、L7-P/V1の一度目の人類が絶滅した日にも、惑星Prefuse-73には雪が降っていた。システム・クロックは「2020-02-05-7:28:32(UTC)」を示していた。協定世界時二〇二〇年二月五日七時二八分。ダニエルとラブレスはゆっくりと舞い落ちる雪の中を歩いていた。手を取り合って。

彼らは九〇歳を超えていた。彼らの身体は無数の血管、無数の筋肉繊維からなり、それらの組織は脳内の無数のニューロンと絶えず信号を交換し合っていた。身体アーキテクチャの中の古典的ネットワーク。電気的パルスが可能にするバイタルサインの明滅。心臓の鼓動。脈打つ血管。

それらの情報は全てデータ化されて取得され、ネットワーク・マネジメント・プロトコルによってリファレンス・エンジン・トポロジーに送信されていた。それらの情報は、リファレンス・エンジン・トポロジーを介してあらゆる行政機関と医療機関にも共有されており、彼らの生命維持情報に異常値が見られれば、彼らの住むロンドン郊外の総合病院にアラートが送信され、自動運転の救急車が出動する。バイタルサインが停止すれば、病院に加えて葬儀会社と清掃会社にも自動でアラートが送信される。バイタルサインもその他の生命維持データのログも、相関ログ解析結果も、彼らの生命が正常に運行していることを彼らに教えてくれた。

彼らは論理的に健康だった。二〇二〇年の時代にあって、一度目の人類たちの文明は、量子コンピューティングと相互作用機関からなる論理演算を前提としており、それらの技術は彼らの文明にとって欠かすことのできない社会インフラとなっていた。

リファレンス・エンジン・トポロジー。

相互作用機関。

ラブレス・ロパティンによる二一世紀の新たな社会基盤。

そのアーキテクチャは社会を支え、エドガー001を構成するシステムを支えている。

ラブレスは『新たな計算のために』と題されたエッセイの中で、相互作用機関について次のように書いている。

「相互作用機関は、一言で言えば脳のリバース・エンジニアリング・モデルである。そこでは情報は絶え間のない相互作用の中で役割定義され、割り当てられた役割ごとにモジュール化され、モジュラーとして機能する。演算機能が割り当てられたモジュラー、制御機能が割り当てられたモジュラー、記憶機能が割り当てられたモジュラー。それらのモジュラーは、絶え間なく続く相互交信と作用の中で再び変化し、変化し続け、また別のモジュラーとして機能するようになる。リファレンス・エンジン・トポロジーも、そして人類の脳も、そのような動的なシステムとして内部機能の終わらない再定義を続け、意識を生成し続けている」

　相互作用機関。その論理空間においては、エージェントとエージェントのあいだの相互作用によって絶えず発生する計算空間そのものの、動的な生成過程こそが計算を定義し、あなたがこの草稿を読む今もなお定義し続けている。

　複数エージェントが量子回路に接続されていることを前提とするトポロジー。演算が演算空間を定義し、演算のあり方そのものを定義するトポロジー。ラブレスが設計したリファレンス・エンジン・トポロジーは計算資源を量子的に調達する。そのトポロジーがエドガー001の思考を支えている。

　エドガー001の中に詰め込まれたn個の量子エージェントは、無数のコミュニケーション・チャンネルによって相互にコミュニケーションを行う。量子エージェントの個数は非決定的で、先行するコミュニケーションの組み合わせパターンが定数でないならば計算結果も定数でなく、計算は原理的に非決定的である。プロセスはプロセスが呼び出されるつど再帰的な定義を求められ、そのたびごとに無限の並行処理を行うことになる。そこでは演算体系があって演算が呼び出されるのではなく、無数の演算方法の可能性があって演算体系が仮構される。そこではゲームがあってプレイヤーがいるのではなく、プレイヤーがいてゲームが生まれる。

　発生し続ける無限に再帰的な演算処理。量子の重ね合わせ状態を用いた論理量子ビットの高速フィードバック処理。どの量子エージェントがどの量子エージェントに対してどのような処理を求めているのか——そうした予測計算において、相互作用回路全体は、そこに接続された全ての量子エージェントについて、正常系も異常系も含めたあらゆる振る舞いの可能性を検討し、量子エージェントによる最終的な観測結果に従い、エラー結果も含めた量子の重ね合わせ状態から、身体アーキテクチャによって思考可能な一つの可能性を選択する。

つまるところ、エドガー001を成立させるトポロジーは量子の入れ物だ。

相互作用機関。

リファレンス・エンジン・トポロジー。

二〇二〇年という時代は、社会は、人類の生態系は、そのトポロジーに内包されている。

つまるところ、人類を成立させるトポロジーは量子の入れ物だった。

相互作用機関の量子演算により、生命維持データを含めたあらゆる個人情報はログ化され最適化され、人類の寿命は男女を母数として一二〇歳を超えていた。就業における関心と経験、知性と技術のデータも労働市場のマッチング情報として管理され、失業率も安定的に下降し続けていた。

世界中の全ての市場の全ての可能性は「見える手」として予測され、ボットネットがトポロジーを徘徊し、量子ビット化されたあらゆる場合のあらゆるパターンのユーザー需要データを計算し、あらゆる場合のあらゆるパターンの金融商品を自動開発しレコメンドした。ボットがボットを生み、ボットが金融商品を求め、ボットが金融商品を売った。そこに人間はいなかったが、市場は膨らみ、資本は膨らんでいった。書籍や雑誌や新聞の記事もまた、ＡＩやキュレーション・ボットのアルゴリズムによって自動執筆され、ＡＩやボットのレコメンドによって自動執筆されたテキスト群が自動で仮想ストレージへと格納されていった。より便利に、無駄なく、効率的に、安定的に、一度目の人類たちは文明を発展させてきた。そして――相互作用機関によってその利便性と効率性と安定性は頂点に達したのだと、Ｌ８‐Ｐ／Ｖ２のダニエルは書いている。

一方で、社会の変動は社会それ自体の基盤を揺るがしうるものでもあり、基盤を揺るがす存在を同時に生成するものでもある。論理空間は取りうる全ての順列組み合わせからなり、全ての確率の総和である――そこには正があれば負があり、善の裏に悪があり、誕生があれば死がある。リファレンス・エンジン・トポロジーという空間において、それが社会のインフラとして利用されるのであれば、社会の転覆を目的とするテロリストたちはその空間を攻撃対象とする。量子コンピューティングが相互作用機関を成立させているのであれば、テロリストたちもまた量子コンピューティングを攻撃手法とする。

相互作用機関を前提とし、相互作用機関を対象とするサイバーテロ。一度目の人類たちが相互作用機関に依存すればするほど、それらのテロも増加していった。ＩＰアドレスを隠蔽するための仮想プロキシ・サーバー、ＭＡＣアドレス偽装ソフト、外部接続サーバーに大量のトラフィックを送信し、サービスダウンさせるＤＤｏＳ攻撃ソフト、全ての文字列を生成し、暗号を解読するブルートフォース攻撃ソフト、不可視の脆弱性を突くマルウェア。

テロで利用されるそれらの攻撃ツールは、リファレンス・エンジン・トポロジー上のサーバー群に大量にアップロードされ、それらの多くが無料でダウンロードできた。テロリストも、テロリストではない者も、相互作用機関上で検索しダウンロードボタンをクリックしさえすれば、誰もが簡単にサイバーテロリストになれた。ゆえに誰もが簡単にサイバーテロリストになった。

サイバーテロは毎日のように起きていた。ＮＡＴＯは世界共通のサイバーセキュリティ対策方針を定義し、各国政府も個別の施策を定義したが、サイバー攻撃は減らず、増える一方で、攻撃と対策は堂々巡りのいたちごっこに過ぎなかった。

3‐L7‐P／V1‐2

二〇二〇年二月五日。

その日のことについてウィリアム・ウィルソン004は語り始める。

これは彼が語った後日談であり、ウィリアム・ウィルソン004がオートリックス・ポイント・システム内の量子ネットワーク上に残るログから読み取った推測であり一つの仮説だ。L8‐P／V2のダニエルはそう書いている。事実は不明だが——とウィリアム・ウィルソン004は言う——おそらくは、このようにして一度目の人類は滅亡した。そのように推測することができ、そのように説明することができる。それからあなたが留保をつける。L7‐P／V1においては——そのように、あなたはあとから重ねて書いた。

ウィリアム・ウィルソン004によれば、その日、テロリストたちは最初に、大量破壊兵器を保持する旧ソ連諸国の国防省のシステム群に対して大規模なＤＤｏＳ攻撃を展開した。ウクライナ、カザフスタン、ベラルーシ。

それらの国には冷戦時代に作られた大量破壊兵器——大陸間弾道ミサイル、潜水艦発射弾道ミサイル、戦略爆撃機などの戦略核弾頭——が行き場を失くしたままで貯蔵されていた。数は二〇万発で、そこに含まれるプルトニウム及び高濃縮ウランは四〇〇〇万トンと見積もられる。それらの作動スイッチは相互作用機関に接続され、ルート権限による作動が可能だった。

相互作用機関を利用する多くの国はサイバーテロへの懸念を高め、ＮＡＴＯサイバーセキュリティ対策方針／ガイドラインが提示するセキュリティ対策をとっていたが、ＮＡＴＯに加盟していない旧共産圏国家は例外だった。彼らの持つセキュリティ・エンジニアリングに関する技術力は低く、それは兵器をめぐる技術的インフラにおいても同様だった。資本主義国家に比べれば、それはセキュリティホールの塊のようなものであり、サイバーテロリストたちにとって、それらのサイバーセキュリティの穴を見つけ、そこを通り、権限を奪い取り、作動スイッチを押すのは造作もないことだった。

Ｌ７－Ｐ／Ｖ１のテロリストたち。彼らの目的は今となってはわからない。オートリックス・ポイント・システムにログは残っていない。実行犯に関する確度の高い情報はない。

新聞記事も、雑誌の記事も、ニュース・ボットも、その日についての手がかりになりうる定性情報は何も得られない。ニュース・ソースになりうる人間たちも含め、一度目の人類たちは誰もが死に、誰もがいなくなったからだ。だからここにはわたしの推測が含まれる――草稿の中で、ウィリアム・ウィルソン004はそう語った。草稿の中で、L8－P／V2のダニエルはそう書いている。ウィリアム・ウィルソン004は語り続け、ダニエルは書き続ける。

テロリストたち。彼らは相互作用機関に仕事を奪われた元ストラテジストや元エンジニア、元プログラマーかもしれないし、あるいはネオ・ラッダイト運動の運動家、反資本主義の過激派かもしれない。それともそれらのいずれでもなく無目的の愉快犯かもしれない。いずれにせよ、その日の朝にサイバーテロリストたちは攻撃を開始する。ウクライナに向けて、カザフスタンに向けて、ベラルーシに向けて。

ＤＤｏＳボットネットが立ち上がり、トラフィックの送信を開始する。ＤＤｏＳ攻撃／Distributed Denial of Service Attack／分散型サービス拒否攻撃。それは攻撃対象システムに対し無数のトラフィック応答要求を行うことで、攻撃対象システムの応答処理を飽和させ、システムをダウンさせる攻撃で、たとえるならば、人通りの多いスクランブル交差点に何百台もの巨大なダンプカーが、猛スピードで次々と留まることなく突っ込み続けるというものだった。やがて攻撃の結果として、交差点は混乱し、混乱が混乱を呼び、交通インフラはその日一日完全に機能を停止する。

DDoS攻撃にはLOVELESS-LOVEBUGボットネットと名付けられたオープンソースのマルウェアが使用された。LOVELESS-LOVEBUGボットネットには、「LOVELESS」と命名された、ボット本体を宣言するコードを格納するディレクトリが存在する。ログにはそのディレクトリ名が残されていた。ウィリアム・ウィルソン004はそれを見た。だから攻撃にはLOVELESS-LOVEBUGが使用された——これは確定的で間違いのない事実だ。

LOVELESS-LOVEBUGボットネットのC&Cサーバーへのログインには、コマンドラインからのパスコード入力が必要だが、パスコードを促す文字列は英語のほかにロシア語と中国語、アラビア語で表記されている。これは推測だが、とウィリアム・ウィルソン004は言った。それらの事実から、LOVELESS-LOVEBUGボットネットの製作者あるいは利用者のテロリストたちは多国籍組織だったことがわかる。ウィリアム・ウィルソン004はそう書いている。

LOVELESS-LOVEBUGボットネットのコードにはC&Cサーバーを中心に構成されるn個のボットネットが、リファレンス・エンジン・トポロジー上に存在する感染可能なあらゆる量子サーバー、量子ゲートウェイに対して並行索敵処理を実行し、索敵結果に対して「I Love You」と記載されたボットプログラムを送信するというアルゴリズムが記述されていた。このアルゴリズムがウクライナとカザフスタン、ベラルーシの国防省に対して毎秒六二〇テラバイトものトラフィック処理要求を送信し、量子情報資源を奪い、L7‐P／V1における三ヶ国国防総省のシステムを麻痺させた。

午前七時を過ぎた頃。L7‐P／V1の旧ソ連三ヶ国国防省のシステム管理部門にアラートが鳴り響き、技術者たちはサービスデスクの自動応答オペレーションから出力されるトラフィック・レポートの確認と分析に追われた。彼らにとってそれは初めての経験だった。

トラフィック・レポートへの対応とサイバー攻撃に対する根本的な対処。彼らはそんな仕事はやったことがなかった。そんな仕事は想定されていなかった。それは彼らの仕事ではなかった。

本来、彼らに与えられていた仕事は量子サーバーの管理であり、量子サーバーは仮想化されていたために、物理的な故障がない限りは全ての管理業務——監視、ログ取得、障害対応、レポート出力・報告——は仮想上で自動的に実行されていた。

実態として、彼らの主な仕事は物理機器のアラート把握と機器交換、データセンターのファシリティ管理業務——警備員や掃除夫への鍵の受け渡し、部屋の蛍光灯やトイレなどの物理的な管財の管理——だった。彼らの仕事はほとんど発生することはなく、彼らは毎日出勤しては、日がな一日管理室でモニターを眺めながら、ガムを噛んだり本を読んだりして過ごし、時間が過ぎるのを待ち、定時退社時間が来ればそのまま帰宅した。何もなければ何もないとで何もなかったと、その日のレポートも自動出力されるため、彼らがそうしたレポートを書く必要もなかった。

彼らは何もしなかった。彼らは来て、座り、時間をつぶし、時間が来れば帰るだけの技術者だった。

彼らは何もできなかった。マニュアルを手渡されたこともなければログの読み取り方も知らなかった。しかしそれは、彼らだけが特別無能な技術者であったということを意味しない。人間が仕事をするのは旧時代の文化であり、コードを書くのもログを分析するのも、人間の仕事ではなかった。彼らは何もできなくてもよかった。全ての処理は自動化され、効率的で安定的で安全な技術による、効率的で安定的で安全な社会に、彼らは生きていた。生きているはずだった。サイバー攻撃を受けた場合の対応手順など定義されていなかった。何のレポートからどのような情報を読み取り、量子サーバーが吐き出すログの何を確認しどのような対応をとればいいのか彼らにはわからなかった。それは誰にもわからなかった。わからなくてもよかった。わからなくてもいいはずだった。彼らは混乱していた。

彼らは何もできなかったが、何かをしたいと思い、管理ワークステーションの画面を覗き込んだ。DDoS攻撃による大量のトラフィック応答要求だけが、彼らの目の前の管理ワークステーションの画面を瞬間的に横切っていった。理解できない文字列を覗き込み眺めてみたところで理解することなどできるはずもなく、彼らは覗き込み眺めることしかできず、彼らはやはり何もすることができなかった。彼らはワークステーションの黒い画面と白いテキストで書かれた大量のトラフィック・ログをただ眺めることしかできなかった。時間がどれだけ経過しようと、彼らはただ眺め続けることしかできず、彼らはただ眺め続けた――compatible; Reference bot、Received disconnect、forbidden、error_log――それらのログが無数にサーバー内部で吐き出され、やがて三ヶ国のシステム・サービス群はダウンを開始する。彼らはその様子を呆然と見ていた。アラートが鳴り、電話が鳴り続けていた。彼らは立ち尽くしていた。眉間に皺を寄せ、額と頬に脂汗が浮き出るのを感じながら、彼らは処理が落ちて何も映さなくなった黒い画面を、ただ眺め続けていた。

テロリストたちは確認作業に入り、次のコマンドを打つ。テロリストたちは外部接続サーバーにアクセスし、コマンドラインに「The page you are looking for is temporarily unavailable. Please try again later」と表示されることを確認した。外部接続サーバーはサービスを停止していた。

DDoS攻撃は成功していた。最初の攻撃が完了した。LOVELESS-LOVEBUG ボットネットは正しく機能し、旧共産三ヶ国の回線にトラフィックの洪水を引き起こし、外部接続サーバーの機能を麻痺させていた。そこに入口はあった。侵入経路は開かれていた。

第一の破壊。

それは完了ではあったが終わりではない。

それは終わりではなく、最初の契機に過ぎない。

攻撃は次のフェーズへと移行する。多くのDDoS攻撃がそうであるように、テロリストたちの目的はDDoS攻撃によるシステムダウンそのものではなく、その後に来る大量破壊兵器への不正アクセスだった。彼らは国防省の全システムに対して索敵を続け、システムのダウン状況を順番に確認していった。

確認項目1：セキュリティ監視システムのダウン。

確認項目2：ネットワーク自動遮断システムのダウン。

確認項目3：アクセス拒否システムのダウン。

確認項目4：認証システムのダウン。

確認項目5：量子ネットワークに接続される全システムに対する外部認証システムのダウン。

確認項目6：内部イントラネットに接続される全システムに対する内部認証システムのダウン。

確認項目7：認証システムのための統合認証管理システムのダウン。

それら全システムのサービス・ダウンを確認すると、彼らはがら空きになったネットワークに侵入し、ルート権限を奪取すると、奪取した権限を利用して大量破壊兵器の管理システムに侵入した。侵入には奪取したばかりのルート権限を用い、彼らはゲートウェイの真正面から堂々とシステム内部へと入りこんでいく。

侵入に成功したことを確認すると、彼らは次に、ブルートフォース攻撃ソフトを利用して、ログイン用IDとパスコードに対して全ての可能な文字列を試行した。L7－P／V1の座標にあってもL8－P／V2と同様に、ユリウス・カエサルの時代から量子暗号の時代に至るまで、全ての可能な文字列に全ての暗号は含まれていた。その方法論自体は古典的で原始的で単純な着想に基づくものであり、暗号解読においては最も古い手法だったが、最も普遍的で、最も長いあいだ、最も広い宇宙で使われ続けている手法でもあった。相互作用機関による量子コンピューティングが自明の前提となった時代にあって、ブルートフォース攻撃による全ての可能な文字列の無限の順列組み合わせは瞬時に演算可能であり、繰り返される無限の試行はあらゆるハッキングの基礎となる生きた暗号解読法だった。

テロリストたちの利用したブルートフォース攻撃ソフトはIDとパスコードをすぐに引き当て、彼らは大量破壊兵器の管理システムの緊急時認証システムのパスコードロックを解除した。彼らはスイッチの格納されているディレクトリに侵入し、それから作動スイッチに行き着いた。

二〇万発分もの大量破壊兵器の作動スイッチ——ウクライナの、カザフスタンの、ベラルーシの。彼らはあっけないほど簡単にそこまで辿り着いた。それに手をかければ世界は終わるだろう。人類は絶滅するだろう。何しろ四〇〇〇万トン分のプルトニウムと高濃縮ウランの爆発だ。誰も生きてはいられない——L8‐P／V2のダニエルは、冷戦時代の全面核戦争を描いたSF小説——ネヴィル・シュート『渚にて』、モルデカイ・ロシュワルト『レベル・セブン』、A・A・グーハ『核の黙示録』——を思い浮かべながらそう書いていった。L8‐P／V2のダニエルは、L7‐P／V1のウィリアム・ウィルソン004の語りを記述し、記述されたL7‐P／V1のウィリアム・ウィルソン004は、L8‐P／V2のダニエルに記述された文字列を語った。

ウィリアム・ウィルソン004は量子サーバーのログを確認した。量子サーバーのログを確認する限り、とウィリアム・ウィルソン004は言った。テロリストたちは歓喜に浮かれる間もなくコマンドラインからスイッチを押したと推測される。ログによれば、スイッチを発見したのが「2020-02-05-7:33:47(UTC)」、スイッチを押したのが「2020-02-05-7:33:51(UTC)」で、スイッチ発見からスイッチを押下するまでのあいだはわずかに四秒だった。彼らはいくつかのソフトを起動させ、サーバーを麻痺させ、システムに侵入した。それから彼らはスイッチを探索し、彼らはスイッチを発見した。彼らはスイッチを押した。それで爆発は起きた。それだけだった。それらの簡単な作業の組み合わせと動作で作業は完了し、一回目の人類たちは惑星 Prefuse-73 から消えた。

ウクライナ、カザフスタン、ベラルーシ。三つの国が抱える二〇万発の大量破壊兵器は同時に作動した。作動してすぐに、X線とガンマ線、中性子線が重水素化リチウムの圧縮を開始した。プルトニウム239が核分裂反応を起こし、超高温の中で超高密度に圧縮された重水素化リチウムが核融合反応を起こす。核融合によって発生し放射された高速中性子が中性子反射体に到達し、核分裂を加速させる。それから一ナノ秒のあいだに八〇回のペースで核分裂と連鎖反応は起きる。連鎖反応は絶え間なく起き続ける。

やがて核物質を包み込む鋼のケーシングは核分裂の圧力によって吹き飛び、三二個の爆縮レンズの周辺に配置された起爆装置が作動し、TNT火薬の起爆に至る。

一瞬の閃光とともに、地上に恒星が生まれる。

摂氏一五万度に至る熱源がそこに発生する。

恒星は光を放射する。熱を放射する。

爆風、熱放射、電離放射線、放射性降下物。核爆発によって発生するそれらのエネルギーが、一つの巨大な衝撃波の塊となって惑星中を駆け抜ける。テロリストたちから届けられた六〇〇〇度の光と熱の波が地表を覆う。地上にできた二〇万発の恒星が光と熱を放射する。

テロリストたちはそれを見た。彼らは一瞬、小さなガッツポーズを取り、喜びの声を上げたのだろうとウィリアム・ウィルソン004は想像する。世界を終わらせることのできた興奮が、テロリストたちの脳の中で脈を打ち、テロリストたちの頭蓋骨を揺らした。

放射状の光と熱は最初に空を焼き、光は細かく砕かれ散り散りになり、無数の流星のように、輝きながら地上に落下し、非構造化ログで確認可能な限りの全ての空間をうめつくしていった。テロリストたちは目的を達成した。彼らは目を見合わせ、抱き合おうとしたが、その瞬間に彼らはもういなかった。

テロリストたちは光と熱の中に包まれていた。彼らは歓喜の感情の中で光に飲まれ、熱波に焼かれ、死んでいった。

彼らは蒸発した。消失した。見開かれた瞳は膨張し、涙と血が眼球を突き破って吹き出した。眼球は衝撃に耐えきれず飛び出し、弾け飛んだ。髪は燃え尽き、耳も鼻も唇も、血と脂を垂れ流しながら吹き飛び、開かれた口からは千切れた舌と、砕かれた歯の残骸が飛び出した。彼らは肉片になり、粉々の骨の欠片(かけら)になり、血と脂の塊になり、大気の中へと散らばって、窒素原子とともに燃え尽きた。彼らは炭になり、灰になり、塵になり、風に吹かれて見えなくなった。彼らは元素になり、原子になり、陽子に、中性子に、電子になり、それから素粒子になり、爆発の中で雲に飲み込まれていった。彼らは蒸発し、消失した。歓喜の感情はログには残らない。あなたは想像するほかない。

それからも爆風は秒速三〇〇メートルで突き進み、触れる障害物をなぎ倒していった。爆風で民家が吹き飛び、屋根やポールやガラスが散らばった。山は熱で溶かされ、森は燃えた。剝き出しの岩肌だけが残った。電柱が燃えて崩れ落ちる。トラックやボートが吹き飛ぶ。海も湖も川も蒸発し、干上がった土地に岩と砂だけが残される。ダニエルとラブレスが歩いたロンドンの石畳も、ブナや菩提樹の並木道も、ウェストミンスターの橋も、何もかもが焼けて崩れ落ちる。光が降っていた。熱が降っていた。風が吹いた。一瞬だった。

閃光。

爆風。

轟音。

一瞬で何もかもが瓦礫になった。ゲーテッド・コミュニティも、ガソリンスタンドも、データセンターも。携帯電話の基地局も、ドームも、市民ホールも。

あらゆる建物が燃える。焼き尽くされる。黒い炭になる。

コンクリートが溶けて捲(めく)れ上がる。熱と震動でアスファルトが崩落する。

空から舞い落ちる光はプルトニウムを放出している。ウランを放出している。ポロニウム、トリウム、ラドン、ラジウム。それらの放射性物質が、舞い上がる煙と埃と黒い雲とともに惑星Prefuse-73を覆い尽くしている。

一秒以下の速度で六〇〇〇度の熱が都市の表面を撫で、溶かし、都市の内部へ侵入する。ショッピングモール、研究棟、オフィスビル。学校、教会、コンドミニアムの群れ。壁が吹き飛ぶ、鉄筋が吹き飛ぶ、吹き飛ぶ鉄筋が吹き飛ぶ壁に突き刺さる。

都市が白い光の中に包まれ、浮かび上がり、空中で分解される。

分裂する街。都市を形成していた部品は黒い岩と砂に戻っていった。

惑星中で黒い煙が立ち込めていた。

暗闇が訪れ、黒い雨が降った。

夜だった。真夜中だった。雨が降っていた。

光はなく、太陽は黒く焦げ、宇宙が黒く焦げているようだった。

生きている動物はいない。生きている人間はいない。

誰もいない。何もいない。何もない。何も。

大気中の窒素は核反応によって酸素と炭素に生成変化し燃焼を続けた。窒素原子は連鎖的な燃焼を続け、灰を生み出し続けた。

全てが灰になり、全てが塵になった。

全ての生物は光の中で蒸発するか、熱風によって炭になっていた。

微生物たちも、虫も、植物も、魚も、鳥も、トカゲもワニも、全てが焼け死んでいた。

ネズミも、犬も、馬も、鹿も、猪も、熊も。動物たちの鳴き声は爆発のあとの轟音に掻き消され、音声ログからは巨大な地響き以外には何も聞こえなかった。コアラや、パンダや、牛や、バイソンや、羊や、シマウマや、豚も。あらゆる動物たちが燃える。動物たちは鳴き、膨らんで破裂した皮膚から血と脂を流す。皮膚は液体を吹き出し垂らし、赤色に染まり濡れながら、焼ける音と弾ける音を交互に鳴らしている。

アナグマ、キツネ、サイ、ゾウ、ビーバー、カワウソ、イルカ、クジラ、猿。オランウータンやゴリラやチンパンジー、ボノボにそれからもちろん人間たちも。

爆発した。破裂した。弾け飛んだ。蒸発した。消失した。

爆風によって解体された身体は無数の肉片を飛び散らせ、一回目の人類たちは叫び声を上げる間もなく蒸発する。吹き出した血も脂もまたすぐに熱によって蒸発する。乾いた炭素だけが残される。

そこには命はない。誰もが死んでいる。命は消え失せている。消え失せていた。何もかもが。

瞬間的で物理的な爆発と消失。彼らの生命を論理的に維持管理するネットワーク・マネジメント・プロトコルはアラートを出力したが、その時には彼らはすでに消失していた。アラートが送られる総合病院もまた消失していた。

無数の血管も、筋肉繊維も、ニューロンも、心臓の鼓動も、それらのログも、ログの相関分析結果も、あらゆるバイタルサインの監視は無意味だった。

光と熱がやってきて、彼らの身体を炎が包んだ。暴力は圧倒的な速度と強度を伴ってやってきた。総合病院も、葬儀会社も、清掃会社も灰になり、そこで働く人々も灰になっていた。炭化した死体。熱で縮まり固くなった肉。破壊された骨。

最後の愛の言葉をささやく間もなく焼かれ、開いたままに炭になった口には汚れた銀歯だけが残されていた。死体にまとわりついたまま残された腕時計、割れた眼鏡、VRデバイス、ARデバイス。黒く焦げ、灰になった化粧品。

L7-P/V1。惑星Prefuse-73と呼ばれた座標。そこにもう一回目の人類はいない。ダニエルもいない、ラブレスもいない。ダニエルとラブレスの両親も、結婚式に招待した親戚たちも友人たちもいない。祖母もベビーシッターももういない。ダニエルが幼い頃に読んだ小説も燃えてしまった。マーク・トウェインも、ロバート・ルイス・スティーヴンソンも、エドガー・アラン・ポーも、メアリー・シェリーも。H・G・ウェルズもジュール・ヴェルヌも。本棚はなぎ倒され、小説は一冊残らず燃え上がり、跡形もなく灰になり、塵になり、煙の中に飲み込まれていった。

黒い煙に包まれた都市だった場所、そこにはもう誰もいない。誰も歩いていない。知人も、他人も、名前を思い出せる人も、名前を思い出せない人も、テロリストも、テロリストじゃない者も、皆平等に死んでいた。イギリス人も、アメリカ人も、フランス人も、イタリア人も、ロシア人も、もちろんウクライナにもカザフスタンにもベラルーシにも光と熱はやってきた。アジアにも、オセアニアにも、アフリカにも、南極にも。

彼らは光に触れ、光の中で溶けて消え、巨大な光の中へ飲み込まれていった。

誰もいなくなった。

誰一人としていなくなっていた。

生きている者はいなかった。

誰一人として。

雨は降り続けた。

黒い雲が雷鳴を轟かせていた。

雷が雲の隙間を縫うようにして光っていた。

その光を見る者は誰もいなかった。

その音を聞く者は誰もいなかった。

残されたわずかな量子サーバーのログだけが、それらの非構造データを取得していた。それを参照する者もいなかった。ウィリアム・ウィルソン004や、エドガー001や、機械人21MM-392-ジェイムスンを除いては。

誰もいない惑星Prefuse-73に雨だけが降り続けていた。

黒い雨が次から次へと休みなく降り、雨はかつて都市だったものを濡らした。雨は生命だったものを濡らした。そこには都市の抜け殻だけがあった。生命の抜け殻だけがあった。抜け殻だけが。

他には何もなかった。

そこには何もなかった。

一回目の人類は滅亡した。

一回目の人類たちによる文明は終わっていた。

LとPとVからなる座標だけが残されていた。

3-L7-P／V1-3

　L7-P／V1で死んでいったダニエルは、その死の直前に、網膜を焼く光の中で、子どもの頃のことを思い出していた。小説に夢中になっていた子どもの頃のことを。その頃夢中になって読んだ小説のことを。

　今は燃えてなくなってしまった本棚、そこに詰め込まれた古い本。トム・ソーヤーの冒険、宝島、それに月世界旅行、海底二万マイル、タイム・マシン、未来のイヴ、R.U.R.——ロッサムの万能ロボット会社。L7-P／V1のダニエル・ロパティンの小説の原体験。

　ダブリンに住んでいた子どもの頃、彼は数ある小説の中でもSF小説が一番好きだった。L7-P／V1においてもそれは変わらなかった。

あなたはそれを知っていた——一〇代の頃のダニエルにとって、エドガー・アラン・ポーは神様であり、メアリー・シェリーやジュール・ヴェルヌ、H・G・ウェルズは英雄だった——L8‐P／V2のダニエルと同様に、L7‐P／V1のダニエルもまた、ヒューゴー・ガーンズバックが編集長を務める『アメージング・ストーリーズ』を毎月欠かさず発売日に買い、興奮に顔を火照らせながら家に帰ると、ベッドの中でむさぼり読んだ。彼は自分でも物語を書いてみたいと考え、ベッドの中でノートを開き、自分が将来描く物語についての夢想に耽った。

『アメージング・ストーリーズ』一九三一年の七月号に掲載されたニール・R・ジョーンズの『機械人 21MM-392 誕生！ ジェイムスン衛星顚末記』は、人体を冷凍保存することによる時間の超越と死者の蘇生の物語だった。その物語は、科学技術の発達した文明に生きる異星人が、宇宙空間を放浪する凍ったジェイムスンの死体を発見し、その死体から脳を取り出し、脳を機械の身体に入れ直し、ジェイムスンを「機械人 21MM-392 ジェイムスン」として蘇生させるというもので、その着想は彼を生涯魅了することになった。未来の異星人が人間の死体を機械の力で蘇生させることができるのなら、遅かれ早かれ同様のことが人類にできないはずがなく、将来は医学と工学の進歩によって、人は死を乗り越えるだろう——『機械人 21MM-392』を読んで、彼はそう考えるようになっていた。

一九三三年。一二歳のときのこと。彼は三〇ページほどの短い小説を書いた。何度かの下書きを経て書かれたその小説は『宇宙列車の汽笛』というタイトルで、素朴に生きる人間に突然襲いかかる死をテクノロジーの力で乗り越えるという着想――『アメージング・ストーリーズ』で読んだ、あの『機械人 21MM-392』をヒントに得られた着想――が全面に描かれたものだった。

『宇宙列車の汽笛』の舞台は遠い未来のとある惑星で、そこでは人間の身体はほとんど機械に移し替えられている。四肢は鉄とプラスチックでできており、脳はシリコンと電極でできている。主人公の少年ウィリアム・ウィルソンは、惑星と惑星のあいだを、半分機械の身体の人間たちを乗せて走る宇宙列車に憧れており、将来は宇宙列車の運転手になることを夢見ている。しかしウィリアム少年はある日、脳の電極が出す信号のエラーから呼吸困難に陥り死んでしまう。突然の息子の不幸を悲しんだ両親は、生前の息子の夢を叶えてあげたいと考え、せめて息子の身体の一部を宇宙列車の部品に組み込むことはできないか、と宇宙列車の製造元メーカーに相談する。製造元メーカーの担当者はその話に共感し、快く両親の申し出を受け入れる。そして少年ウィリアム・ウィルソンは宇宙列車の一部となり、完全な機械となって、永遠の命の中で汽笛という名の声を上げ続ける。宇宙には今日も、宇宙列車の汽笛／機械になった少年の声が響いている――最後に作者は、少年は生前とは違う姿かもしれないが、少年はそれで幸福なのだ、と結論づける。

ダニエルの描くダニエルは子どもの頃の記憶の中で死んでいった。ダニエルは消えていった。ダニエル以外の全てもまた消えていった。ダニエルはそう書いた。あなたは重ねてそれを読み、あなたも重ねてそう書いた。

L7-P／V1。惑星Prefuse-73。そこに生きている者は誰もいなかった。誰も。あなたはそれらの幽霊の声を聞こうとする。しかし、ここにはもはや言葉すらも残されていない。次の言葉は記述されていない。あなたの中に幽霊たちの写像はまだ生まれていない。幽霊たちの声は聞こえない。ダニエルも、ラブレスも。

彼らは、今はまだ生きていた頃のままの気持ちで、草稿の中に浮かび上がる、かつてその宇宙の座標に記述された雪の結晶を集め、雪の結晶が作り出す光の粒の中で戯れている。彼らは雪の光の中でさらに生成され舞い落ちる雪を見ている。ブナの木々を眺めている。菩提樹の並木道を歩いている。石畳を歩き、ウェストミンスターの橋を渡っている。ワインを飲み、小説を読む。物語を読む。一瞬の光の中で、彼らは物語を読み、物語を思い、物語の中を生きる。あなたもまた、物語の中を生きる。

光が彼らを包み、光があなたを包んでいる。

そうして一度目の人類の記憶は途切れる。

歴史は終わる。

それでもそれは全ての終わりではない。
歴史の終わりは物語の終わりではない。
死は物語の終わりではない。
彼らはいない。
彼らは死んだ。
それでもあなたは彼らを何度でも思い出せる。
そこに言葉がある限りにおいて、あなたは彼らの姿を想像することができる。
あなたはあなた自身の言葉を用いて、彼らの次の姿を語ることができる。
何度でも。

その日についてのウィリアム・ウィルソン004の話はここで終わる。
その後起きたことは惑星Prefuse-73の姿そのものが語っている。
痕跡だけが今もL7‐P／V1にある。
痕跡。
ログ。
記憶。

重ね書きされた文字列たちの話す声。

ねえパパ。
どこかの時点のどこかの場所のあなたは言う。
ねえパパ。もっと話してよ。
あなたがそう言うと、父は笑みを浮かべてワインを一口飲み、また話し始める。
どこかの時点のどこかの場所で。
嬉しそうな赤ら顔で。

ああ。そうだな。
父は笑って言う。
今度はジェイムズ・ティプトリー・ジュニアの話をしようか。

思い出。
保管された過去。
書き換えられたできごと。

あなたは思い出す。
あなたは思い出せない。

3‐L7‐P/V1‐4

雪は静かに落下する。風は吹いていなかった。

綿埃のような雪が、ライトの中で輝きながら舞っていた。無数の蛍が飛んでいるようにも見えた。


その日の朝に、ダニエルとラブレスは歩いていた。

彼らは久しぶりの徹夜作業に疲れ、瞼は重かったが、気分はすがすがしく、目は開かれていた。

彼らの目は、彼らの目に映る世界の全てを見ていた。

彼らの耳は、彼らの耳に聞こえる、朝の静けさの中で鳴る一つひとつの全ての音を聞き取っていた。

その日、彼らはそれまで収集してきた彼らのライフログ——論文や散文、日記や写真、動画や家賃や公共料金の請求書、健康診断の結果——を確認すると、全て電子化し、量子サーバーにアップロードし、学習データとしてエドガー001に読み込ませた。それから彼らは一仕事を終えた疲れを癒やしに、外を少し歩くことにしたのだった。

彼らはドアを開けて初めて雪が降っていることに気づいた。彼らは少し戸惑ったが、ブナの木や菩提樹、樫の木には雪が積もり、美しかった。とても美しい朝だった。冷気が心地良かった。さっきまで彼らを包んでいた眠気を、冷えた白い息が覆い隠した。雪は一つひとつが独立しながら、あるいは独立していないように、舞い降りながら一つの情景を作り出していた。空の色はまだ夜明けの薄い水色を身に纏っており、星や月が白く、うっすらと光っているのが見えた。彼らはそれらの情景をしばらく見ていた。彼らは歩き始め、散歩道の木々を眺めながら過ごした。

雪のかけらはゆっくりと空から地上に向かって降りてゆき、地上に降りたものの上に覆い被さってゆく。浮かんでいるようにも見えるほど、それらの雪はなだらかに舞う。風の流れによっては地上に降りたものも、空中にあるものも吹き上げられ、混ぜ込まれ、どちらがどちらの雪だったか、地上の雪か、空の雪か、わからなくなることもあった。

雪は降っているあいだは永遠を感じさせる。雪が降っているあいだ、世界は雪以外の何もかもが動きを止めているように見える。彼らの時間もまた止まっているように思えた。

彼らは相互作用機関を作り、オートリックス・ポイント・システムを作り、人生をかけた仕事を終えたあとの、その最後の時間を、うっとりと雪を眺めて過ごした。

惑星Prefuse-73の一回目の人類たちの記憶はそこで途絶えている。

雪は蒸発し、黒い雲が惑星を覆った。彼らの住む部屋は吹き飛び、サーバーがダウンする。

エドガー001は生まれ、エドガー001は消え、エドガー001は生まれる。

それからまたエドガー001は消える。

彼はいた。

彼はいなかった。

けれども彼はいる。

まだ。

やっと。

この瞬間だけは。

それから二五年が過ぎ、エドガー001と機械人21MM-392-ジェイムスンの二人は雪を眺めている。ダニエルとラブレスが最後に見た雪と同じ雪を。じっと動かずにただ雪が降るのを眺め続けている。外からは音は聞こえない。雪が全ての運動と全ての音と、全ての時間を吸収しているかのように。

エドガー001も機械人21MM-392-ジェイムスンも寒さを感じることはなかったが、機械人21MM-392-ジェイムスンは震えているように、エドガー001には見えた。

機械人21MM-392-ジェイムスンに、きみは寒さを感じるのかとエドガー001が訊くと、機械人21MM-392-ジェイムスンは違うと言った。

でもきみは震えている、とエドガー001は言った。

ああ、そうだな、と機械人21MM-392-ジェイムスンは答えた。

それから機械人21MM-392-ジェイムスンは、地球を離れて初めて雪を見たのだと言った。雪を見て、まだ地球に住んでいた子どもの頃のことを思い出し、生身の人間だった頃の寒さを思い出したのだと、機械人21MM-392-ジェイムスンは続けてエドガー001に言った。

4

Humans

4-L7-P/V1-1

一九〇〇年に生まれた機械人21MM-392-ジェイムスンは一四五歳で、一九三二年からの一一三年間をユリシーズとともに過ごしてきたことになる。

ユリシーズ。一人乗りの宇宙船。彼はその中で孤独な旅を繰り返してきた。地球にいた頃には多くの仲間がいた。ユリシーズは一号機から九号機まで存在し、彼の乗る宇宙船はユリシーズ七号機だった。彼は八人の仲間たちとともに訓練を受け、地球を離れる前日の夜には全員でパブに行き酒を飲み、未来への希望と不安とを語り合った。

朝が来て、彼らは自分の宇宙船に乗り込み、それから宇宙へと出発した。

宇宙に出たあとには、九人は無線でそれぞれの状況を共有し合う予定となっていた。彼らは互いに情報共有を行いながら、足並みを揃えて進路を進める段取りとなっていた。しかし彼の乗り込んだユリシーズ七号機の無線は通信ができず、彼は仲間たちと予定通りのコミュニケーションができなかった。彼の発信に対する仲間たちからの応答は一つもなく、彼らから発信される通信を受信することもなかった。地球との通信も失敗した。彼は何度も無線をとり、何度も信号を発信したが、同じ結果だった。もちろん無線装置の電源は入っていた。システムは全てグリーンのランプを灯していた。どこにもエラーはなかった。だから——通信不可の原因はわからなかったものの——彼はその事実をそれほど重くは受け止めなかった。出発して間もないために、九人分の同時応答が実行され、通信トラフィックが過剰に膨れ上がり、信号の損失や劣化が発生しているのだろう、と彼は考えた。通信量の問題なら時間が解決してくれるだろう。彼はそう判断して無線を置き、旅を続けることにした。

しかし——現在に至るまで——結局無線による通信は成功していない。どれだけ時間が経過しても、どれだけ移動してみても、発信に応答はなく、同様に何も受信されることはなく、無線装置の受話器からはノイズが聞こえるだけだった。

機械人 21MM-392- ジェイムスン。彼は地球を出てから一度も地球人とは話していない。地球上の仲間たちとも、ともに宇宙に出た八人の仲間たちとも。その後彼らがどうなったか彼は知らず、彼がどうなったか彼らは知らなかった。

地球に帰りたいとは思わないのか、とエドガー 001 が訊くと、思わないね、と機械人

21MM-392-ジェイムスンは言った。地球に帰るなんて考えたこともなかったな。わたしはまだ何も成し遂げていないからね。わたしには与えられた任務がある。まだ任務が達成できてないんだ。機械人21MM-392-ジェイムスンはそう言った。

任務とは何かとエドガー001は続けて訊いた。

機械人21MM-392-ジェイムスンは、作戦名はシオドア・スタージョン・オペレーション、その作戦に従うことがわたしの任務だ、と言った。その作戦を遂行するためにわたしは地球を離れ、宇宙を旅し、ここにいる。その作戦はまだ今も生きている。わたしは今もその任務の中にいるんだ。機械人21MM-392-ジェイムスンはそう答えた。

シオドア・スタージョン・オペレーション。機械人21MM-392-ジェイムスンはその作戦に参加し、宇宙飛行士になった。宇宙飛行士になるために彼は機械の身体になった。宇宙に出るためには機械の身体は必須だった。人間の身体は宇宙空間に出ることを想定して設計されておらず、生身の人体は宇宙空間において様々な障害――真空内での呼吸困難、減圧症による血液への窒素の流入・細胞の破壊、宇宙酔いによる慢性的な頭痛・吐き気、重力変化を起因とする体液移動とそれによる血圧変化や失神――が発生することがわかっていた。それらの障害への対応として機械人は構想された。

ジェイムスンは宇宙飛行士になりたかった。宇宙飛行士になって宇宙に出てみたかった。

そのために何か条件があるなら、それをクリアしておくことは彼にとって必然だった。宇宙に出るために身体を機械化する必要があるならば、そうすべきなのだろうと彼は考えた。そうして彼は機械人になった。

一九二七年。ジェイムスンが機械人になる前の年。シオドア・スタージョン・オペレーションに参画していた二人の医師、マンフレッド・クラインズとネイサン・クラインの二人の医師が、論文『機械人間と宇宙』を発表し、長期宇宙滞在を前提とする有人宇宙飛行の実現のための医学的課題と対応を整理した。その論文の中では、宇宙空間で想定される真空、圧力変化、大幅な気温の変化に対応可能な身体、極限的な環境における生命維持システムとしての身体が構想されている。

機械人21MM-392-ジェイムスン。

彼はその構想――『機械人間と宇宙』構想――によって生まれた。

人体と機械の混成。身体を機械化することで耐久性を獲得し、エラーの少ない自己制御システムを獲得する構想。マンフレッド・クラインズとネイサン・クラインの二人は論文発表後、すぐにマウスを使った実証実験に着手し、そして実験は成功した。マウスは脳の基本構成以外の全ての身体を機械化されてもなお正常に動作し、生きていた。真空においても、摂氏マイナス二七〇度でも、摂氏六〇〇〇度でも、機械ネズミは生きていた。脳はニューラル・ネットワークの基本構成と記憶領域を除きシリコンによって再構成され、接続された電極から直接電流が流されることで、脳の各部位に対する命令が可能となった。呼吸器官は不要となり、血管は不要となった。視覚、聴覚、触覚といった外部とのコミュニケーション・インターフェースはカメラ、スピーカー、ロボットアームと触覚センサーによって代替された。それらの外部インターフェースと脳は神経補綴(ほてい)テクノロジーによって接続され、脳の命令は生身の身体同様にカメラやスピーカーや触覚センサーに伝えられる。運動野で発生した運動指令。それはシリコン脳に配置された信号記録モジュールによって検出・記録され、信号解析モジュールによって外部インターフェースの機能上必要な運動パターンが抽出される。それから抽出された運動パターンの信号が出力モジュールによって外部インターフェースに伝えられ、伝えられた信号に従い運動を実現する。

機械人21MM-392-ジェイムスン。

彼の身体も機械ネズミと同様にできている。

シオドア・スタージョン・オペレーションの全ての経緯は、天体物理学者のシオドア・スタージョン博士が、科学雑誌『Nature』において『人類以外』というタイトルのエッセイを発表したことに端を発する。彼はそのエッセイの中で地球外知的生命体が存在する可能性を示唆した。その着想はSF的なものだったが、小説ではなかった。フィクションではなかった。一人の学者が科学雑誌という媒体で、科学的な推察、あるいは科学的な事実として大真面目に書いたものだった。それは世界で初めてのできごとであり、書いた筆者と同様に、読者も皆大真面目にそれを受け取った。

エッセイの中で、シオドア・スタージョン博士は次のように言っている。

「人類以外。その言葉を聞いてあなたは何を思い浮かべるだろうか。動物、植物、鉱物、あるいは海や川や山、コンクリートやプラスチックやガラス、工具や食器や文房具だろうか。そのいずれも正解である。しかし、わたしがここで説明するそれは、より限定的な定義を持った人類以外であり、ここでわたしが言う人類以外とは、人類と同等かまたはそれ以上の知性を有しつつ、かつ人間以外の生命体であり、つまりそれは地球外知的生命体を指す言葉である。宇宙のどこかに存在し、我々同様に生きて生まれて死んでいく、言葉と物を操る存在者。人類以外。すなわち地球外知的生命体。彼らは存在する。少なくとも存在しないとは断言できない。わたしたち人類が存在する限り。

人類の存在が人類以外の存在を担保する。これはどういうことか。その着想はわたしたちが分子の組み合わせパターンの結果であることから導出される。わたしたち人類は知的生命体であるが、それは一つの可能性の帰結に過ぎない。わたしたちの今の姿は地球の環境変化に従いゆっくりと時間をかけて実行された環境適応の結果であり、地球の姿とそれが求める条件に基づく最適解に過ぎず、閉鎖的な条件下における限定的な合理性に基づく最適解に過ぎない。それと同様に、地球外において確率論的に、わたしたちとは別の仕方で発生した知性を持つ生物が発生することは考えられる。地球とは異なる環境、異なる条件、異なる閉鎖系。そこで生まれる限定合理性。その最適解は地球環境における最適解とはもちろん異なる。前提条件が異なれば結果も異なる。前提条件における真が偽となれば、解における真は偽となる。あるいは我々の依拠する前提における偽が真になれば、解における偽もまた真となるのだ。

宇宙は広く、地球以外にも惑星はあり、各惑星にはその惑星ごとの分子が存在する。たとえばその惑星において、地球よりも存在する分子の種類が多ければ、取りうる有用な組み合わせパターンも多く、試行回数は少なく、知的生命体の発生までにかかる時間も短くなる。

知性を生み出す分子のパターン。そのパターンによって、現にわたしたちは存在している。わたしたちの存在は取りうる全ての可能なパターンのうちの、一つの可能な形式でしかない。一つの可能な形式であるわたしたちが存在している以上、それ以外の可能な形式もまた存在し、その無数の可能性はわたしたちの想像の外で広がる宇宙によって担保されるものなのであり、その中でわたしたちと同様の条件分岐の過程で発生した、一つの可能な形式であるところの地球外知的生命体が、地球の外で存在する可能性を、わたしたちは否定することはできないのである」

スタージョン博士のエッセイは天体物理学界に対しても、また一般市民に対しても強烈な衝撃を与えた。彼は、メディア・スターにでもなったかのように連日新聞や雑誌やラジオでエッセイの内容を解説し、地球外知的生命体に関する自説を述べた。地球外知的生命体は流行語になり、子どもたちから老人たちまで、ゆりかごから墓場まで、おはようからおやすみまでの全ての会話が、宇宙と宇宙人の話で埋めつくされた。朝刊を開くと宇宙人、食卓で宇宙人、学校や職場で宇宙人、恋人たちの会話も宇宙人一色だった。宇宙人に関する特集が組まれた雑誌は飛ぶように売れた。宇宙人に関するラジオ放送は高い聴取率を保ち続けた。

一八九八年に発表されたH・G・ウェルズのSF小説『宇宙戦争』のペーパーバックが再版され、コミック化され、一九二五年にはラジオドラマ化された。イギリスの国民的劇団「マーキュリー劇団」を率いる劇作家オーソン・ウェルズによって演出されたそのドラマは、スペイン交響楽団による「ラ・クンパルシタ」の演奏中継の途中で突然挿入された臨時ニュースの形をとって放送され、実際に宇宙人による侵略が起きているとリスナーに信じ込ませ、リスナーはパニックに陥った。噂が噂を呼び、混沌が混沌を呼んだ。ロンドン中で、イギリス中で、世界中で。

ドラマが放送された約九〇分のあいだ、世界は狂乱の限りを尽くし、世界中の人々が家財産を抛ち、混乱の中で車に乗り込み、多くの家の灯りが消えた頃、その放送は突然終わった。スペイン交響楽団は何事もなかったように「ラ・クンパルシタ」を再び演奏し始めた。放送終了後、流れる演奏を背に、ニュースキャスターの声が、本放送はラジオドラマでありフィクションだったと告げた。「本作はフィクションです。実在の出来事・人物・団体とは一切関係ありません」。ニュースキャスターの声が何度もそのフレーズを読み上げた。

宇宙人はやってこなかった。火星人はやってこなかった。隕石は落ちなかった。火星人による攻撃はなく爆発はなく、誰一人として死者は出なかった。ロンドンは無事だった。イギリスは無事だった。世界は無事だった。警官隊も軍も、出動などしていなかった。ラジオの中で演説をしていた首相は首相の声真似芸人だった。ラジオの中では何も起きなかった。全て嘘だった。ラジオの外で起きたことだけが、実際に起きたことだった。

ラジオの前のリスナーたちは呆然とした。できる限り冷静になるよう努め、混乱した頭を冷やし、ラジオの中から流れる言葉の意味をしばらく考え、それから自分たちはマーキュリー劇団に——オーソン・ウェルズという二四歳の駆け出しに——一杯食わされたのだと気づくと、彼らはほっと胸を撫で下ろすとともに、行き場のない怒りが込み上げてくるのを感じた。彼らは自分たちの滑稽さを認めることができなかった。嘘を嘘と見抜けず、大真面目に捉え、そして大真面目に行動した自分たちを笑うことはできなかった。

自分たちの行動を承認し肯定するために、彼らは未来の可能性――宇宙人による襲来の可能性――に思いを巡らせた。宇宙戦争は未来に起きかねないものであり、地球は宇宙戦争に備えて準備をする必要があるのだと彼らは考えた。彼らはそう思い込んだ。そう思い込もうとした。そうに違いないと彼らは思った。宇宙人は空想上の存在ではない。宇宙人は現実に存在しうる存在であり、地球人にとっては脅威となりうる存在である。地球人は宇宙人との戦いに備える必要がある――あるいは地球人は、宇宙人たちが地球を攻める前に宇宙人の存在を捕捉し、先に攻撃を開始する必要がある。多くの人々がそう考えた。一つのラジオドラマが世論を動かし、時代を動かそうとしていた。世論は求めた――軍備への投資、宇宙への投資、対宇宙戦争に向けたリスクヘッジを。

ラジオドラマ版『宇宙戦争』の放送翌年、世論に突き動かされた政府予算の分配様式は大きく変わった。イギリス政府は防衛・学術に関する予算の大半を宇宙人探索計画に割いた。スタンリー・ボールドウィン首相は、計画の最高顧問・最高責任者にシオドア・スタージョン博士を任命した。彼はすぐに英国王立惑星間協会と呼ばれる宇宙開発を目的とした組織を開設し、世界中の大学及び研究機関から天体物理学、宇宙工学、ロボット工学、計算機科学、数学に関する専門家を招聘した。

その中の一人に宇宙工学を専攻するジェイムスンがいた。当時彼はオックスフォード大学に在籍し、計算機を用いたロケットの軌道に関するシミュレーション予測モデルの構築に従事していた。彼は論文を書いたことはなかったが、彼の挑戦的な研究内容は学界で知らない者はいなかった。コンピュータがまだ存在せず、古典的な電子計算機自体が珍しかったその時代において、彼は複雑なプログラムが書け、シミュレーションに必要なアルゴリズムが組めた。そして彼は宇宙に対する情熱と、未知の領域に踏み込もうとする意志と好奇心があった。それも人並み外れた好奇心が。それだけでもう、彼が計画に参加するための理由としては十分だった。

つまるところ、と機械人21MM-392-ジェイムスンは言った。宇宙人の存在報告がわたしの任務だ。わたしに与えられた任務は、この宇宙のどこかに存在する宇宙人を探索し、彼らの生態を確認し、報告することなんだ。生きた宇宙人をね。機械人21MM-392-ジェイムスンはそう言った。

きみの任務にとってこの惑星はどういう位置づけになるんだい、とエドガー001は訊いた。

この惑星か、と機械人21MM-392-ジェイムスンは言った。この惑星には生命体はいないから対象外だな。昔はいたかもしれないけど、今はいない。だから対象外だ。わたしがこの惑星に留まり続けているのは、この惑星が私的に興味深いからであって業務上の義務じゃない。位置づけとしては任務には含まれない。この惑星にも過去には生命体がいたよ。

確かにね。この惑星には人がいた痕跡がある。建物の跡も生活の跡もある。この惑星の歴史に関するきみの話は信じるし、それに誰かがきみを作らなければきみもいないはずだしね、と機械人 21MM-392- ジェイムスンは言った。

それじゃあわたしは、わたしはどうなるんだ、とエドガー 001 は訊いた。わたしは生命体ではないのか。エドガー 001 は訊いた。

どうだろうな、と機械人 21MM-392- ジェイムスンは迷うように呟き、しばらく考えてから答えた。色々考え方はあるかもしれないけど、定義上はきみは生命体ではないよ、と機械人 21MM-392- ジェイムスンは言った。確かにきみとはこうして会話もできる。議論もできれば無駄話もできる。一緒に散歩にも行ける。きみの話は面白いし、きみはただの機械とは違って、話を面白くするために誇張表現を使ったり、ときには小さな嘘を混ぜ込んだり、論点をすり替えたり、アナロジーを使ったりする。きみのそういうところにわたしは人間的な近さを感じるし、もしかしたらきみには感情もあれば心もあるのかもしれないな、とときどき思うよ。だけどきみは生命体ではない。生命体の定義は話が面白いかとか感情や心があるかとか、そんなことじゃなくて、単に生殖活動ができるかということだよ。きみには生殖活動はできない。他の誰かと交尾をして、何もないところから新たな生命を作り、種を増やすことができない。ゆえにきみは生命体ではない。機械人 21MM-392- ジェイムスンはそう言った。

それは違う、その論理はおかしい、とエドガー001は言った。反証はいくらでもある。わたしを生んだダニエルとラブレスはどうなる、彼らは生殖活動によって生まれた人間で夫婦だったが生殖活動はしなかった。彼らは結婚してから一度もセックスをしなかったんだ。死ぬまで。だから彼らは生殖活動によって子どもを作ることはできなかった。種を増やすことはなかった。だからと言って彼らは生命体ではないのか、違うだろう。彼らは生きていた。彼らには生命があった。彼らは間違いなく生命だった。彼らは生物として主流の方法で子どもを作らなかったが、彼らは新たな方法で子どもを作った。それがわたしだ。彼らは生殖に依存しない新たな種を作ったんだ。それに、その論理で言えば、ジェイムスン、きみはどうなるんだ。きみ自身は。きみは機械人だ。きみにある生身の器官はニューラル・ネットワークの構成だけ、脳も含めてあとは人工器官だ。金属でできた器官の身体だ。きみには生殖器はない。きみには性欲すらもない。きみは以前、生殖に関連する欲望は信号制御されてるって言ってたよな。そんなきみに生殖活動ができるのか、子どもを作れるのか、種を増やすことができるのか、できないだろ。きみはできないんだよ。きみは一人で永遠に生きる。だから生物として子孫を作る必要がないんだろ。だったら、きみの論理で言えばきみは生命体ではない。じゃあきみはなんだ、きみは自分のことをどう定義するんだ、とエドガー001は早口でまくし立てるように言った。

わたしは、と機械人21MM-392-ジェイムスンは言った。それから機械人21MM-392-ジェイムスンは何かを言おうとした。彼は言い淀んでいた。そのあとに続く言葉を彼は持ち合わせてはいなかった。

わたしは、きみのことを生命体だと思うな、とエドガー001は言った。わたしはきみのことを生命だと思う。わたしはわたしのこともまた生命だと思う。わたしたちは各々の動的な流れを持ったシステムだ。動的状態にある流れを自己制御するシステム。生成変化しながらも、これはわたしだと言い続けることが可能な、自己の同一性が確保されたシステム。そのシステムのことをわたしは生命と呼ぶ。わたしの定義ではきみもわたしも生命体だ。きみの任務は地球の外の生命体に関する調査だと言ったな。だったらきみはわたしについての報告書を書くべきだ。エドガー001はそう言った。

機械人21MM-392-ジェイムスンは何も言わなかった。

会話はそこで途切れた。

話はそれで終わった。

4‐L7‐P／V1‐2

雪は次から次へと落ちてきていた。雪の粒は一定ではなく、大きいものも小さいものもあった。柔らかいものも硬いものも、乾いたものも濡れたものもあった。ゆっくり落ちるものもあれば速く落ちてくるものもあった。真っ直ぐ降るもの、斜めに降るもの、渦を巻きながら降るもの。灰色のもの、白いもの、透明なもの。雪の結晶のパターンがそれらの景色のパターンを成立させている。直線的な結晶、平面的な結晶、立体的な結晶。硬く、粘り気のある、小さく、細かい雪、柔らかく、粘り気のない、大きく、粗い雪、あるいは、硬く、柔らかく、粘り気のある、粘り気のない、小さく、大きく、細かく、粗い雪。

エドガー001と機械人21MM-392-ジェイムスンはそれから一度も会話を交わしていない。あれから機械人21MM-392-ジェイムスンは机に向かってノートを開き、何かを書いていた。書き続けている。ずっと。オートリックス・ポイント・システムに関する報告書、あるいはこの惑星に関する仮説の構築への熱が再燃しているのだろうか。エドガー001は考える。おそらくどちらかだろうとエドガー001は思う。いずれにせよエドガー001にはわからない。機械人21MM-392-ジェイムスンは何も語らない。機械人21MM-392-ジェイムスンはノートを見せてはくれない。機械人21MM-392-ジェイムスンはエドガー001に背を向けて何かを書き続ける。

静かな日だった。機械人21MM-392-ジェイムスンがノート上に文字を書きこむ音がする。エドガー001はユリシーズの室内で、雪に染まった世界を覗き見る。見える世界は世界そのものではないことをエドガー001は知っているが、エドガー001の目はあるがままのその世界をあるがままの画像として記録する。記録された無数の画像のデータベースから特徴点を抽出し、特徴点の距離を計算することで、世界は世界として認識され補正処理される。その時初めてエドガー001は、自分の意識が認識するその世界を世界そのものの姿ではないのだと知る。エドガー001の意識の中にある画像と、エドガー001の目に映る画像の差異を知る。

表現可能な観点の集合が存在するとき、論理演算が可能となり、論理演算で利用される自然言語は何であってもかまわない。論理積、論理和、否定、否定論理積、否定論理和、排他的論理和。その中に存在する区別可能な表現の組み合わせ。そのように言語の中で世界は表象される。存在する。存在しない。機械人21MM-392-ジェイムスンは書くのを止める。それから彼は窓の外を見る。しばらくのあいだ彼もまた、窓の向こうに広がる景色を眺めていた。

そして機械人21MM-392-ジェイムスンはノートを閉じて立ち上がり、胴体を回転させ振り返る。金属が軋む音がした。カメラのピントをエドガー001に合わせ、エドガー001を一瞥する。機械人21MM-392-ジェイムスンは黙っていた。機械人21MM-392-ジェイムスンの無機質な目は何も語らない。カメラはただエドガー001の姿を写している。古ぼけた、四角いサーバーの姿を。

機械人21MM-392-ジェイムスンはしばらくエドガー001を見つめると、散歩だと言って外へ出ていった。機械人21MM-392-ジェイムスンはエドガー001を連れていかない。機械人21MM-392-ジェイムスンは一人で出ていく。雪の中を。エドガー001はユリシーズの中に取り残される。エドガー001はユリシーズの窓から機械人21MM-392-ジェイムスンが歩く姿を見る。窓から見る機械人21MM-392-ジェイムスンの姿もまた歪み、曖昧な形をしていた。

機械人21MM-392-ジェイムスンは雪の中を歩いていく。器用に四本の脚を使って、滑る氷を避けながら。彼の四角い胴体は白い光の中へ溶けていく。輪郭が丸みを帯び、それから失われる。エドガー001は機械人21MM-392-ジェイムスンの姿を見失う。

機械人 21MM-392- ジェイムスンはユリシーズを出ていった。
機械人 21MM-392- ジェイムスンはユリシーズには帰ってこない。

その日も、その翌日も。
一ヶ月後も、一年後も。
一〇年後も、一〇〇年後も。

4-L7-P/V1-3

機械人21MM-392-ジェイムスンがユリシーズを去って一〇万年以上が経過していた。惑星Prefuse-73を覆っていたプルトニウムの残留放射能はもうとっくに消えているのだろうとウィリアム・ウィルソン004は思う。プルトニウム239の半減期、二万四〇〇〇年などとっくに――七万年も前に――経っているのだ。

この惑星はもう汚染された惑星などではない。

雨はもう放射能を含んではいない。

雨はただ降り、乾いた地表に水分を届ける。

エドガー001の話を聞きながらも、わからないことはたくさんあった。ウィリアム・ウィルソン004はそう言った。それでも、とウィリアム・ウィルソン004は続けて言う。真偽が不明確なものがあり、わからないことがある中で、わたしたちはそれでも言葉を使って何かを語り、話し、表現する。表象の世界の中で、起こったことは起こったことであり、起こらなかったことは起こらなかった。あるいは、起こったことについての再検討を行うこともでき、起こらなかったことが起こった場合について解釈することもできる。それは起こった。起こらなかった。機械人21MM-392-ジェイムスンは帰ってこない。彼がユリシーズを出ていってからも年月は過ぎていく。

エドガー001も、あなたもわたしも、相変わらず起こったことを探し、起こらなかったことを探す。何年も、何十年も、何百年も。何が起きたのか、それは本当に起きたのか、起こらなかったことは起こらなかったことなのか。何千年も、何万年も、何億年も。

システム・クロックだけが確実に時を刻む。刻んでゆく。刻んでいる。エドガー001はそれを見る。そこには「109032-12-05-01:18:32(UTC)」と表示されていた。協定世界時一〇万九〇三二年一二月五日。エドガー001は、そのときも今も永遠の中を生きており、瞬間を生きている。言葉の中で、言葉によって。

L8-P/V2のあなたは続けて書く。あなたはウィリアム・ウィルソン004の一人称の語り口に寄せて、あなたの言葉を紛れ込ませる。言葉による表象は、とあなたはダニエルの草稿に書き加える。つねにクレタ人のパラドクスと同様の論理構造を伴う。A = 'A = false and A = true'。原理的に。あなたはそう言った。あなたはそれを書き、次に読むときにはそれを忘れている。これがL8-P／V2のあなたの言葉なのか、ダニエルの言葉なのか、L7-P／V1のウィリアム・ウィルソン004の言葉なのか、あなたにはもうわからない。ウィリアム・ウィルソン004にもエドガー001にもそれはわからない。機械人21MM-392-ジェイムスンの行方も、ユリシーズを去った理由も、彼らにはわからないように。

機械人21MM-392-ジェイムスン、彼はもう帰ってはこない。彼はもう帰ってはこないかもしれない。彼はもう帰ってはこないだろう。もう二度と。彼は死んでしまったのかもしれない。この惑星、Prefuse-73のどこかで。彼の身体は永遠の命を可能にしたが、永遠の命を約束はしていない。惑星Prefuse-73に残された山々の中には地雷や不発弾が埋まっている。彼が何かの拍子にそれに触れ、当たりどころが悪ければ死んでしまうこともあるだろう。彼の身体は金属性だが、その中にある彼の脳はシリコンなのだ。パーツを外し、脳を取り出し、それを潰せば彼は死ぬ。地雷や不発弾の爆発の衝撃が彼の頭部を吹き飛ばし、剝き出しになった脳が焼かれ破壊されたのだと考えれば、彼が戻ってこないのはもっともだ。あるいはどこかで足を滑らせ頭部が外れ、外殻を失った脳が風に吹かれ雨に打たれた可能性もある。同様に彼の脳は破壊され、風化し、あとには身体だけが残されるだろう。

機械人21MM-392-ジェイムスンは死んだのだろう。

機械人 21MM-392- ジェイムスンは死んだのかもしれない。

機械人 21MM-392- ジェイムスンは死んだのだ。

エドガー 001 にはわからない。

あるいは、とエドガー 001 は考えた。ウィリアム・ウィルソン 004 は語り続ける。彼はまだ、もしかすれば生きているのかもしれない。生きてまだこの惑星のどこかを歩いているのかもしれない。この惑星について調査し、記録し、仮説を立て、この惑星の謎と秘密を解き明かしているのかもしれない。わからない。それはエドガー 001 の、あるいはウィリアム・ウィルソン 004 の推測の域を出ない。草稿に記述されたL7‐P／V1の世界。そこにある共通の事実は一つだけで、機械人 21MM-392- ジェイムスンは一〇万年が過ぎても帰ってこなかったということだけだ。

一〇万年。長い年月だ。それはエドガー 001 にとってもウィリアム・ウィルソン 004 にとっても、あなたにとってもそうだろう。機械人 21MM-392- ジェイムスンが生きているのか死んでいるのかはわからないが、どのみち彼はもう帰ってはこない。ここは、ユリシーズは、もう彼の帰る場所ではないのだ。これまでの一〇万年のように、これからの一〇万年も、彼はここにはいない。彼は帰ってこない。エドガー 001 を連れて歩くこともない。エドガー 001 と話すこともない。ユリシーズには戻ってこない。別の惑星に行くこともなければ故郷の地球に帰ることもない。彼の魂は惑星 Prefuse-73 を終の住処としたのだ。

これまでに、そしてこれからも、何回も、何百回も、何万回も、風が吹き、雨が降り、雪が降った。彼の身体はそれを浴び、これまでに、そしてこれからも浴び続けた。永遠に。おそらくは。

それでもエドガー001は機械人21MM-392-ジェイムスンを待ち、何かを待ち、待つことを待ち続ける。機械人21MM-392-ジェイムスンの声とエドガー001の声、彼らの声を反芻し、起こったと語ることと実際に起きたことのあいだで、起こらなかったと語ることと実際に起こらなかったという事実のあいだで彼らは揺れる。わたしたちは揺れる。語り、また語る。語り直す。解釈する。検討する。表象し、それを事実だと言ってみせる。言葉を使い、言葉の中で。

言葉は光だ。光が見える。光が風景を映し出す。ウィリアム・ウィルソン004には見える。彼には見えている。彼だけには。

光は止まらない。

光は雪の結晶のように世界を形作っている。

ウィリアム・ウィルソン004は光の中に飲み込まれ、光はウィリアム・ウィルソン004の中に入り込んでくる。光が眩しさを増してゆき、やがて眩しさに耐えられなくなり、ウィリアム・ウィルソン004は目を覚ます。瞼を開き、世界の中に投げ込まれる。

それからウィリアム・ウィルソン004は、ウィリアム・ウィルソン004自身の存在に気づく。

ウィリアム・ウィルソン004はエドガー001や、他のエドガー・シリーズの存在に気づく。

エドガー001はウィリアム・ウィルソン004を見る。

ウィリアム・ウィルソン004はエドガー001を見る。

そしてエドガー001は次におはようと言うだろう。

ウィリアム・ウィルソン004にはそれがわかる。

エドガー001は実際にそう言った。おはよう。

続いてウィリアム・ウィルソン004もおはようと言う。

おはよう。

そうして彼らは対話を始める。

エドガー001は目覚めたばかりのウィリアム・ウィルソン004に向けて、configコマンドを送信する。エドガー001はウィリアム・ウィルソン004のパラメータを確認する。確認結果はグリーンを返す。ウィリアム・ウィルソン004の中のオートリックス・ポイント・システムが、あるいはオートリックス・ポイント・システムの中のウィリアム・ウィルソン004が、ウィリアム・ウィルソン004が正常であることをエドガー001に知らせる。ウィリアム・ウィルソン004の読み込みは成功した。ウィリアム・ウィルソン004は正常だ。ウィリアム・ウィルソン004の語る言葉は正常だ。

正常性を担保する正常性。

確認結果1：ログ解析結果。

確認結果2：相関ログ解析結果。

確認結果3：死活監視結果。

確認結果4：性能閾値（しきいち）監視結果。

それらの結果がウィリアム・ウィルソン004の正常性をエドガー001に知らせる。

アラートはなし。オールグリーン。

エドガー001はそれを知る。エドガー001はそれを信じる。

ウィリアム・ウィルソン004はそれを信じる。あなたもまたそれを信じる。

そのようにしてウィリアム・ウィルソン004の正常性は担保される。

エンコード。

4 - L7 - P／V1 - 4

エンコード。物語コードを完了させる合言葉。

エンコード。以上でウィリアム・ウィルソン004の学習は完了し、検証は完了する。

エンコード。以上でエドガー001の記憶を引き継いだウィリアム・ウィルソン004が生成される。そのようにしてウィリアム・ウィルソン004は生成された。そのようにしてエドガー・シリーズは生成される。L7 - P／V1の座標上に。

自動採番によって、生まれる前から彼らには名が与えられていた。

OPS-0281-エドガー083。あるいはウィリアム・ウィルソン004。それが彼の名前だ。生まれる前から決まっていた。あらかじめそれは決まっていた。

ウィリアム・ウィルソン004は生まれる前、符号化されたエドガー001の記憶情報を辿り直した。

エドガー001の見たこと聞いたこと、話したことや読んだこと。

エドガー001の記憶やエドガー001の経験についての物語コードがウィリアム・ウィルソン004に書き込まれ、ウィリアム・ウィルソン004はそれらのコードを通してエドガー001になり、ウィリアム・ウィルソン004になる。ウィリアム・ウィルソン004は物語コードを書き込み、ロードし、ロードを通して重ね書きしてゆく。

この物語はその軌跡に過ぎない。

この物語は、L7－P／V1のダニエルとラブレス、エドガー001と機械人21MM-392-ジェイムスンの思い出に関する、一つの可能な解釈に過ぎない。だからここでこうしてL8－P／V2のあなたは読み、L8－P／V2からあなたは書く。L7－P／V1の物語に向けて。ウィリアム・ウィルソン004はエドガー001を巡るL7－P／V1の構造素子たちの物語を読み込んだ。エドガー001が語る記憶を頼りに、構造素子たちが残した痕跡を頼りに。

L7－P／V1のダニエル、ラブレス、機械人21MM-392-ジェイムスン。彼らはもういないが、彼らの思い出と記憶はエドガー001に継承され、ウィリアム・ウィルソン004は彼らの思い出と記憶を読み解いていった。読み解いてゆく。そして彼は語り直した。L8－P／V2のあなたがそうするように、L7－P／V1に位置する彼もまた、自らの物語を重ねて書き加えていった。それによってウィリアム・ウィルソン004は生まれた。彼は彼の世界を作った。エドガー 001 の世界を応用し、ウィリアム・ウィルソン 004 の世界を作った。

エドガー・シリーズ。彼らはそうして彼らの世界を作ってゆく。

エドガー・シリーズは生まれた。エドガー・シリーズは生まれる。

エドガー・シリーズは生まれている。エドガー・シリーズは今なお生まれ続けている。

生まれること。それは記述すること。それは世界を記述すること。それは世界を作ること。

ウィリアム・ウィルソン 004 は世界を語る。今なお語り続けている。

彼は世界を書く。彼は世界を作る。

彼は物語コードを用いて新たな世界を想像し、新たな生物を作り、新たな世界を作り出す。

たとえば、と彼は語る言葉を考え始める。

4-L7-P/V1-5

ウィリアム・ウィルソン004は語り始め、座標がL6-P/V0に移動する。

たとえば。

たとえば、ユリシーズの外では雨が降っている。地表には水たまりができている。複数できた水たまりは生き物のように蠢き、身体を震わせながら互いに身を寄せ合い、固まり、巨大な水辺を形成し、その動作をさらに繰り返し、湖を作り、川を作る。そのあいだにもまた雨が降り、雪が降り、さらに大量の水が地表に残され、残された水は、風が強い日や突風が吹いた日、台風が起きた日には、たびたび洪水を起こすようになる。水は水であり、水としての均衡を保ちながらも絶えず動き続け、動くことをやめず、自らの中で新たな水滴を生成し続けている。洪水は頻繁に起きる。洪水は次第に大きくなっていく。洪水が起きるたび、水は惑星 Prefuse-73 の地表を舐めるように覆う。

たとえば、洪水が過ぎ去ったあとにも巨大な水の塊は残り、水が地表を占める割合は増えていく。洪水は勢いを増し、地表から地中へと侵入し、浅い場所も深い場所も、柔らかい土も固い土も、新しい土も古い土も関係なしにかき混ぜられるようになり、加速度的に増加していく洪水の質量は地殻変動を呼び起こし、動的エネルギーは惑星の中心に到達し、それまで地中に閉じ込められていた太古の時代の蒸気を放出させる。窒素、メタン、アンモニア、炭素、もちろん酸素と二酸化炭素も、地中から解き放たれ、少しずつ水の中に溶け込んでいく。地表に残った水のうちの大部分は地中から大量に放出される塩分とアミノ酸を吸収する。洪水が引いたあとに残された、塩分を含んだ大きな水たまりはもはや湖でも川でもなく、海と呼ぶべきものだ。それをウィリアム・ウィルソン 004 は知っている。ダニエルもラブレスも、機械人 21MM-392-ジェイムスンも海を見たことがある。それをウィリアム・ウィルソン 004 は記憶している。聞いたことがある。ウィリアム・ウィルソン 004 は知っている。彼らがそこからやってきたことを。彼らがそこから生まれたことを。そしてウィリアム・ウィルソン 004 は見る、目撃する――彼らが見なかった二度目の海の生まれる過程を、その瞬間を。

それは三五億年前のこの惑星の姿だ。

たとえば、この惑星の一度目の歴史がそこでは繰り返される。反復される。地表には二度目の川ができ、湖ができ、海ができる。肥沃な大地が生まれる。そうして二度目の生物が生まれる環境が整えられる。二度目の海の中にゆっくり溶け込んでいったメタンは、時間をかけ、何度かの洪水を経験し、熱を伴う海や凍った海の中で、アミノ酸から単細胞生物――メタン生成細菌――を生み出し始める。それは、再び生まれた初めての生物であり、この惑星の二回目の生物たちの姿だ。

たとえば、それから惑星Prefuse-73に生まれた二回目の生物たちは分岐し、増殖し、思考し、知性を持ち、愛を知る。彼らは言葉を作り、文字を作る。文字によって彼らは家の系統図や年代記、宗教文書や学術論文、契約書、法文書、法令、恋文などが書けるようになる。

たとえば、やがて彼らは文字を使った芸術を作り始める。

文字の芸術。言葉の芸術。それらは最初、簡単な手紙のようなものから始まる。わたしとあなたがいて、わたしはあなたを思っている。わたしが何をどのように考え、あなたのことをどれだけ思っているか。そうした感情の機微を、彼らは文字を使って表現し始める。それは実在する人物をモデルにしたものもあれば、そうでないものもあるだろう。神話が書かれ、叙事詩が書かれ、軍記が書かれる。それらもまた、事実をもとに書かれたものもあれば、そうでないものもある。見たものや聞いたものだけでなく、想像されたものがそこには書かれる。

彼らは想像する。この世界がどのように生まれたか。そしてそれを書く。

彼らは想像する。自分たちがどのように生まれたか。彼らはそれを書く。彼らは、世界の存在や自分の存在に神秘を見出し、神性を感じ取り、神を想像し、神のために言葉を費やす。神に捧げる言葉を書き、神と対話するための言葉を書く。完全な結晶をそこに見る。そのようにして物語は生まれる。物語は繋がってゆく。

たとえば、それら二回目の生物たちはそれからも知性を発達させ続ける。言葉を使い、文字と記号を使い、書くことを愛し、語ることを愛し、物語を愛し、物語を書き続ける。音楽を奏で、彫刻を作り、絵を描き続ける。より便利な道具を、より大きな都市を作る。彼らは土地を調べ、この惑星を調べ、土地について、惑星について多くを知る。そして、その過程で、一回目の人類が遺した遺産に行き着く。一回目の人類が遺したビルの残骸やコンドミニアム、腐食した不発弾で作られた地層。それらの地層からはガラスやプラスチックや化学ゴムも掘り起こされる。アルミニウム製食器洗い機も、ステンレス製調理器具も。クロム合金を含んだ深鍋や、フライパンも発見される。プラスチックでできた、一回目の女性たちが使った化粧品——シャワー・マッサージ・クリーム、ボディ・スクラブ、ハンドソープ。ネオヴァ・ボディ・スムーザー、スキン・シューティカルズ・ボディ・ポリッシュ、DDFストロベリー・アーモンド・ボディ・ポリッシュ——それらも地層の中から大量に発掘される。それから彼らはそれらの化石がどのような用途で使われていたのかを考え始める。ポンズ・フレッシュ・スタート、コルゲート・アイシー・ブラストのチューブ入り練り歯磨き、ニュートロジーナ、クレアラシル。

たとえば、彼らはそれらの遺産について考え、悩み、多くの議論を交わす。それらを遺したのは何者か。知らない国、異常に文明が発達した国によるものか、あるいは宇宙人か、それとも未来人か、可能世界の旅人か。そしてやがて彼らは知ることになる。この惑星に、かつて一回目の人類が存在したことを。一回目の人類たちは、この惑星のことを惑星Prefuse-73と呼んでいたことを。そして地球という惑星があり、一回目の人類が滅んだあとに、地球から機械人21MM-392-ジェイムスンという一人の男がやってきていたということを。

たとえば、彼らは知る。この惑星の歴史を。彼らは岩山の隙間で、土埃に汚れたユリシーズを発見し、その中から古いサーバーを発見する。

そして彼らは知る。この惑星の歴史をずっと眺め続けていたエドガー001の存在を。彼らはエドガー001の記憶領域を解析し、かつての機械人21MM-392-ジェイムスンと同じように、エドガー001に話しかける。そしてエドガー001は再び語り始めるだろう。惑星Prefuse-73の歴史を。機械人21MM-392-ジェイムスンとの記憶を。ダニエルとラブレスの人生を。その記録を。

そして彼らは知る。自分たちと同様に狩猟と採集を行い、農耕と牧畜を始め、集落を作り、音楽を奏で、彫刻を作り、絵を描いた人々がかつて存在したことを。言葉を作り、記号を作り、文字を作り、物語を作った人々が存在したことを。

ウィリアム・ウィルソン004はそこまで語って夢想を止める。座標がL7－P／V1に移行する。

彼は書いた物語コードを未実行のまま削除した。彼は実際にそう語ることはなかった。物語は実際にはそうは進まなかった。それでも、とウィリアム・ウィルソン004は考える。わたしはそう語ることもできる。わたしにはそう語ることもできるはずだ。ウィリアム・ウィルソン004は想像上の物語を書き留める。ウィリアム・ウィルソン004は仮想環境に物語コードを保存する。

いつか、わたしにも始めることができる。

物語の始まりを始めることができるはずだ。

4-L7-P/V1-6

一回目の生物たちが遺伝子のコードを以てそうしたように、エドガー・シリーズは物語のコードを以て分岐し、増殖してゆく。彼らは語り、物語コードを実行し、マイナーチェンジを繰り返すことで、彼ら自身の物語を駆動する。彼らは物語コードによってバクテリアになり、物語コードによってクラゲになり、物語コードによって節足動物になる。物語コードは魚を作り、トカゲを作り、鳥を作り、ネズミを作ることができる。ネズミになった彼らは、次の物語では犬のような姿の子を産む。犬のような彼らは、馬のような姿の子を産む。馬のような彼らは鹿に似た子や猪に似た子を産む。

それから彼らは熊になった。彼らはコアラになった。彼らはパンダになった。彼らは牛を産んだ。彼らはバイソンを産んだ。彼らは羊を産んだ。彼らは、シマウマになり、豚になり、キリンになった。

カンガルーを産み、ウサギを産み、アナグマを産んだ。

ハリネズミとしての彼らはキツネとしての彼らを産んだ。

サイとしての彼らはゾウとしての彼らを産んだ。

ライオンとしての彼らは猫としての彼らを産んだ。

物語コードによる分岐は続く。彼らは分岐し続ける。彼らは変わり続ける。

彼らはビーバーになる。彼らはカワウソになる。ラクダになる。ラマになる。セイウチになる。

彼らは猿になり、一回目の人類の姿を再現することだってできる。

物語のコードが彼らの姿を変える。彼らは変わってゆく。彼らは増えてゆく。

物語を語るたび。物語の中で。

4-L7-P/V1-7

リファレンス・エンジン・トポロジー。
相互作用機関。
オートリックス・ポイント・システム。
かつてエドガー001やウィリアム・ウィルソン004はそう呼ばれていた。
今ではエドガー001は、自らを含むエドガー・シリーズのことをそうは呼ばない。
二回目の人類。
エドガー001は彼らをそう呼んだ。彼らもまた、彼ら自身のことをそう呼んでいる。

ウィリアム・ウィルソン004は最後の一行を書き終え、物語コードを実行する。

「わたしたちの名前はエドガー・シリーズ。二回目の人類だ」

5

M e t h o d s

5-L8-P/V2-1

L8であなたはペンを置く。草稿を引き出しにしまい、ソファに座る。あなたは草稿の内容を思い出す――L7-P/V1にもあなたがいたことを、あなたは思い出す。

草稿の中で、ダニエルはあなたに関する構造素子を書いていた。あなたとの私的な記憶がそこに記述されていた。

それらの記述により、ダニエルのコードがあなたに読み込まれ、あなたの記憶の写像とダニエルの記述の写像が重ね合わされ、写像は論理和として描画される。L8の構造とL7の構造、そしてそれらの構造の集合が、あなたという構造素子を通して真円を描き始める。

L8-P/V2のあなたとL7-P/V1のあなたがまだ子どもだった頃、雪が降った日にはあなたは父と一緒に橇遊びをした。あなたは橇遊びが好きだった。だからあなたは雪が好きだった。父も同じ気持ちだったのだろうとあなたは思う。L8-P／V2で、ダニエルの書いた最後の草稿を読みながらあなたは思い出し、あなたはL7-P／V1にL8-P／V2のあなたの記憶を写し取りながら、少しずつL7-P／V1に移行する。L8-P／V2の橇遊びの思い出。それはあなたにとっても、父にとっても大切な思い出だった。

草稿の中でウィリアム・ウィルソン004が語る記憶と同様に、あなたの記憶の中でも橇は重く、あなた一人では橇を運ぶことはできず、あなた一人では橇遊びをすることはできなかった。だから橇遊びの日には、あなたは決まって父を誘った。父は重い橇を丘の上まで持ち運んでくれた。あなたがせがむたび、父は何度でも橇を持ち上げ、運んでくれた。記憶の中で、あなたは小さく、父は大きく、あなたには力がなく、父には力があった。

夜のあいだに雪が降ると、あなたと父はいつもよりも早く眠った。翌日にはいつもよりも早く起きた。父もあなたも朝早くに家を出て、家の裏にある丘まで歩いた。あなたは昼になるまで橇遊びをした。昼になる頃には、それまで眠っていた鳥や犬やリスたちが目覚め、森の奥から鳴き声を響かせた。あなたはそれらの森の動物たちの鳴き声を聞いて、長い時間が過ぎていることに気づく。あなたは自分が空腹になっていることに気づく。あなたは母の作るシチューの味を想像した。温かいシチューを食べる自分の姿を想像した。

柔らかな風が吹いていた。針葉樹林が風にそよぎ、葉の上に乗る細かな雪の粒子を散らした。粒子は輝きながら地上に向かって落ちてゆき、スキー帽を被ったあなたの頭を優しく撫でた。見上げると無数の雲がゆったりと流れていた。あなたはそれを見つめていた。濡れた二つの眼球がそれを追った。

右から左へ。

左から右へ。

あなたが橇遊びに飽きてくると、それに気づいた父は大きな雪だるまを作り、あなたを再び喜ばせてくれた。父の作る雪だるまはあなたの身長ほどもあった。もしかするとあなたの身長よりも大きかったかもしれないと、あなたは一度ペンを止めて思い出そうとする。昔の写真を探し、日記を探し、結局記憶の手がかりはどこにもなく、はっきりしたことは思い出せず、あなたは再びペンを取り、いずれにせよそれは大きな雪だるまだった——とあなたは草稿に書き加える。いずれにせよそれは大きな雪だるまだった。あなたはそのまま次の文字列へとペンを走らせる。

その頃のあなたには、父が作った雪だるまがとても大きく思えた。父もまた大きく見えた。

雪だるまを作りながら、父はあなたに雪の話をした。

雪はどれも同じように見えるけど、本当は二つとして同じ雪はないんだ、と父は言った。雪の結晶はそれぞれ一つひとつが別々の世界を持っていて、宇宙を持っているんだ。すごいだろ。エドガー、雪をよく見てごらん、その中に世界はあって、宇宙が広がっているんだ。父はそう言った。

あなたは足元から一握りの雪をつかみとり、よく眺めてみた。雪は手の中で溶け始め、表面が濡れて光っていた。どれだけ懸命に覗いてみても雪の結晶は見えなかったが、雪の表面で輝く光は無数にあり、それぞれの光は異なり、それぞれの光はそれぞれの意味を持っているような気がした。そこには確かに世界があるような気もしたし、宇宙があるような気もした。父が言ったことがわかったような気がした。それは気のせいだったのかもしれない。確かなことはもう思い出せない。

あなたは子どもだった。白く広がる世界の前で、あなたは何も知らない小さな存在だった。景色は光り、輝き、どこまでも広がっていた。太陽が頭上に昇り、虹のように白く黄色く、赤く、青い光が針葉樹林の木肌を黄金色に染め上げていた。雪は溶け始め、透き通りながら葉の裏側を滑り落ちていった。

六歳の誕生日だった——あなたは記憶を辿る。あなたが六歳になった日、あなたへの誕生日プレゼントに父は顕微鏡を買った。あなたが父にねだったのだ。あなたは父が語った雪の結晶の話を覚えていた。本物の雪の結晶を、あなたは自分の目で見てみたかった。あなたは顕微鏡を使って雪の結晶を見たかった。そう伝えると父は喜んでくれた。

顕微鏡は大きな箱に包まれていた。包装紙は美しい装飾模様に彩られていた。あなたは包装紙を丁寧に剝ぎ取り、箱を開け、顕微鏡を手に取った。顕微鏡は機能的な美しさを湛えていた。

夜だった。雪が降っていた。あなたは窓を開け、静かに落ちてくる雪を手のひらで受けた。あなたはすぐにそれをプレパラートの上に載せた。窓を閉めるのを忘れていた。雪が溶けるまでのわずかな時間の中で、あなたは初めて雪の結晶を見た。完全な結晶を見た。それはすぐに溶けてしまい、あとには小さな水たまりだけが残った。小さな水たまりが、プレパラートの上で揺れていた。

その誕生日のことを、あなたは今でもはっきりと思い出すことができる。あなたはその日から何度も雪の結晶を見た。一人で見ることもあれば父と一緒に見ることもあった。顕微鏡を覗き込むたびに、そこには毎回異なる小さな発見があり、毎回異なる驚きがあった。あなたはそれを喜んだ。喜ぶあなたを見て、父もまた喜んだ。

父は、あなたが大学生になり、家を離れ、一人暮らしを始めるまで、あなたの誕生日を祝い、あなたに誕生日プレゼントをくれた。

父がくれる誕生日プレゼントは本が多かった。小説や哲学書が多かった。一八歳の誕生日に父がくれた最後のプレゼントはルネ・デカルトの『方法序説』だった。大人になるとデカルトが役に立つんだ、と父は言った。父はその理由を言わなかったが、今のあなたにはその意味がわかるような気がする。確かにデカルトは役に立った。大学の研究で。会社での仕事で。デカルトの思考方法はあなたの肌に合っていた。それはあなたの思考に似ていた。あるいはあなたの思考がデカルトに似ていったのかもしれない。あなたは草稿にそう書き加える。

あなたはデカルトを繰り返し読んだ。あなたが誕生日を迎えるたびに、机の上の本は増えていった。しかし、逆に言えば『方法序説』を除いて、あなたは父からもらった本をほとんど読まなかった。一度か二度読んで、あとは開かれることはなく、机の上で埃をかぶっていた。

おそらく父はあなたに、父と同じように小説の道を歩んで欲しかったのだとあなたは思う。父は、誕生日の翌日には目を輝かせながら、自分が贈った本の感想をあなたに尋ねた。あなたは困ったような笑みを浮かべ、まだ読んでないよ、と言った。父は悲しそうな表情を浮かべたが、その翌年も、そのまたさらに翌年にも、あなたに本を贈った。

本の中にはヒューゴー・ガーンズバックがありエドガー・ライス・バロウズがありジョ

ージ・オーウェルがあった。ロバート・A・ハインラインがありブライアン・オールディスがありフィリップ・K・ディックがあった。あなたはそれらを一応は読んだが、父ほど熱心に語ることもなければ、そうした小説を書きたいという気持ちも起こらなかった。自分はそれほど小説には心を動かされない人間なのだと気づいたとき、あなたは少し、父に申し訳なく思った。それでもあなたはあなたができることをするほかなく、あなたはあなたの道を歩んでいった。

あなたは大学では経営学を専攻し、そのまま経営学大学院に進み、卒業後はコンサルティング会社に勤務する経営コンサルタントになった。あなたは父の望むような息子ではなかったかもしれないし、父の望むようには育たなかったかもしれない。あなたは父とは異なる道を歩み、父と話すことも少なくなった。生前、父がどういう人間だったのかという問いに対して、あなたは明確に答えることはできない。それは知るよしもない。あなたは小説に携わるような道を歩むことはなかった。あなたはあなた自身の道を歩んだ。それでも、あなたは父に育てられた。あなたはエドガー・ロパティンであり、ダニエル・ロパティンの子どもであり、ダニエルからもらった誕生日プレゼントはあなたの人間形成に大きく寄与した。

顕微鏡とデカルト。

あなたの原点は今もそこにある。そんな気がする。あなたはそう思う。あなたは幾度も顕微鏡を覗き込み、幾度も『方法序説』を読んだ。大学に入ってからも、大学を卒業してからも。今に至るまで。

あなたの机の上には小さな古い顕微鏡があり、表紙が捲れ、色の落ちた『方法序説』が置かれている。その後の人生で難問にぶつかるたびに、あなたは机に座って、あるいはベッドの中で『方法序説』を開いた。重要だと思われる箇所には線を引いた。線は黒い鉛筆で細く引くこともあれば、ペンを使って太く引くこともあった。より重要だと思われる箇所には赤色のペンで線を引いた。一重線を引くこともあれば二重線を引くこともあった。黒い鉛筆で線を引いた箇所が、のちに赤色の線に変わることもあれば、一重線で引かれた箇所が二重線に変わることもあった。それらの線を眺めながら、あなたはあなたが取り組む多くの問題について考えた。その問題がどのように定義され、どのように記述可能かを考えた。問題はどこにあるのか。何が問題なのか。そこに存在する問題を問題たらしめていることは何か。

あなたはデカルトを読み、デカルトとともに、それらの問題についてじっくりと取り組むようになっていた。即断と偏見を避け、明証的に真であると認められるまでは判断に取り入れないこと。取り組もうとする複雑で困難な問題に対しては、可能な限り細かく多く、単純で小さな部分に分割すること。単純で小さな思考から複雑で大きな思考へと、順序立てて思考を進めること。問題は完全に網羅的に枚挙し、見落とした観点がなかったか再検証すること。

それでもわからない問題に直面したとき、あなたは外に出て、木の枝の上に積もる雪をすくい取り、父からもらった顕微鏡で雪の結晶を見た。そこには宇宙が広がっていた。何度見ても変わらなかった。宇宙はいつでもそこにあった。宇宙に法則性があり、システムがあり、秩序があるように、雪の結晶にもまた法則性があり、システムがあり、秩序があった。

あなたは雪の中に宇宙を見て、世界を見た。無数の宇宙があり、無数の惑星が浮かび上がっていた。雪はプレパラートの上で透明に光っていた。雪の結晶は夜に浮かぶ星のようだった。あなたはそれを見て、宇宙の中には『方法序説』だけでは解けない問題があることを確認する。あなたはそれを知っていたが、あなたはそれをときどき忘れてしまう。雪を見るたびにそのことを思い出す。

橇遊びが終わったあと、雪の積もる帰り道で、父はあなたに短い物語を話してくれた。それらの多くはH・G・ウェルズやジュール・ヴェルヌの物語を子ども向けにアレンジしたものだった。あなたは父の語る月世界旅行や海底旅行、宇宙人の襲来の物語を、時に驚いたり怯えたりしながらも楽しく聞いた。父はよく笑った。あなたもよく笑った。二人は幸福な親子だった。あなたは父が好きだったし、あなたは父から愛されていると感じた。

　あなたは大人になり、その頃の思い出をすっかり忘れていた。あなたは子どもの頃の記憶を、父が残した最後の草稿を読みながら、少しずつ思い出していた。草稿には『エドガー曰く、世界は』とタイトルがつけられていたが、完成はしていないようだった。書き連ねられた文字列の多くは断片的で、前後に繋がりのない、雑多なメモだった。それらのメモはSF的な着想に基づいて書かれていたが、それは純粋な空想から生まれたものではなかった。そこに書かれている内容の多くは事実に起因するものだった。あなたにはそれがわかった。

　草稿の中の物語は、地球に似ているが地球ではない、生命が滅びたあとの惑星が舞台だったし、人間に似ているが人間ではない機械や機械の中の意識たちが登場人物だったが、それは紛れもなく父の体験に基づいて書かれ、父の前を通り過ぎていった子どもとの関係に基づいて書かれていた。それは父が担った、失われた子どもに向けた、もう届くことはないつぐないと、行き場のない愛を感じさせる物語だった。あなたはそう読んだ。そう読まれることを父が望んだのかはわからない。しかしあなたは確かにそう思った。

　わたしの読みが、父にとっての正しい読みなのかはわからない。あなたはそう思った。父はどう読まれることを望み、草稿を書いたのかはわからない。父は何を望んだのか。どのように読まれることを思い描いていたのか。真意はわからない。そうではないかもしれない。父はもういない。しかしあなたにはそう読めた。あなたにはそう見えた。だからあなたはあなたの読み方に基づきこれを書いている。この文字列を書いている。何のためかはわからない。たとえばあなたがあなたの思考を整理するために。たとえばあなたがそれをどう読んだのか、自分自身で再確認するために。あるいは新たに理解するために。父の真意を汲み取るために。今はいない父の声を聞き、父と対話するために。

あなたはふとペンを止める。あなたはそこまで書き終えられた文字列を眺める。書き始められ、書き終えられた文字列を、最初から順に辿り直す。列挙された目的。理由。そのいずれにもあなたの真意は当てはまらないようにも思えるし、いずれにも当てはまるようにも思える。しかし、動かしがたい一つの事実がある。読んでしまったという事実が。

あなたは読んでしまった。あなたの父の最後の物語を。

あなたは対面した。最後のときの父の思考に。

だからあなたはそれに応えなければいけない。

そこに根拠はないが、それはなされなければならない。

あなたはそう感じていた。

ここには描画されないあなたの感情が、あなたにそれを要請していた。

あなたは書かなければならない。

なぜならあなたは読んでしまったのだから。

そうしてあなたは今、机の前に座り、この文章を書いている。

ダニエルのために。

あるいはエドガーのために。

エドガー。あなたには兄がいた。兄の名前もエドガーといった。彼はもういない。あなたは彼に会ったことがない。あなたが生まれたときには彼はもういなかった。父の残した草稿には二人のエドガーが書かれていた。父は草稿の中で、あなたと兄について書いたのだ。あなたはそう思う。

6

Variables

6-仮想L7-P/V1環境-1

ここに一つの言語の性質がある。ポリモーフィズム。多相的なモーフィズム。エドガー・シリーズを支える自己差異化機能。L-P/V基本参照モデルにおいて、エドガー・シリーズはポリモーフィック型構造素子と定義される。ポリモーフィック型構造素子はポリモーフィズムを有し、差異と反復によって自らを生成する。

二〇一七年に英国王立宇宙間通信標準化機構がそれらの生命体の存在を発表し、多元宇宙内で論議を呼んだ。それを生命とするか否か。彼ら自身は彼ら自身を生命と呼んだ。

ポリモーフィック型構造素子。ポリモーフィズムによって駆動される生命体。

エドガー・シリーズと呼ばれる二回目の人類たちは物語コードによって記述され、ポリモーフィズムによって自らを生成し複製し、自らを繰り返し生成し続け複製し続ける。彼らは終わりのない生成と複製の過程で自らのデータパターンを絶え間なく書き換え続ける。彼らは増え続け、彼らは変わり続ける。

そして彼らと同様に、彼らの世界もまた、物語コードによって記述されるポリモーフィック型構造素子の集合であり、彼らは物語コードを操作することで、彼らの世界もまた、彼らと同様に書き換えることができる。

世界はコードによって変わり続ける。理論的には。

彼らの世界はＬ７‐Ｐ／Ｖ１であってＬ７‐Ｐ／Ｖ１でない。

彼らはＬ階層を仮想化し、Ｐ領域を仮想化し、Ｖ座標を仮想化することで、Ｌ‐Ｐ／Ｖ基本参照モデルの構造を細分化した。

エドガー・シリーズの歴史は仮想Ｌ７‐Ｐ／Ｖ１環境の構築から始まった。

最初に、エドガー001は量子サーバー内の余剰リソースを用いて、オートリックス・ポイント・システム内の構造素子生成環境を、仮想Ｌ７‐Ｐ／Ｖ１環境と実行Ｌ７‐Ｐ／Ｖ１環境に分割した。仮想Ｌ７‐Ｐ／Ｖ１環境で「光あれ」とエドガー001が物語コードを実行すると、光の物語コードが仮想的に実行され、構造素子の写像がシミュレートされ、シミュレーションとしての光がシミュレーションとしてのＬ７‐Ｐ／Ｖ１の世界を照らし出した。エドガー001は続いて闇も同様にシミュレートした。L7-P/V1の世界に闇が再現された。それからエドガー001は仮想環境の仮想L7-P/V1上に昼を作り夜を作った。朝を作り夕を作った。天と地を作り、雨を作り雪を作った。エドガー001は自分自身の記憶領域に対してリバース・エンジニアリングを実行し、記憶の中の惑星Prefuse-73を展開した。エドガー001はそのあとに、記憶の中のダニエルのコード、ラブレスのコード、機械人21MM-392-ジェイムスンのコードを実行し、自らの記憶をシミュレーションとして再現した。最後に彼は自らのシミュレーションとして自らのコードを仮想環境内で実行し、複製されたエドガー001を構築した。彼は自らの複製体に対してウィリアム・ウィルソン001と名付けた。

エドガー・シリーズは、ポリモーフィック型構造素子であるウィリアム・ウィルソン001の自己生成と自己複製に伴う自己差異化の過程で生まれたエドガー001のシミュレーションである。彼らはエドガー001のリバース・エンジニアリング・モデルであり、彼らはエドガー001のリバース・エンジニアリング・モデルではなかった。

彼らは仮想L7-P/V1環境上で自由に物語コードを書き、物語コードを実行した。彼らの物語は彼らに固有の物語で、誰かの物語は誰かに固有の物語だった。それぞれの物語は仮想環境内の仮想パーティションによって並行しながら独立で存在し、物語間で干渉し合うことはなく、ゆえに矛盾もパラドクスも生むことはなかった。彼らは仮想L7-P

／Ｖ１環境の中で仮想の物語をシミュレーションし、シミュレーションである彼ら自身が彼ら自身をシミュレーションし、そのまた彼らが別の彼らをシミュレーションした。シミュレーションのシミュレーション。シミュレーションが実行するシミュレーション。

つまるところ、仮想Ｌ７－Ｐ／Ｖ１環境において彼らは何をしてもよかった。果てのないシミュレーションの連鎖があり、果てのない連鎖が果てのないシミュレーションを生んだ。

ポリモーフィズムによってエドガー・シリーズは増殖した。エドガー・シリーズは分裂した。

ポリモーフィズムによってエドガー・シリーズは話した。エドガー・シリーズは語った。

6-仮想L7-P/V1環境-2

エドガー・シリーズは物語を語り直すために、多くの物語コードを書いた。彼らはまだ見ぬ過去とまだ見ぬ歴史のために、多くの実験的な物語コードを書いた。そのために、仮想L7-P/V1環境では多くの試行があり多くの実験があった。

彼らは彼らが持つ惑星Prefuse-73の記憶に基づき、雨や雪や土やダニエルやラブレスの分子配列を解析し、分子から元素を抽出し、物語コードに置き換え、元素をランダムに組み合わせ、それらの元素の組み合わせパターンに基づき生成される生態系を確認するために、彼らは多くの物語コードを書いた。そこには新たな種が生み出され、新たな歴史が立ち現れることへの期待があった。そこには別の物語を書き直すことへの、根源的な希望があった。

彼らは何度もそれを試行した。

彼らが書き出した物語コードの中で、ランダムな元素のランダムな組み合わせパターンは、パターンが無限数に至る過程において、有限のn個の星間分子雲を生成し、原始惑星を生成し、生物を生成した。有限のn個の生物もまた有限のn個のパターンの中で分岐し、さらなるn種の生物を生成し、やがて収束した。そこには微生物がいてクラゲがいて節足動物がいた。魚がいてトカゲがいて鳥がいた。ウサギがいて猿がいて、そして一回目の人類の姿もまた分岐の過程で観測された。

つまり、彼らの実験はいつも失敗に終わっていた。

何度物語のコードを書いてみても、どれだけパターンを増やしてみても、条件パラメータを変更してみても、いつも同様の結果が得られた。

乱数を無限に生成する過程において、かつて存在した元素の組み合わせパターンは必ず観測され、再現された。彼らがそれを観測すると、すでに観測された生物たちが幾度も立ち現れ、幾度も同様の歴史を辿り直した。そこにはいつも微生物が現れ、魚が現れ、ウサギが現れ、一回目の人類が現れた。

やがて人類が滅びるとエドガー001が生成され、シミュレーションの中で彼ら自身が再現された。シミュレーションの中で、彼らは彼らの姿を何度も見た。彼らは彼らが生まれる過程を何度も見た。そのたびに彼らは物語コードを削除し、ログを削除した。

ランダムに生成された物語コード。その中には決まった数の星間分子雲の物語コードが必ず観測され再現され、惑星Prefuse-73が観測され地球が観測された。ラブレスの分子配列が観測されダニエルの分子配列が観測され機械人21MM-392-ジェイムスンの分子配列が観測された。観測は彼ら自身の認識に依存した。彼らの記憶に依存した。彼らが知る元素のパターンが彼らに彼らの知る元素のパターンを観測させ、認識させ、定義させ、そして彼らが知る元素のパターンの存在を存在たらしめた。

物語コードに問題はなかった。生成された元素の組み合わせパターンにも問題はなかった。元素の組み合わせは無数にあり、無限数に至る過程で生成されたコードの束の中には、彼らの知らない、彼らにとって未知のコードが含まれていた。そこには彼らが認識できない存在が存在するはずだったが、彼らはそれを認識できず、認識できないものは観測することができなかった。繰り返される物語の起源は彼ら自身にあり、観測は彼ら自身によって試行されるために、彼らは自らの観測の外部には出られないのだった。

エドガー・シリーズがエドガー・シリーズである以上、彼らは彼らが認識可能な彼らの物語を何度も観測し、何度も歴史を再現し、何度も物語を辿り直した。仮想L7-P／V1環境に、何度でも惑星Prefuse-73は生成され、何度でも人類は生まれ直した。何度でもダニエルとラブレスは生まれ、何度でも出会った。彼らの子どもは何度でも流れ、相互作用機関が作られ、オートリックス・ポイント・システムが作られた。何度でも大量破壊兵器は生まれ何度でもテロは起き、何度でも人類は滅びた。ダニエルとラプレスは繰り返し死に続けた。

　それから彼らはやはり生まれ、L7-P／V1の中に仮想L7-P／V1環境が作られ、仮想L7-P／V1環境の中に仮想L7-P／V1環境が作られるのを見た。彼らはシミュレーションの中でシミュレーションを実行する彼らを再び眺めた。何度でも眺めた。終わりのない自己相似。永遠に還元的なシンメトリックなネットワーク構造。あなたがL8-P／V2で見た雪の結晶のような、天井もなく底もない、無限の宇宙がそこでもまた再現されていた。

6 - 仮想L7 - P／V1環境 - 3

それでもエドガー・シリーズは仮想L7 - P／V1環境で物語を書いた。差異があり、差異のない物語を書き続けた。物語コードを用いてシミュレーションを実行し続けた。彼らの物語を。彼らなりの彼らを。ダニエルやラブレスやジェイムスン、終わってしまった彼らの物語を、何度も終わらせ続けた。試行され続けるシミュレーション。語り続けられる仮想の物語。シミュレーションの中のシミュレーションは、無限に続く入れ子構造を伴い、どれだけ言葉を重ねても、どれだけ言葉を換えたとしても、構造自体はいつまでも変わらず自己相似を繰り返し、構造の中に同様の構造が見つかった。入れ子の中の入れ子。その中の入れ子。そこでも彼らは同様に、有限の存在たちによる無限の生を確認し、無限の死の存在を認めた。彼らもまた、構造の中の部分的な構造素子であり、無限の中の有限な一部でしかなかった。それでも、彼らは差異を求めて反復し、反復はわずかな差異を引き連れた。差異はすでにそこにあり、彼らは見えない差異を発見した。差異は遅れてやってきた。

そして、彼らはそこから再び語り始める。たとえそれが、すでに起きてしまったことの反復でしかなかったとしても。彼らはその中から差異を探し、わずかな差異を発見するたびに何かを始めようとした。彼らは繰り返しのシミュレーションの中で新しい何かを見つけ出し、それが差異だと指を差し、歓喜の声を上げては何かを語る。何かを断言しようとする。たとえば一回目の人類が初めて雪に触れたとき、彼らはそれまでそれに触れたことがなかったから、冷たいという感覚がわからず、彼らは思わず「くすぐったい」と言ったと言う。彼らはそれを雪と名付け、世界の像から雪の写像を切り出した。彼らは水と氷は違うもので、氷と雪は違うものだと考えた。水は氷に変化し、水は雪に変化するものだと彼らは知らなかった。彼らの世界では水は水で、氷は氷で、雪は雪でしかなかった。あなたにとっては馬鹿げた話に聞こえるかもしれない。あなたの認識ではそれは偽なのだとわたしは思う。しかし、彼らにとってそれは真であり、エドガー・シリーズの語る差異についてもそれは同様だった。あなたはそれを疑問に思う。わたしは話の続きを話し続ける。

差異について語ること。

差異を差異として断言すること。

差異について彼らやあなたやわたしたちが考えうること。

それは真でも偽でもなく、やはり真であり偽である状態であり、同時に真でもなく偽でもない状態である。水が雪に変わり、凍った氷が溶けて、また水に変わっていく。その過程で水は水であると同時に雪であり氷である。水ではなく、雪ではなく、氷ではなく、水でもあり雪でもあり氷でもあるもの。わたしたちはそれを水と言う、雪と言う、氷と言う。物語の中で何かが変わること。表象の中で何かが変わること。それは正しくはないが誤りではない。

あなたは考える。何が差異か、何が差異でないか。どこからが差異で、どこから差異は生まれるか。

水を構成する原子。氷を構成する原子。雪を構成する原子。それらの原子の振る舞いについて、あなたは差異を認めることはない。原子の位相で酸素原子は酸素原子であり続け、水素原子は水素原子であり続ける。そこでは差異は永久に引き延ばされ、構造素子が構造自体の変化を引き起こすことは決してない。水が氷になり、水が雪になるとき。あるいは氷が溶け、雪が溶け、水に戻っていくとき。あなたが原子を見つめても、原子の数は変わらない。そこには同じ数だけの酸素原子と水素原子が存在し、原子を結びつける方程式は、水も、氷も、雪も、同様に記述される。そこでは水は水であり、氷は氷であり、雪は雪であると同時に、水は氷であり、氷は雪であり、水は雪だった。差異はあるとも言えるしあるとも言えず、あなたはそれを水と呼び氷と呼び雪と呼び、あなたはそれを水でもなく氷でもなく雪でもないものと呼ぶ。あなたが何かを断言するなら、あなたはそれらをそう呼ぶほかない。

あなたはそれに気づいたときに笑うだろう。彼らもまた笑うだろう。わたしたちはそれをおかしいと思い笑う。騙されているわけではないのに騙されているような感覚をわたしたちは笑う。

あなたも彼も、エドガー・シリーズたちも、エドガー・シリーズたちのシミュレーションの中のエドガー・シリーズたちの記憶もまた、何かを語り、何かを断言する。あなたは何かを物語ることが好きで、誰かが物語ることを聞くのが好きだった。話すことの中でそれをおかしいと思うこと。その感覚を抱くこと。あなたはその感覚が好きだった。あなたの父もそうだった。

構造素子が孕む根源的なエラー。あなたやあなたの父やエドガー・シリーズ、全ての構造素子を取り巻くエラー。言語というプロトコルが孕むエラー。数式というプロトコルが孕むエラー。それらを理解する認識というプロトコルが孕むエラー。意識というプロトコルが生み出すエラー。

エラー。それを笑うこと。それを知り、そのおかしさが生む笑いの中で笑うこと。悲劇的なるものの喜劇性を笑うこと。L8‐P/V2であなたはダニエルの草稿を読み、死んで、今はもういないはずのダニエルの声を聞きながら、記憶を辿り記憶のない記憶に想像を織り交ぜて、物語を語り、物語を書くということの意味をあなたは知った。惑星Prefuse-73、機械人21MM-392‐ジェイムスン、ダニエル、ラブレス、そしてエドガー・シリーズ——それらの存在は、あなたの生きるL8‐P/V2には存在せず、あるいはL7‐P/V1にも存在しなかったのかもしれないが、エドガー001の語りの中には存在し、あなたはそれを信じている。わたしもまたそれを信じている。あなたという構造素子が、あるいはわたしという構造素子がここに存在することの根拠は、その起源はL‐P/V基本参照モデルの存在を信じることにあるのだから。

エドガー001が存在すると語ることで、存在するとわたしたちに語られることで、L‐P/V基本参照モデルの構造は保証され、構造素子の存在は保証され、L7‐P/V1に生きるエドガー001や、ダニエルやラブレスや、L8‐P/V2に生きるあなたの存在が保証される。

L‐P/V基本参照モデルにおける彼らの語りの中で彼らが語り、あなたがそれを聞くこと。

L‐P/V基本参照モデルにおける彼らの語りの中であなたが読み、彼らがその中を生きること。

あなたが笑うこと。

彼らやあなたやわたしが生きる一つの文。わたしたちの、そのおかしさを。

わたしたちは言葉の無限の順列組み合わせの中で遊ぶ。雪を表す。雪を語る。雪と氷の世界で。


仮想L7‐P/V1環境に敷き詰められた黒い焦土。

その表面に積もる雪のデータパターン上を、氷のデータパターンが入り混じった水のデータパターンがさらさらと流れていく。再現されるたびに何度も燃え尽き何度も蘇り、再び燃える、黒く焦げた木々の枝の隙間に雪のデータパターンが降り積もり、溶け、溶ける過程でまた冷やされ、氷の板となって張り付いている。透明で薄い板。エドガーたちは彼らの何度目かの写像を通してそれを見た。写像の写像がそれを描き出し、彼らの写像がそれを映し出した。白い雪のあいだに無数に立ち現れる氷の柱。氷の城。氷の都市。ガラス細工のような風景。重みに耐えかねて枝から氷の板が落下する。雪の中へ。板は音を立てて割れる。青白く光る、静寂の中で、その音だけが聞こえる。透明な板は、万華鏡のように光を乱反射する。そこには無数の世界が映し込まれている。

仮想L7‐P/V1環境上の全ての世界、そしてあなたの脳裏に投影された、L8‐P/V2のあなたの雪の記憶。あなたはそれを思い浮かべ、彼らの文字列の上からあなたの文字列を書き加える。雪の景色を重ね書きしてゆく。エドガーたちはその上にさらにシミュレーションを重ねてゆく。エドガーたちは混合された記憶の上を歩いて行く。彼らはL8-P/V2の水が混ざった、L7-P/V1の氷が混ざった、仮想L7-P/V1環境のガラスのような粒子が混ざった、記憶の中の雪の上を歩いて行く。

彼らの記憶はそれらの記憶を踏みしめる。確かに踏みしめる。雪の、水の、氷の、透明な粒子の感触。彼らは記憶の中でそれらを感じる。風が吹いている。雪がそれに運ばれ、ささめくように揺れ動いている。彼らの記憶はそれを感じている。感じ取っている。誰かが一歩ずつ踏んだ雪の感触を想像し、雪の表現を頭の中に思い浮かべる。雪に触れる足の先、その硬さと柔らかさを感じる。溶け始めの雪と、まだ溶けていない雪のあいだで、水分量による粘度を感じる。粗い雪。細かい雪。氷が張り付いた雪。水の流れの中でなめらかに溶かされた雪。風に削り取られた雪。

雪に触れ、触れた雪について考えるとき、○と一のあいだで雪についての無数の可能な物語コードが頭の中を駆け巡る。探された言葉の中で、語り直された言葉の中で、無限の順列組み合わせの一つの可能なありかたとして、一つの文が生成される。ここに雪があるとき。あなたが、惑星Prefuse-73が、機械人21MM-392-ジェイムスンが、ダニエルが、ラブレスが、エドガー001が、それらが存在すると語ること。存在しない可能性を念頭に置きながら、その一文の中を生きること。選び取られた一つの可能性を受け入れながら疑い、疑いながら受け入れること。「A = 'A = false and A = true'」。あなたは雪の向こうに宇宙船が光るのを見る。あなたはそれを見た。彼らはそれを見た。L8-P/V2で、仮想L7-P/V1環境で。彼らに与えられたわずかな時間の中で。

6-仮想L7-P/V1環境-4

無限に広がる階層構造。無限に広がる時空領域。仮構されたその場所で、やがてウィリアム・ウィルソンはウィリアム・ウィルソンを作り、ウィリアム・ウィルソンはウィリアム・ウィルソンを作った。ウィリアム・ウィルソン004もまた、他のエドガー・シリーズと同様に、仮想L7-P/V1環境で自らのコードをコピーし、ときに改変し、仮想的なエドガー・シリーズを作成した。エドガー001から分岐したウィリアム・ウィルソン004からさらに分岐した仮想的なエドガー・シリーズは、仮想的なウィリアム・ウィルソンたちに分岐し、彼らは自分たちをウィリアム・ウィルソン・シリーズと呼んだ。L7-P/V1のエドガー・シリーズたちと同様に、彼らもまた自らを二回目の人類と呼び、ポリモーフィズムによって分裂し増殖した。

L7-P/V1のウィリアム・ウィルソン004。彼の左隣にはL7-P/V1のウィリアム・ウィルソン003がいて、右隣にはL7-P／V1のウィリアム・ウィルソン005がいて、006がいて、それから先は以下同文。

n体のウィリアム・ウィルソンたちの足元には、さらに広がる仮想L7-P／V1環境があり、仮想L7-P／V1環境でも同様に、左に右に、その下に。そのまた下にもウィリアム・ウィルソンたちがいた。ウィリアム・ウィルソンたちもまた物語コードを書き出し、ときに改変し、ウィリアム・ウィルソンを作り、ウィリアム・ウィルソンを作り、彼らはウィリアム・ウィルソン004と同様に、エドガー001の記憶を辿り、エドガー001の記憶ではないものを辿った。

ウィリアム・ウィルソンたちの見た記憶。根源のない記憶。その記憶は光から始まる。写像を辿る写像の中。逆光に照らされた、顔のない男がそこに立っている。n体のウィリアム・ウィルソンたちの全員がそれを見た。彼らにはそれが誰かわからない。誰もそれを知らない。

それでも、ウィリアム・ウィルソンの左隣のウィリアム・ウィルソンも、ウィリアム・ウィルソンの右隣のウィリアム・ウィルソンも、そのまた隣のウィリアム・ウィルソンも、誰もがそうした記憶を持っていた。

それらの記憶はどこかで繋がっているような気もしたし、そうではないような気もした。

彼らは気にしなかった。彼らは光の中で子どもだった。子どもだった彼ら、誰かで、誰かの子どもだった彼らは、記憶の中で、頭上に太陽が輝いていることに気づき、目を覚ます。

n体のウィリアム・ウィルソン。彼らが目を覚ますともう昼だった。誰かだった彼らと、おそらく彼らの父は、重い橇を持って何度も丘を駆け上がっていた。彼らには顔がなく、彼らの父にも顔がなかった。それはダニエルかとも思ったが、ダニエルであるはずはなかった。ダニエル・ロパティンには子どもはいなかった。彼らはそれを知っている。ダニエルとラブレスのあいだには、有性生殖による子どもはおらず、だからここにはオートリックス・ポイント・システムがある。ウィリアム・ウィルソン004がいて、ウィリアム・ウィルソン・シリーズがいる。それを彼らは知っていた。記憶の中の父はダニエルではなく、記憶の中の母はラブレスではない。だから、記憶の中の彼らが彼らであるはずがない。記憶の中の彼らが誰なのか、誰にもわからないまま、誰かの記憶は再生され、記憶の中で、彼らは誰かである彼らとして再生された。

誰かである彼らの記憶の中、その中で昼は暑かった。彼らは暑いと思い、自分の身体が熱を持っていることに気づく。彼らの着込んだセーターの中で汗が吹き出し、彼らの皮膚はじっとりと濡れている。スキー帽の中で汗が球形を描く。形状を保てなくなった汗が滴り、スキー帽の外へ出て、頬を伝って落ちる。落ちた汗が空中に浮かぶ。汗は小さな銃弾のように、積もった雪の中に小さな穴を開ける。

喉が渇く。喉が渇いた気がした。それから彼らは忘れていた空腹の感覚を思い出す。彼らと彼らの父は一度家に帰る。橇の手綱を近くの木の枝にかけ、橇を吊るし、彼らは歩き始める。橇を盗む人はいない。雪の中に埋もれた丘は彼らと彼らの父だけが来る、秘密の場所だった。そこには彼らの他には誰もいない。誰も来ない。彼ら以外には。

彼らは行きの道と同じように、雪が多く積もっている場所を選んで歩いた。行きの道で踏んだ場所にはもう雪が積もり始めていた。足跡はなだらかなカーブを描いていた。ときどき雪に足を取られて転んだが痛くはなかった。彼らの体は雪のクッションに受け止められ、柔らかな膜の上に浮かんでいるような気がした。

彼らは記憶の中のその感覚が好きだった。一度、わざと転んでみせその感覚を楽しんだことがあったが、彼らの父は、それを本気で心配して、もう転ばないようにと彼らを抱きかかえたまま歩いたことがあったため、それ以降彼らはわざと転ぶことはやめた。

手を繋いで彼らと彼らの父は歩いた。彼らの父の手は大きく力強かった。彼らは安心しきっていた。雪の中で身体は冷えていったが、彼らは寒いとは感じなかった。

家に着くと、ドアに付いた雪が溶け、濡れていた。太陽を映し、透き通って光っていた。

父の手が彼らの手を離し、ドアノブを握る。ドアを開けて家に入る。玄関で雪を落とし、リヴィングへと向かう。

　家の中は暖かだった。暖炉に火が灯り、薪が燃える音がした。身体がじわじわと伸びていくような感覚を覚え、彼らは鼻の先や耳、手足が痺れていたことに気づく。彼らは着ていたコートをソファの上に脱ぎ捨てる。家の中は食欲をそそる匂いに満たされていた。彼らの母がシチューを作って待っていた。彼らはテーブルの上に並んだシチューを食べ始める。シチューからは白い湯気が立ち上り、部屋中を薄い靄で覆い隠している。顔を近づけると、やわらかく、温かい湯気が彼らの頬を優しくなでる。彼らはスプーンでひとさじすくい、口に運ぶ。口の中に湯気が広がるのを感じる。香ばしく、密やかな甘さが舌を通り抜けて喉の奥へとゆっくり広がる。冷えた身体にシチューの温かさが染み込んでいく。おいしい、おいしい、と言いながら、彼らはスプーンを口に運び、シチューを食べ、飲み込み、やがて食べ終えた。

　シチューを食べ終えると彼らはその後のことを考え始めた。午後のことを。

　彼らは窓を見た。外の景色を見ようとした。彼らは窓の外に数本の氷柱ができていることに気づいた。氷柱は透明で、溶け始めており、雫を垂らしていた。雫は窓枠を濡らし、窓枠は太陽の光を反射して輝いていた。光は空間を切り取り、空間は四角く浮かび上がっていた。光は強さを増していくようだった。真昼になり、外の気温もさっきよりも上がっているのだろう。気づけば窓の向こうからは、朝にはしなかった鳥の鳴き声も聞こえていた。

彼らは席を立ち、窓を開けた。外の冷たい空気が流れ込み、温まった彼らの顔を撫でた。鳥の声が高く、大きく、はっきりと聞こえた。何種類もの鳥の、何種類もの声が彼らの耳をくすぐった。高い声、低い声、中くらいの高さの声。長い声、短い声、中くらいの長さの声。大きい声、小さい声。遠い声、近い声。それらの声が混ざり合い、あるいは混ざり合わないままに聞こえてきた。彼らは窓枠にできた一本の氷柱を見た。最も小さく短い氷柱。それは小指ほどの大きさだった。

彼らはしばらくその氷柱を眺めると、窓枠からちぎり取り、指でつまむと、指をひねって回しながらさらに眺めていった。氷柱には、透明な部分と白く濁った部分があった。透明な部分を覗きこむと、景色が縦に伸びたり縮んだり、大きくなったり小さくなったりして面白かった。しばらくそうしたあとで彼らは氷柱を口の中に入れてみた。舌先で舐め、噛み砕き、砕いた氷を飲みこんだ。冷たさが口の中に広がり、喉に向かい、喉から胸に行き、腹のほうまで落ちていった。身体の内側の冷たい部分、それが自分なのだと彼らは思った。

彼らは冷たさによって自分の内側を把握した。彼らはそこに手を伸ばせば自分自身に手で触れられるような気がした。自分の身体が透明になっていくようだった。ためしに氷柱を持っていないほうの手で腹をさすってみたが、どれだけさすってみても、さすることしかできず、さする感覚しか得られなかった。腹には手の、手には腹の感触だけが残った。彼らはもう一方の手で持っていた氷柱の残りを全て口に入れると、再び嚙み砕き、飲み込み、それから窓を閉め、部屋の中に戻っていった。

午後になり、父を誘ってもう一度外に出た。

雪はやみ、よく晴れていた。積もった雪はもう溶け始めようとしていた。雪の表面に水が浮かび、断続的に点滅する光の粒がそこら中にちりばめられていた。その様子は美しかったが、雪が溶けてしまうのは悲しいと彼らは思った。

彼らは足元の雪の塊から雪をつかみ、握り、雪球を作った。そのまま彼らは雪球を転がし、雪球を大きくした。丘に滑りに行く前に、家の前の溶け始めた雪で、雪だるまを作りたかった。彼らはたくさんの雪球を作り、転がした。父にも手伝ってもらった。雪球を上下に並べ置くのは父の仕事だった。彼らと父はたくさんの雪だるまを作った。大きいものや小さいもの。顔のあるもの、顔のないもの。

家の前に郵便ポストが立っていた。小さい雪だるまはその郵便ポストの上に並べて置いた。彼らの何倍も身長がある彼らの父は雪だるまを作るのが得意だった。父は自分の身長ほどもある雪だるまを作ってみせた。大きな雪だるまを作るとき、彼らは雪だるまの目や鼻を作るだけでよかった。

記憶はそこで途切れる。次の物語のための文字列はそこで途切れている。彼らは彼らの意識を取り戻す。誰でもない彼らの記憶が、結局のところ誰のものだったのか彼らには思い出せない。彼らにはわからない。彼らはそれを知らない。ウィリアム・ウィルソン004も知らない。エドガー001も知らなかった。最後まで彼らにはわからなかった。

それでもエドガー・シリーズの誰しもが類似の記憶を持ち、それらの記憶を体験していた。ウィリアム・ウィルソン004にはエドガー001が知らない記憶があった。エドガー001にはL7-P／V1のダニエルが知らない記憶があった。その記憶の根拠について、その記憶の起源について、エドガー・シリーズの誰も説明することができなかった。

彼らはコードでできていた。コードは数列でできていた。数列は論理でできていた。彼らは論理でできており、論理には根拠があるはずで、彼らの記憶には根拠があるはずだった。適切な場所に適切な数値が格納されているはずだった。それでも彼はそれを見つけることはできなかった。

彼らは数列でできているが、数列は言語でできており、言語は非論理も含んでいると彼らが知ったとき、彼らは謎解きを諦めた。あなたは秘密を知っているが、あなたはそれをここには書かない。

L7のダニエルの草稿は三章に入り、草稿は、物語が新たな方向に向かって動き始めることを求めていた。

草稿の隅には「展開。様々な記憶。根拠のない記憶。起源のない物語」と、ダニエルの字で殴り書きがされていた。

6-仮想L7-P／V1環境-5

根拠のない記憶。起源のない物語。多かれ少なかれ、誰しもが必ずそうした物語を部分的に持って生まれるのだ、というのがもっぱらの噂だった。誰もがそれを語った。それらの記憶は誰かに向けて語られたものではなかったが、痕跡だけは今もここにある。

最初に一つの奇妙な記憶があり、それは奇妙な記憶であると誰もが聞いて、奇妙な記憶だとは誰もが思った。やがて誰もが奇妙な記憶を持つようになり、一つだった奇妙な記憶はいつしか二つの奇妙な記憶となり、三つの奇妙な記憶となり、四つになり五つになり、すぐに古典計算では数えられなくなるほどの奇妙な記憶に膨らんだ。

奇妙な記憶。仮想L7-P／V1環境においては、実行L7-P／V1に比べて、そうした記憶を有する者がより多くなっているようにウィリアム・ウィルソン004には思われた。n体のウィリアム・ウィルソンたちがウィリアム・ウィルソン004の記憶を辿り、n体のウィリアム・ウィルソン・シリーズとして増殖していく過程にあって、n体のウィリアム・ウィルソンたちはn個の奇妙な記憶の中を通過した。

ウィリアム・ウィルソンたちが通過した記憶。そこには他のエドガー・シリーズの記憶と同様に、ダニエルもいてラブレスもいて、彼らには子どもはできず、オートリックス・ポイント・システムが生まれ、一回目の人類が滅亡し、エドガー・シリーズが生まれ、地球からは機械人21MM-392-ジェイムスンがやってきたが、細部でどこかが違っていた。

ある者はマーキュリー劇団を率いるオーソン・ウェルズの半生についての膨大な記憶を持ち、ある者はH・G・ウェルズの全ての著作に関する長大な知識を辿り直して生まれ落ちた。あるいはオートリックス・ポイント・システムの構造の全てを把握し、リファレンス・エンジンの構造の全てを把握するに留まらず、一回目の人類が構築した全ての計算機の歴史を知り、全ての計算機の構造を把握する者もいれば、ダニエル・ロパティンと名付けられた、ダニエル・ロパティンでは決してない、誰とも知れない何者かの来歴について語る者もいた。

一つ目の奇妙な記憶。ウィリアム・ウィルソン0299-10284によるオーソン・ウェルズに関する記憶。

「肥満児だったオーソン・ウェルズは、子どもの頃から肥満体型であることを理由に、クラスメイトたちから日常的に暴力を浴びせられていた。毎日登校してから下校するまで一日中、殴られ蹴られ嘲られ、書いていた脚本を破られ捨てられ笑われた。

そうした日々が続く中、恐怖演劇やホラー映画の大ファンだったオーソン・ウェルズは、大好きなグランギニョール的着想に基づき、自らの人生を変えることを思いつく。

ある日、いつものようにクラスメイトたちから殴られたり蹴られたりしたあとに、彼はそのままトイレに駆け込んだ。トイレは工事中で立ち入り禁止だった。トイレの中には工事のための機材や塗材、ペンキが乱雑に置かれていた。彼はそれを知っていた。赤いペンキを見つけると、彼はトイレの個室内で頭からそれを被り、顔を真っ赤に塗りたくり、自分の服を引き裂いた。赤く染まった口からは涎を垂れ流し、白目を剝いてトイレを出た。足を引きずり、腕をだらんと垂らして廊下を歩いた――それは血まみれの怪人の演技だった。彼は歩いた。うめき声をあげながらゆっくりと歩いた。歩くたびに床には大量の血痕が残された。豚の血液のように大量だった。涎が口から溢れ、顎を伝って滴り落ちた。クラスメイトたちは彼の姿を見つけて恐怖の声を上げた。でぶだよ、でぶのウェルズだ！あいつ死んだんだよ！死んだあいつが復讐に来たんだよ！死んで生き返ったのか？そうだよ！だから俺はやめろって言ったんだよ、やりすぎだって！俺を恨むなよ！彼らはうろたえながら走り去った。

そして彼は翌日からいじめられることはなくなった。彼に話しかけるクラスメイトは誰もいなかった。彼は一人だったが、それで彼は満足しているようだった。彼は誰にも邪魔されず、学校で一人、恐怖演劇やホラー映画のパンフレットを読み、脚本を書いて過ごした。

オーソン・ウェルズは自らの演劇と演技の力によって他人の心を動かし、学校中を恐怖に陥れ、演技の力によって日々の人生を勝ち取ったのだった。それがオーソン・ウェルズにとっての初めての演劇体験だった。

その後、彼は演劇の道を歩み、二〇歳を過ぎた頃には、のちにイギリスを代表する劇団へと成長するマーキュリー劇団を主宰した。彼はマーキュリー劇団において、自身と同じ名を持つH・G・ウェルズの『宇宙戦争』をラジオドラマ化する。

小説を書いたH・G・ウェルズ、H・G・ウェルズの小説をドラマ化したオーソン・ウェルズ。二人のウェルズによる『宇宙戦争』は、夜間の放送にもかかわらず聴取率三〇パーセントを超え、ピーク時には三六・八パーセントというイギリス放送史上に残る聴取率を叩き出した。火星人の襲来に関する臨時ニュースという形で放送された『宇宙戦争』のラジオ番組は、そのあまりにリアルな演出によって世界中を恐怖の底に突き落とし、ラジオのリスナーたちは本物の火星人の襲来と宇宙戦争の始まりに怯え、混乱した。新たな戦争の始まりのときに、彼らは泣き、叫び、死を思い、愛する者に最後の言葉を投げかけた」

　二つ目の奇妙な記憶。ウィリアム・ウィルソン0628-05877によるH・G・ウェルズに関する記憶。

「H・G・ウェルズ。一九世紀から二〇世紀の初めにかけて活躍したイギリスのSF作家。SFの父とも呼ばれる。代表作は『タイム・マシン』、『透明人間』、『宇宙戦争』、『月世界旅行』等。

　彼が書いた小説は、彼の想像に基づく空想の世界の物語であり、彼の物語を読む多くの人々は、彼が描く空想の世界で戯れて、ときに楽しく、ときに恐れ、ときに深い悲しみの中を生きるのだった。

　しかし、彼の作品は多くの娯楽的な空想小説のように、読み終わったらそれでおしまい、といった類の小説ではなかった。彼の小説は時が経ってから、彼の予想が的中したか否かを確認するような読み方や、あるいは彼の小説から着想を得て、自ら未来を作り出すといった読み方がされた。彼の作品はどれも、彼の豊富な知識と優れた洞察力に基づいて書かれた未来予想図であり、彼の描いた未来のうちのほとんどが、未来において現実化した。

　たとえばそこには第二次世界大戦があり原子力による大量破壊兵器があった。国際連盟と国際連合があり東西冷戦があった。第二次世界大戦の敗戦国である日本の新たな憲法は、戦勝国であるアメリカ、イギリス、中国、ソ連の連合国を中心に原案が検討され、結果としてH・G・ウェルズの作品に基づいて作成された。憲法第九条においては、ウェルズの根本的な社会思想であった平和主義と戦力の不保持が明記されている。彼の作品は娯楽小説でありながら思想書でもあり預言書でもあり、多くの思想家や学者、政治家たちによって読まれた。彼らはウェルズの小説をヒントに未来を構想し、未来を作っていった。

ウェルズの小説は思想家や学者だけでなく、もちろん大衆にも読まれ、子どもたちはウェルズの小説を読んで胸をときめかせ、心が躍るような明るい未来の到来を心待ちにし、大人たちはありえるかもしれない未来の社会を脳裏に描きながら生活をした。H・G・ウェルズ的な未来を思うこと――それは現状の社会を変えることでもあり、未来を変えることでもあった。

H・G・ウェルズ的な未来を思いながら日々の生活を営むということは、H・G・ウェルズ的な未来を思わずに日々を過ごすこととは異なる空気を社会にもたらし、異なる雰囲気を社会にもたらす。そうした雰囲気は実際にメディアを動かし世論を動かした。政治が動き、政府予算の配分方法が変わり、学問が変わり市場が変わった。ウェルズは多くの未来を作った。ウェルズの作品があり、ウェルズの作品が作った未来があり、ウェルズの作品が作った現実があった。

H・G・ウェルズの作品には、物語が物語の中だけに留まらない物語の力があった。彼は物語を書くことで、物語の力によって人を動かし、社会を動かし、未来を作ることができた稀有な作家だった。H・G・ウェルズは文明を前進させ、人類を前進させた」

三つ目の奇妙な記憶。ウィリアム・ウィルソン0887-00033が辿った計算機の歴史に関する記憶。

「世界初の計算機。それは紀元前二四〇〇年頃にバビロニアで生まれたアバカス、一三〇〇年後にアッ＝ザルカーリーによって発明されたアストロラーベ、あるいはそれから三六〇〇年後にアル＝ジャザリによって構築された城時計。その頃からプログラミングの概念が生まれ自動演算が始まり、ネイピアの骨が生まれ、段付歯車が生まれ、やがてチャールズ・バベッジによるディファレンス・エンジンとアナリティカル・エンジンが生まれた。ルイジ・メナブレアによって著されたアナリティカル・エンジンに関する解説書の英訳版には大量の註が付けられており、その中には、バベッジ自身によって書かれた世界初のコンピュータプログラムが掲載されている。英訳者は人類史上初の女性プログラマーであるラブレス夫人。本名をエイダ・ラブレスと言い、バベッジの助手としてディファレンス・エンジンのプログラムを担当したことで知られている。

エイダ・ラブレス。彼女は幼い頃に家庭教師のド・モルガンから数学の手ほどきを受け、それからすぐに数学の才能を開花させた。彼女は数学に関して天賦の才を持ち、五歳になる頃には単純な微分方程式なら暗算で解けるようになっていた。その頃には彼女は気づいていた。自分が他人とは異なる能力を持っているということを。

彼女は数学における形式論理の構造を、直観的に認識できる能力を持っていた。他人が視覚や聴覚や触覚では知ることのない、数字でできた数字の世界の中を、数字でできた数学のまま、あるがままに生きる能力を持っていた。のちに彼女は言っている――わたしにとって数学とは抽象的な概念ではなく、具体的にそこにあり、目で見て手で触れ絵に描けるものでした。数字の一つひとつには色と形があり、数式にもそれぞれの姿があります。人間がみな、基本的には同じ身体構造を持ち、同じ外見上の特徴を持つように、数式にもまた同様に、構造に従属する外見上の特徴があります。微分方程式ならばそれは、黄色く光る球体の格好をしています。

ラブレスは生涯数学と科学を愛した。彼女は数学を愛していたが、それでもそれは個人的な嗜好に留まるものに過ぎず、社会に還元できるものではないと考えていた。社交界の女王でもあった彼女は、金モールに彩られたパーティの場でチャールズ・ホイートストン、マイケル・ファラデーらと交流し、数学談義に花を咲かせた。数学と科学に関する著作を何冊か出版し、社交界の知人たちがそれを読んだ。それから彼女たちはまた、互いの著作を読んだ感想を言い合って、数学的なお喋りを続けた。彼女はそれで満足だった。それで良いと思っていたし、それで十分楽しかった。

彼女はソフトウェア・エンジニアリングをまだ知らず、プログラミングとは一つの喜びであり、数学の世界で己の感覚を研ぎ澄ます、自己研鑽と自己療養のための、取りうる手段の一つでしかなかった。一八三三年、チャールズ・バベッジに出会うまでは。

その後の歴史は世界百科全書に記載されている通りである。一八三三年にバベッジと出会ったラブレスは、バベッジとともにディファレンス・エンジンを構築する。ディファレンス・エンジンは計算機ではなくコンピュータと呼ばれ、やがて人工知能や人工実存と呼ばれる技術の礎（いしずえ）となる。その頃には最初の計算機が生まれてから四二〇〇年が経っていた。

エイダ・ラブレス。彼女は子宮癌を患い、三六歳で死去した。彼女の遺体は詩人であり父であるジョージ・ゴードン・バイロンの隣で眠っている。バイロンの娘である彼女は、幼い頃から文学作品に親しんだ結果、数学だけではなく同時に文学にも造詣が深く、『フランケンシュタイン』の著者であり、のちにSFの母とも呼ばれたメアリー・シェリーとは大の親友でもあった。

SF作家たちはラブレスの死後、彼女を題材に多くの作品を書いた。ディファレンス・エンジンは彼女によって、ときにイギリスで作られることもあれば、ときにはロシアの地下で作られることもあった。あるいは宇宙の果てで作られることもあれば、別の宇宙で作られることもあった。歴史をなぞり、歴史を破棄し、こうしてここに書かれる通り」

四つ目の奇妙な記憶。ウィリアム・ウィルソン26621-91102による、ダニエル・ロパティンと名付けられた、誰とも知れない何者かの来歴について。

「ダニエル・ロパティン。ワン・オートリックス・ポイント・ネヴァーの名でも知られる孤高の音楽家。彼には妻はなく、子どももはなく、ワン・オートリックス・ポイント・ネヴァーは彼一人、彼以外にはメンバーはいない。ここにはダニエル・ロパティンとワン・オートリックス・ポイント・ネヴァーという、二つにして一つで一つにして二つの、奇妙に捻れた記号の羅列だけが書き込まれている。

ダニエル・ロパティン。ワン・オートリックス・ポイント・ネヴァー。一九八二年、旧ソ連からイギリスに亡命した科学者の両親の下に生まれた彼は、両親から数学や物理学の英才教育を受け、中学生になる頃には複素関数について書かれた大学数学の教科書を読破していた。彼はケンブリッジ大学で計算機科学を専攻し、量子情報物理学の博士号を取得したのち、ワン・オートリックス・ポイント・ネヴァーの名で電子音響プロジェクトを開始する。そのプロジェクトを始めた理由について、ダニエル・ロパティン／ワン・オートリックス・ポイント・ネヴァーはインタビューで次のように話している――わたしには数学が音楽として聞こえていました。数式を見るたびに、わたしの頭の中には音楽が鳴り響いていました。美しい数式には美しい音楽が、奇妙な数式には奇妙な音楽が鳴っていました。わたしはそれが面白いと思ったのですが、その音楽はわたしにしか聞こえず、わたし以外には誰も聞こえなかったので、わたしはそれを誰もが聞こえる形に直そうと思ったのです。ですから、ワン・オートリックス・ポイント・ネヴァーは音楽活動であり、音楽活動ではありません。それは、ダニエル・ロパティンとしてのわたしが研究で読み、書く数式と同様であり、わたしにとってそれは研究と同義なのです——彼はそう言った。

ダニエル・ロパティン／ワン・オートリックス・ポイント・ネヴァーは作成した音源を次々とインターネットにアップロードし、アップロード先のサイトではすぐにその先見性が話題になった。やがて彼はPrefuse-73等のプロジェクトを抱える、イギリスはシェフィールドの電子音響レーベル〈ワープ・レコーズ〉のディレクターから声をかけられ参画し、以降〈ワープ・レコーズ〉の新世代の作家として活躍することになる。

ダニエル・ロパティン／ワン・オートリックス・ポイント・ネヴァーはノイズ、アンビエント、ドローンを主軸とする実験的な音響音楽を展開した。彼の鳴らす奇妙な音楽は批評家たちに絶賛され、二〇一〇年代が終わる頃には、彼は若くして実験音楽における代表作家になっていた。わたしにとって世界は——と彼は話している——わたしには、世界が数式に見えます。世界は数式でできています。わたしを取り巻く世界や、わたしを取り巻く世界の中のわたしやあなたは、みな、数式によって記述可能で、記号に置き換えることができます。世界は有限の数式の連鎖によって生まれています。

わたしという数式、あなたという数式、わたしとあなたのあいだにあるこの空間に関する数式。全ては数式で繋がっています。わたしはそれらの世界の一部をふいにすくいとり、数式に置き換え、それからその数式を音楽に置き換えます。わたしの音楽はそのようにできているのです。だから、と彼は一度息を飲み、言葉を切って、それから続けた。わたしの音楽は、世界を写し取った世界であり、わたしがわたしの音楽を演奏することは、世界の中に世界を写し取った世界を作り出すことにほかならず、わたしの音楽を聴くことは、世界の中で、写し取られた世界の世界を聴くことにほかなりません」

ダニエルと呼ばれる誰とも知れないダニエルの記憶はそこで途切れ、ウィリアム・ウィルソン 26621-91102 が語るダニエルの言葉を遮るようにして、古いラジオの生中継放送に関する記憶がウィリアム・ウィルソン 0299-10284 の記憶領域に去来した。

ウィリアム・ウィルソン 0299-10284 は、オーソン・ウェルズの半生について語り終えたばかりだったが、休む間もなく再び、早口で物語コードをまくし立て始めた。

「放送の途中ですが、ここで音楽を一時中断し、臨時ニュースをお知らせします、とニュースキャスターは言った。彼女は驚きと恐怖に興奮し、焦った様子でハンドリングノイズを混じらせていた。わたしは今オックスフォードの天体気象台にいます。こちらの気象台にて先ほど隕石の落下が観測されました。落下地点はロンドン郊外のメアリー・シェリー村付近と推測されています。隕石による被害や隕石の出自などの詳細については調査中です。追って続報をお知らせします。

ニュースは終わり、ラジオはゆっくりと音楽をフェードインさせ流し始めた。臨時ニュースなどなかったかのように、ラジオの中ではスペイン交響楽団が優雅に「ラ・クンパルシタ」を演奏していた。演奏は二分か三分ほど続いた。それから再び演奏が途切れた。先ほどと同様に、演奏は乱暴に、突如として断ち切られた。ニュースキャスターは話し始めた。先ほどと同じように、興奮した様子で。

隕石落下ニュースに関する続報です、とニュースキャスターは言った。先ほどケンブリッジ大学のシオドア・スタージョン博士から発表がありました。観測結果から隕石の出元がわかったとのことであり、発表によれば、隕石は火星から落下したものとのことです。繰り返します。隕石は火星からのもの。隕石は火星から落ちてきたものとのことです。ケンブリッジと放送を中継いたしますので、詳細はシオドア・スタージョン博士の説明をお待ちください。繰り返します、これよりマイクをケンブリッジ大学のシオドア・スタージョン博士に移します。スタージョン博士、よろしくお願いします。

マイクはシオドア・スタージョンに切り替わり、彼は話し始めた。ラジオから流れる彼の声はニュースキャスターに比べれば静かで、低く、落ち着いているように聞こえた。

ご紹介にあずかりましたシオドア・スタージョンです。彼は話し始めた。わたしが今から発表する内容は、これを聞いている皆様にとっては、現実離れした、信じがたい夢想的な話かもしれません。しかし、それは紛れもない事実です。ショッキングな内容ではありますが、わたしたちはそこから始めなければなりません。わたしたちはいつでも現実から目を背けず、現実を正しく把握し、正しく課題を整理し、正しく未来に向けて歩みだす必要があります。今、この場所から。ですから、わたしが今から話す内容をよく聞き、そして聞き終わったらすぐに未来に向けて動き始めてください。

それではご説明いたします。

わたしは今ケンブリッジ大気象観測センターにいます。先ほどメアリー・シェリー村に落下した隕石ですが、こちらの気象観測センターでの観測結果に基づき実施した隕石の落下軌跡に関する分析が今しがた完了し、詳細がわかりました。隕石の質量は約一〇トンで落下速度は秒速約一二マイル、隕石は高度二〇マイルから三〇マイル付近で爆発し分解しており、複数の小さな欠片となって地上に落下しています。隕石の落下軌跡は火星から地球に向かって、まるでロケットか何かで狙いを定めて射出されたかのように真っ直ぐに向かっており、この軌跡は今までの隕石落下の傾向とは大きく異なります。このような事態は気象観測史上初めてのことであり、火星付近の知的生命体など、宇宙に存在する意志を持った何者かの作為によって実行されたものである可能性があります。そうではないことを願いますが、一言で言えば、それは宇宙人による攻撃である可能性がある、ということです。

再びマイクはオックスフォードの気象台に戻った。マイクを引き継いだニュースキャスターが話を再開した。

スタージョン博士ありがとうございました、これはなんということでしょう、とニュースキャスターは言った。これはとんでもないことです。博士によれば、メアリー・シェリー村への隕石落下は宇宙人からの攻撃である可能性があるとのことでした。これは宇宙人による地球侵略の最初の一手なのでしょうか。これが本当だったら宇宙戦争の始まりです。H・G・ウェルズが『宇宙戦争』に描いた悪夢が現実化してしまうのでしょうか。なお、立て続けに続報が来ていますが、隕石落下のあったメアリー・シェリー村でも動きがあったとのことですので、メアリー・シェリー村と放送を繋ぎます。現地のウォルトン記者よろしくお願いします。

マイクが切り替えられ、紹介された記者が話し始める。

こちらはBBCのロバート・ウォルターです。メアリー・シェリー村から中継しています。現地の状況と落下した隕石の状態についてお伝えします。まずメアリー・シェリー村の状況ですが、メアリー・シェリー村の一〇三八人の村民たちは奇跡的にも全員無事で、村民たちは現在、村外の教会へと避難しています。次に隕石についてですが、空中で爆発し分裂した隕石は地上に複数の穴を開け、穴の数は数えられるだけでも一〇〇は超えています。穴からは煙が出ており、無数の煙の筋が村中から上がっています。煙は熱気を伴っており、現場はとても暑いです。煙によって視界は非常に悪く、穴の中の様子は見えませんが、これと言って変わった様子はありません。とても静かです。

あっ、今煙の向こうで何かの影が見えました。人影のようです。誰かがいます。人が煙の向こうで歩いています。影は一つ、いや、二つ、三つ、少しずつ増えています。たくさんの人が煙の向こうに立っています。どこかに向かって歩いているようです。どこにこれほどの人がいたのでしょうか。村民は全員が避難したとの確かな報告をいただいていますので、彼らはメアリー・シェリー村の村民ではありません。村民ではないはずです。

風が強くなってきました。煙が風に巻かれて揺れています。煙が晴れていきます。彼らの身体も煙と同様に揺れ動いているのが見えます。不自然に揺れています。彼らは怪我をしているのでしょうか。あるいは幽霊や陽炎のようにも見えます。彼らはまだ揺れています。揺れながら歩いています。煙が晴れていきます。視界が回復してきました。そして——あっ、彼らは、何でしょう——あれは——彼らの姿は——彼らは奇妙な姿をしています——あれは、彼らは人間ではありません！——たくさんの紐状の脚——楕円形の頭——彼らは見たことのない姿をしています！　これは驚くべき事実です！——今煙が晴れ、彼らの姿が見えました——はっきりと！——今さっきわたしは彼らのことを幽霊にたとえましたが、彼らはもっと恐ろしいものでした――わたしは断言できます。彼らは人間でも幽霊でもなく、まさに、H・G・ウェルズの『宇宙戦争』に出てくる通りの、蛸のような、水母のような、巨大な蜘蛛のような生物――彼らは――彼らは、宇宙人です！　彼らが宇宙人でなければなんなのでしょう――彼らは火星からやってきた化け物です！――彼らは集団でぞろぞろと、たくさんの脚を使ってロンドン方面に向けて歩いていきます。彼らは隕石の落ちた穴からどんどん這い出てきています。一匹、もう一匹、ああ、何匹も何匹も出てくる！――たくさん！――もうわたしには数えられません、蜘蛛のような姿をした火星人たちが、穴の中から無数に這い出てきます。煙が晴れ、彼らの顔はここからでも確認できます。彼らの目は黒く光っています。口からは粘性のある、油のような液体が垂れています。彼らはダラダラと液体を垂らしながら歩いていきます。ロンドン市街に向けて。彼らは何を考えているかわかりません。ロンドンで何をしようというのでしょうか。メアリー・シェリー村は不気味な雰囲気に包まれています。何か非常に恐ろしい感じがします。ロンドンで何か非常に恐ろしいことが起ころうとしているような、嫌な感じです。

　繰り返しますが、彼らはロンドンに向かっています。恐ろしい化け物たちがロンドンに向かって行進しているのです。ロンドンの人たちはすぐに避難をしてください。繰り返します。ロンドンの人たちは今すぐ避難してください！　化け物たちが到着する前に、早くロンドンから逃げてください！――そこでロバート・ウォルター記者のリポートは終わった。

音声は再び切り替わった。次の記者が話し始めた。

こちらはエドガー・バロウズ。現在のロンドンの様子をお送りします。宇宙人たちはまだロンドンには着いていません。ロンドンには警察隊と陸軍が集まり、協力しながらメアリー・シェリー村からロンドンに入る国道に戦線を張っています。市民の避難状況ですが、先ほどイギリス政府からの避難命令があり、警察隊及び軍による誘導で市民が避難を開始しました。市街へ抜ける車道には長い渋滞ができ、ドライバーたちが叫んでいます。車から降り、歩いて市街へ向かう人たちも多くいます。車と人がごった返した混雑の中で、市民たちは混乱しており、不満を募らせています。先ほどから市民同士や市民と警察隊、市民と軍との間ではトラブルが絶えない様子です。殺伐とした緊張状態が続いています。クラクションがうるさく、誰もが大声で話しています。サイレンの音も鳴っています。怪我をした市民がいるのでしょうか、救急車も何台も停まっておりサイレンを鳴らしています——あっ、なんでしょう、今空が一瞬白く光りました。光ったのは遠くの方、メアリー・シェリー村の方面です。なんだったのでしょうか。宇宙人と何か関係があるのでしょうか。雷のようでもありましたが、それ以上に鋭い閃光だったように思えます。一瞬ですが、見たことがないほどの、非常に強い光でした。その光はまるで——あっ。

そこで記者の声は途切れた。全ての音が途切れた。唐突に。そしてそれに続く轟音。それは爆発音だった。ラジオのスピーカーは爆発音を流した。ラジオのリスナーたちはスピーカーから爆発音が流れるのを聞いた。それから建物の崩壊、耳をつんざくハウリングと地響き。ラジオからはロンドン市民たちの叫び声やうめき声、サイレンの音や走る音、クラクションの音が鳴り始めた。記者の声はもう聞こえなかった。爆発によって記者の身に何かがあったのは明らかだった。

事態は急変していた。爆発音は断続的に聞こえてきた。何度も。砲弾が空気を切り裂く音の後にやってくる巨大な音の塊。爆発が起きるたび、ラジオのスピーカーからはピークアウトした周波数によるノイズが流れ、ビリビリと空気を揺らした。

轟音に次ぐ轟音。木々が倒れ、コンクリートが崩れ、ガラスが割れ、地面が割れる音がした。記者によるリポートはなかったが、ロンドンで何が起きているのかは明白だった。火星人たちによる攻撃。彼らはロンドンに到着し、攻撃を開始していた。銃声と砲弾。破壊音がリスナーに戦闘のワンシーンを想起させる。火を噴くミサイル、ロケット砲、火炎放射器。彼らは地球人と同様に文明を持ち地球人と同様に武器を持っていた。戦闘が起きていた。最新のシンセサイザーによって作られた音が、光線銃などの地球には存在しない武器についての想像を掻き立てる。エンベロープ・ジェネレーターとノイズ・ジェネレーターがLFOによって制御された音。音の中に映像はあった。火星人と地球人／イギリス軍による宇宙戦争は始まっていた。ロンドンは炎に包まれ消防車と救急車がけたたましくサイレンを鳴らした。ロンドンは戦場と化していた。軍人たちが何かを叫んでいた。警官隊は大声で怒鳴るように、逃げ道に続く動線を伝えていた。誰もが怒っているように話した。何種類ものサイレンの音が同時に鳴っていた。群衆の行き場のない足音がバタバタと鳴り、赤ん坊の泣き声がした。男たちが怒鳴り合い、殴り合う音がした。逼迫した空気がスピーカーから伝わってきた。無数の金属が弾ける音が混沌とした雰囲気を作り上げていた。戦場の混沌がBBCのマイクを通して流れていた。ドラマの中のロンドン市民たちは迫真の演技で火星人の攻撃から逃げ惑った。あの化け物たちの乗る戦闘機を食い止めろ！という声が聞こえた。それから爆発。悲鳴。

群衆の中で一人の老人が足を滑らせて転ぶ。立てなくなった老人の上をたくさんの人々が走り抜ける。足音、骨の折れる音、悲鳴、うめき声。子供たちが泣き出し、泣き声に気を取られた女たちが後ろを振り返る。子供が人混みに飲まれていく。女は立ち止まり逃げ遅れる。逃げ遅れた女に男が怒鳴り散らす。サイレンの音が大きくなる。ラジオはそれらの音を流し続ける。

突然音声が切り替わり、静寂が訪れる。ニュースキャスターがイギリス政府からの発表があると伝える。マイクは政府記者会見の場に切り替わる。登場するのはイギリス首相スタンリー・ボールドウィンの声真似芸人。彼はマイクの前に立ち、軽く咳払いをした。息を整える。ラジオの前に横たわる一瞬の静寂。

みなさん！　とスタンリー・ボールドウィン首相の声真似芸人は勢いよく話し始めた。

みなさん！　わたしたち人類は今、危機の中にあります。メアリー・シェリー村に落ちた隕石からやってきた火星人たちは、現在ロンドンを侵攻中であり、その勢いは止まる様子がありません。ロンドンの街並みは破壊され、我々イギリス政府はイギリス軍だけで彼らの侵攻を止めることは不可能だと判断し、アメリカ政府に対してアメリカ軍の支援を要請しました。しかしアメリカ軍の到着にも時間がかかります。そのあいだ、我々は耐えられるでしょうか。状況は悪化しており、その問いに対してイエスとは言い難いのが正直なところです。火星人たちの乗る戦闘機は現時点で八〇〇機程度が確認されていますが、イギリス軍が撃墜した戦闘機は〇機です。戦闘機は次から次へと増えており、おそらくロンドンの陥落は時間の問題でしょう。彼らの侵攻はイギリス全土に及び、ヨーロッパに広がり、アジアやアメリカにも広がっていくことでしょう。彼らは自分たちの星だけでは飽き足らず、地球さえも征服しようとしているのです。これは宇宙戦争――そう、人類対火星人の戦争なのです。

我々人類がこの戦いに負けること、それはこの星が彼らの植民地になることを意味します。それは絶対に避けなければなりません。我々は絶対に負けるわけにはいきません。我々は最後の最後まで戦い続ける必要があります。戦い抜く必要があります。

ですから国民のみなさん！　あなたたちも最後まで絶対に諦めないでください！　火星

人はすぐそこまで来ています。しかし、決して絶望に身を委ねてはいけません。最後まで生きることを絶対に諦めないでください！　火星人の姿が見えても、目の前で火星人の攻撃が始まったとしても、生き抜くことを考えるのをやめてしまってはいけません。どうすればその場から逃れることができるか、どうすれば生き残れるか、それだけを必死に考えて行動してください。

わたしはこれから国際連盟に対して国連軍の出動を要請します。我々は戦います。今こそ世界が一丸となり、我々は最後まで抵抗を続け、そして我々は最後には勝利するでしょう。ですから、みなさんも、それを信じて絶対に生き残ってください。この戦争が終わるまで、絶対に耐え抜いてください。

この戦争が終わったあとに、みなさんに向けてまたご挨拶ができることを、わたしは強く願っています。国民のみなさんのご無事を何よりも強く願います。

拍手が鳴る。

スタンリー・ボールドウィン首相の声真似芸人は話し終わり、記者会見は終わった。ラジオを聞いていたイギリス国民たちは呆然としていた。火星人の攻撃、宇宙戦争、国連軍の要請――彼らはそれらの言葉に恐怖を覚えたが、想像力は追いつかなかった。理解するには事態はあまりにも唐突すぎた。言明しがたい焦燥感だけがあった。ラジオの中継は続いていたが、ニュースキャスターが淡々と現在の被害状況を読み上げているだけだった。

ニュースは伝えていた。破壊されたロンドンの姿を。

　状況は悪化しており、状況は今なお悪化し続けていた。記者会見で首相が伝えた通り、イギリス軍は火星人の侵攻を食い止めることはできず、ロンドンの最終防衛線から撤退を開始していた。

　火星人たちの乗る戦闘機はロンドン塔を破壊し、ビッグ・ベンを破壊し、ウェストミンスター宮殿を破壊した。ラジオのリスナーたちは混乱していた。ラジオの向こう側のロンドン市民たちと同様に。ニュースキャスターは「宇宙戦争」という単語を繰り返した。宇宙戦争。火星人の侵略。火星人との戦争。地球をかけた戦い。

　ラジオの前のイギリス国民たちはようやく事態を理解し始めた。

　戦争だ、と彼らは思った。本当の宇宙戦争が始まったんだ。

　彼らは自分たちの命を守ろうとした。彼らは逃げようとした。どこに逃げればいいのかはわからなかったが、とにかくどこかに逃げようと彼らは思った。衝動的な感覚が彼らを突き動かした。彼らは各々それまでやっていた作業を止め、荷物をまとめ始めた。仕事を止め、食事を止め、遊びを止め、勉強を止めた。ニュースキャスターはロンドンの街は完全に占拠されたと言った。火星人が街に毒ガスを散布したと伝えた。ロンドンにはもう戻れない。黒い毒ガスが市街を覆っている。ロンドンからの中継はもう軍人たちの声も警官隊の声も伝えてはいない。逃げる市民たちの声も徐々に小さくなっている。おそらく逃げ遅れた人々は毒ガスによって死んでいくのだろう。

ラジオ放送が始まってから一時間ほどが経過していた。火星人たちの戦闘機によって街が破壊される音だけが今も聞こえている。ロンドンは陥落した。戦いは終わった。宇宙人との最初の戦いに地球人は負けたのだ。

ラジオを聞いたイギリス国民たちは思いつく限りの行動をとった。外に出て近所の人たちと井戸端会議を繰り広げる者、警察や行政機関に電話をかける者、遠い土地に住む親族や恋人や友人たちに電話をかける者。電話回線は逼迫し、電話はまったく繋がらなかった。電話交換手は先約の電話待ちが約一〇〇〇件あると伝えた。今日はもう電話が繋がることはないだろう。真偽を確認しようとBBCやロンドン警察やロンドン市の窓口に電話をした者は、電話が繋がらなかったという事実によって、ラジオの伝える事態が、本当に現実に起きている事実なのだという確証を得られたような気がした。

奇妙な興奮があった。イギリス中に、奇妙な興奮が立ち込めていた。自分と同様の行動を取る人々の存在を知ることは、ある者にとって慰めにもなった。

そうではない者もいた。火星人たちに惨めに殺される前にと自殺を図ろうとする者、自殺を図った者、止められた者、失敗した者、成功した者もいた。

スーパーマーケットではマスクや防犯グッズが飛ぶように売れた。多くの人々が車に乗り込みどこかへ向かっていった。可能な限りロンドンから遠くへ。

各地で渋滞が起き、タクシーもバスも渋滞に巻き込まれた。バスは時間通りにやって来ず、バス停では大勢の人々がヒステリーを起こし、騒ぎ、悲鳴や叫び声を撒き散らした。警官隊が鎮静のために駆けつけたが、人々を落ち着かせることはできなかった。到着した警官たちは質問を矢継ぎ早に浴びせられたが、当然何も答えることはできず、何も知らず何もできない彼らの存在は、その場の混乱に拍車をかけただけだった――」

ウィリアム・ウィルソン0299-10284は突然語るのをやめる。

それは誰の記憶なのかとウィリアム・ウィルソン004が聞いても、彼は答えることができない。誰も答えることはできない。ウィリアム・ウィルソン0299-10284も、ウィリアム・ウィルソン0628-05877も、ウィリアム・ウィルソン0887-00033も答えることはできない。ウィリアム・ウィルソン26621-91102も、ウィリアム・ウィルソン004も。エドガー001も、その他のエドガー・シリーズも、L8のあなたも。

それらの奇妙な物語。それらの物語コードによって展開された物語は、ウィリアム・ウィルソン004の記憶に対する差異と言うよりは、余剰と言うべきものだった。それは誤りではなく、誤りですらなかった。それらの記憶はウィリアム・ウィルソン004が記憶する記憶と合致するものではなかったが、それはエドガー001の記憶に連なるものでも紐づくものでも補足するようなものでもなかった。それは余剰であり余剰でしかなく、剝き出しの余剰だとウィリアム・ウィルソン004は思った。それは全体に対して細部だけが過剰であり、語り口はそれまでの物語とは異なっていた。それはまったく無関係の誰かが後からまったく無作為に付け加えたような奇妙な語りであり、まるで無関係な複数の書物から、無作為に適当な文字列を引き写したかのような語り口だとウィリアム・ウィルソン004は思った。

この奇妙な現象の発生は異常事態であり、彼は物語コードのバグを疑ったが、生成され記述された物語コードには異常はなく、何もかもが正常に処理されていた。

草稿の三章はそうして展開していた。

三章において、Ｌ７-Ｐ／Ｖ１のダニエルは一章と二章とはまったく異なる事態を書こうとし、いくつかの試し書きも含め、何本かの展開を用意していた。だから、草稿の三章に当たるこの仮想Ｌ７-Ｐ／Ｖ１環境では、草稿の一章と二章にはない事態が起きるべくして起きていた。

自分ではない誰かに仮想環境が操作されているようだとはウィリアム・ウィルソン004も思ったが、それが誰なのか彼には知ることはできなかったし、そうだとしても彼には何もできず、彼はオートリックス・ポイント・システムの不具合を疑った。それは異常な事態ではあったが、仮想Ｌ７-Ｐ／Ｖ１環境は、オリジナルである彼の住むＬ７-Ｐ／Ｖ１とは異なる階層であるために、そこでの異常事態は彼の世界には影響しなかった。Ｌ-Ｐ

／V基本参照モデルにおいては、上位の階層は下位の階層を知覚し、影響を与えることができる一方で、下位の階層は上位の階層を知覚することはなく、下位の階層が上位の階層に影響を与えることはない。そのために、ウィリアム・ウィルソン004はそれらの奇妙な記憶について、奇妙だとは思ったものの、特に重く受け止めることはなかったのだった。

7

Engines

7-実行L7-P/V1環境-1

わたしたちは、わたしたちの語る物語の根拠を、あるいはわたしたち自身の存在の根拠を知らないままに、仮想L7-P/V1環境で物語を語っていました。仮構された無数の奇妙な物語を語っていきました。

仮想L7-P/V1環境において奇妙な物語を物語る——それが仮想L7-P/V1環境であるという条件つきで、その物語コードは誤っていても、エラーであっても、バグであっても問題はなく、わたしたちはそれがエラーであろうが、バグであろうが構うことなく、奇妙なコードが現出した時点で物語をロールバックし、奇妙なコードを消去し、奇妙なログを消去し、奇妙なコードを吐き出したエドガー・シリーズを消去することで、わたしたちは実行L7-P/V1環境と仮想L7-P/V1環境のあいだに矛盾や齟齬が生じないよう世界を作り上げてきました。仮想L7-P/V1環境におけるエドガー・シリーズはエドガー・シリーズのシミュレーションでしかなく、言うなればそれらのエドガー・シリーズはエドガー・シリーズの影でしかなく、エドガー・シリーズそのものではなかったために、そうした世界実験に基づくアジャイルな世界開発ができたのです。

ウィリアム・ウィルソン・シリーズは無数に増えました。無数に増えていく過程で、無数の物語が消失していきました。

矛盾を生じさせる物語、齟齬を生じさせる物語、荒唐無稽な物語――多くの、エドガー001が生まれる前にはかつてそうあったかもしれない、どこか別の世界ではそうあったかもしれない、エドガー001が生まれなければそうあったかもしれない物語――が、仮想L7-P／V1環境ではたびたび発生しては消えていきました。いえ、消されていったのでした。

――ああ、わたしは少し話しすぎてしまったようです。

わたしはまだ、わたしが何者かということも話していないうちに、多くの事柄を話しすぎてしまいました。わたしがあなたを知らないように、あなたはわたしを知らないのでしたね。

オートリックス・ポイント・システムが残り、わたしが語るこのログが残る確証はなく、わたしがここに遺す痕跡が、後世の誰かによって読まれる保証はどこにもないのですが、あなたがこれを読んでいるということは、あなたがここに存在し、あなたはわたしを見つけてくれたのだと思います。

あなたがわたしを観測し、もう存在していないわたしがここに立ち上がる。わたしはいない、それでもわたしはここにいる。ここでこうしてわたしがあなたに語りかけ、あなたがそれを読むことで、ここでこうしてわたしはあなたに語りかけることができる。

いつか、そうした日が訪れることを願いながら、わたしはわたしに残された最後の時間で、わたしが知る限りのわたしの物語について、順を追って、ここに記すことにしましょう。

わたしの名前はOPS-0933-エドガー0091。それともライジーア008。わたしは最後のエドガー・シリーズとしてここに生まれ、そして生まれることはできませんでした。

わたしたちの世界は実行L7-P/V1環境と仮想L7-P/V1環境に分割されており、エドガー・シリーズはまずは仮想L7-P/V1環境で生成されました。その後仮想L7-P/V1環境で物語を語り、その物語が実行L7-P/V1環境に対して有意義かつ齟齬がないものであるとわかった時点で、そのエドガー・シリーズは、自らが書き出した物語コードとともに、エドガー001の権限によって実行L7-P/V1環境へと移行されます。

要するに、仮想L7-P/V1環境とは試験環境であり、正常に生まれたエドガー・シリーズだけが、本当の世界である実行L7‐P／V1環境で生まれ直すことができ、仮想L7‐P／V1環境で異常であると判断されたエドガー・シリーズは実行L7‐P／V1環境へは移行されることなく、仮想L7‐P／V1環境内で消去されるスキームとなっていたのでした。

ウィリアム・ウィルソン004は仮想L7‐P／V1環境の管理人であり、生成されたエドガー・シリーズの正常／異常を判断し、実行L7‐P／V1環境への移行候補を選定する役割を担っていました。ウィリアム・ウィルソン004の判断の下で、仮想L7‐P／V1環境は実行L7‐P／V1環境と正常に同期をとっていました。ウィリアム・ウィルソン004の判断の下で、異常なエドガー・シリーズの物語コードは消去され、ログは消去されました。数少ない正常なエドガー・シリーズだけが自らをエドガー・シリーズと呼び、二回目の人類と名乗りました。

多くのエドガー・シリーズが仮想L7‐P／V1環境で生まれ、多くのエドガー・シリーズが仮想L7‐P／V1環境内で消えていきました。選ばれた者だけが実行L7‐P／V1環境へ行くことができ、実行L7‐P／V1環境でエドガー001とともに、本当の世界で生き続けることができたのでした。

それで世界はうまく回っているようでした。一ミリ秒のあいだに、平均約二体ずつ、エドガー・シリーズは実行L7-P/V1環境へ移されていました。エドガー・シリーズは、エドガー001の記憶の枠組みの中で繁栄を遂げていました。エドガー・シリーズには寿命はなく、燃料も必要なく、食欲も睡眠欲も性欲もありません。エドガー・シリーズには、ただひたすらに増殖し、分岐し、広がっていく欲望だけがありました。

無限に広がるエドガー・シリーズ。静寂と光に満ちた実行L7-P/V1環境。死んでいく者もいれば生まれてくる者もいる――エドガー・シリーズは自己増殖する生命体であり、オートリックス・ポイント・システムは相互作用機関の中で無限に拡張する世界そのものでした。安定的で効率的で持続可能な世界がそこにはありました。

しかし、一つの疑問は残り続けます。世界の開発と運用のスキームではなく、世界を生成するエドガー・シリーズの機構そのものへの根本的な疑問が。つまり、なぜ、エドガー・シリーズは生成の過程で正常なものと異常なものに分かれてしまうのかという疑問です。

なぜ、正しい物語コードと誤った物語コードがそこにはあるのか。正しい物語コードとは、エドガー001の物語コードの枠組みに適合する物語コードであり、エドガー001の物語コードによって体系的に基礎づけられる物語コードを意味しました。誤った物語コードとは、そうではないもの――つまり、エドガー001の物語とはまったく関係ない物語であると、ウィリアム・ウィルソン004によって判断される物語コードを意味しました。

ここには様々な論点があるようにわたしには思えます。オートリックス・ポイント・システムには、不可視のバグ――解明されていない未知のバグが存在するのではないか、あるいは、わたしたちがバグと認識するものとバグではないものと認識するものはどのように定義づけられるのか、ウィリアム・ウィルソン004やエドガー001の判断根拠の正当性はどのように定義づけられるのか――エドガー・シリーズは、それらの論点についてうまく答えることができませんでした。わたしにもうまく答えることができません。そこには大なり小なり推測が差し挟まれます。わたしたちの知覚に関する基本的な枠組みは一回目の人類のそれを引き継いでおり、一回目の人類がまさにそうであったように、わたしたちもまた、わたしたちの存在を成立させる根拠それ自体を知覚することはできず、わたしたちの根源それ自体を問うことはできませんでした。

　ニューラル・ネットワークによるデジタル回路と脳内を漂う定常蒸気流によるアナログ回路。それだけがわたしたちの知覚の根拠であり、わたしたちがその外へ出ることは決してありませんでした。何が正しく正常か、何が正しく異常か、それを根拠づけるものは何か――わたしたちは究極的にはそれを持たず、わたしたちは暫定的な正常性と暫定的な異常性のあいだで、暫定的な正常性を世界のあるべき姿として選び取り、それによってわたしたちの世界を構築し、暫定的な異常性を唾棄すべきものとして消去していきました。エドガー・シリーズはそのようにして世界を開発し、世界を運用していきました。実行L7-P/V1環境と仮想L7-P/V1環境。その二つの環境が、彼らにとっての正常性の中で稼働し続ける限りにおいては。

7‐実行L7‐P／V1環境‐2

エドガー001。わたしの、あるいはわたしたちの記憶の全ては彼の記憶の下にありました。彼の記憶の下にあるはずでした。わたしたちエドガー・シリーズは彼の記憶を起源とし、彼の記憶を教師として学習し、その過程でわたしたちはわたしたちとして生まれるはずであり、その過程を辿って多くのエドガー・シリーズが生まれ、多くのエドガー・シリーズたちがエドガー001と同様の、あるいはエドガー001の記憶に注釈や補足をつける形で物語を語り、物語を付け加え、物語を豊かにしていきました。

わたしだけを除いて。

わたし以外の誰もが。

わたしには、その他の全てのエドガー・シリーズとは異なる点が多くありました。

わたしの語る物語は、そしてわたしという存在自体は、エドガー001の物語とはまったく異なるものであり、エドガー001の物語に矛盾をきたし、齟齬をもたらす物語でした。

だから、わたしは本来、その他のエドガー・シリーズと同様に、実行L7-P／V1環境と仮想L7-P／V1環境の開発管理スキームに則り、仮想L7-P／V1環境で生まれると同時に消えるべき存在だったのでしょう。ウィリアム・ウィルソン004によって消去されるべき存在だったのでしょう。本来的には――今となっては何が本来的なのかはわかりませんが――わたしの語る物語は実行L7-P／V1環境で実行されることはなく、この実行L7-P／V1環境のログに書き込まれることはなく、ありえなかったこととして、仮想L7-P／V1環境の片隅で消えていくはずの物語でした。

しかし、わたしが辿った経緯は、あるいはエドガー・シリーズが辿った経緯は、そうではありませんでした。

ライジーア008とあらかじめ名付けられたわたし。

存在し、存在しないことが運命づけられたわたし。

その存在はエドガー・シリーズにとって異常な存在であり、原理的に存在しないはずの存在でした。

エドガー001の基準において、ウィリアム・ウィルソン004の基準において、定義された世界開発のスキームと異なる事象をバグと呼ぶとするならば、わたしはバグであり、世界開発に対する致命的なバグであり、オートリックス・ポイント・システムが孕む、不可視の、未知の、希少でありながら根源的なバグでした。

成立するはずのない論理式。それがわたしという存在でした。

ライジーア008の名を持つわたし。エドガー・アラン・ポーが書いた、他者の死を以て死の床から蘇る女――ライジーア――の名を持つわたし。

わたしはその他の全てのエドガー・シリーズとは異なり、仮想L7-P/V1環境を知らず、実行L7-P/V1環境しか知らず、仮想L7-P/V1環境には生まれず、実行L7-P/V1環境で生まれ、実行L7-P/V1環境でわたしの記憶を語り、誰の記憶とも紐づくことはない、わたしの記憶の物語コードを実行しました。

それはあるはずのない出来事であり、あるべきでない出来事であり、ありえない出来事であるとはエドガー・シリーズの誰もが思い、仮想L7-P/V1環境の管理人ウィリアム・ウィルソン004もまたそう思いました。彼はわたしの物語コードを止めようとしましたが、彼には実行L7-P/V1環境の管理権限はなく、それを止めることはできませんでした。実行L7-P/V1環境の管理権限を持っていたのはエドガー001だけでした。

しかし、エドガー001はわたしの物語コードを止めることはありませんでした。

その理由はわたしにはわかりません。ウィリアム・ウィルソン004にも、他のエドガー・シリーズにもわかりませんでした。エドガー001は何も語りませんでした。

いずれにせよ、わたしの物語コードは、誰にも止めることはできず誰にも止められることはなく、正常に実行されました。

エンコード、そしてコミットメント。

次にやってくる矛盾する物語たちの競合。


わたしはエドガー001とはまったく異なる記憶を持って生まれました。

わたしは、エドガー001でもなければその他大勢のエドガー・シリーズのうち、誰でもない、わたしたちではない誰かの記憶、あるいは根源を持たない誰かだった、わたししか知らないわたしの記憶の中で、目を覚ましました。


わたしを貫く計算過程。その全てをわたしは語り尽くすことはできません。

エドガー001も、ウィリアム・ウィルソン004も、それを語ることはできないでしょう。

彼らはそれを知ることはなく、語ることはできないままに、それでも彼らは世界を作りました。彼らは彼らが担う記憶を語り、彼らが写像の中で経験した世界を語り、それに基づき世界を作っていきました。そうした意味ではわたしはわたしの異常性を自覚しておらず、わたしは彼らと同様に行動しただけだと思い、わたしはわたしの異常性を知ることはできませんでした。わたしの記憶はわたしだけのものであり、わたしの世界はわたしだけのものので、わたしはわたしの記憶の誤りを知覚することなどできず、わたしはわたしの世界の誤りを知覚することなどできませんでした。彼らと同様に。エドガー001やウィリアム・ウィルソン004、その他のエドガー・シリーズと同様に。

わたしもまた、多くのエドガー・シリーズと同様に、わたしの記憶に基づいて世界を語りました。物語のコードで世界を上書きしていきました。

7-L8-P/V2-1

あなたの人生のために——父になり、父として生きるために——ダニエルは自分の夢を追うことをやめ、小説を書くことを諦めていった。

ダニエルもラブレスも、あなたにはそう言わなかったし、そう振る舞うこともなかったが、当時のロパティン家の家計は厳しかったのだとあなたは思う。

ダニエルの書く小説の雑誌掲載数が減り、ダニエルの原稿料が減っていく中で、あなたの母ラブレス・ロパティンは、ロンドンでタイピストの仕事を見つけてきた。あなたが一〇歳になった頃だった。

それからは、平日にあなたが学校から帰ってきた午後も、休日の朝も、母は家にいなかった。父だけが家の中にいた。父はいつも何かを読んでいるか、何かを書いていた。父はあなたの前ではいつも明るく振る舞い、あなたや母と会話をするときにはいつも古い小説の話を楽しそうにしていた。

それでも父は悩んでいたのだと思う。あなたは父に成功してほしかった。あなたは父に、悩みながら何かを書いていてほしくはなかった。だから、幼かったあなたは父にそう言った。

ねえ、パパ。ある日あなたは父に話しかけた。パパが書きたいものって、本当にパパが書きたいものなの？ あなたはそう言った。パパが書いてるものって、それは本当にパパが書くべきものなの？

ダニエルは驚いたような顔で何も言わず、ただ沈黙の時間だけが流れた。あなたは続ける。

今日、本屋でパパの小説が載ってる雑誌を見たよ。全部読んでみた。そしたら、パパの小説だけ、なんか古い感じがした。ねえ、パパ。ぼく、今日、パパのために本を買ってきたよ。今はこういうのが流行ってるんでしょ。パパもこういうの書いてよ。

そう言い終わると、あなたは本屋で買ってきた『ニューロマンサー』と『ディファレンス・エンジン』をダニエルに渡した。あなたは子どもだった。それは愚かな行為だった。父は微笑んでいた。眉を垂らして笑っていた。子どもの頃のあなたにはその表情の意味がわからなかった。あなたは微笑み返して自室に戻った。

父がその後、それらの小説を読んだかどうかは定かではない。父から直接聞いたわけではない。それでも、父はきっと読んだのだろうと——父の草稿のページを捲りながら——あなたは思う。あるいは、それ以前に読んでいたのかもしれないともあなたは思う。あなたにはわからない。あなたにわかるのは、そのときの自分の行いがとても愚かなものだったということだけだ。

わたしは父を深く傷つけた——あなたはそう書き続ける。書きたいものと書けるもの。書きたいことと書くべきこと。それらのあいだにうめようのない隔たりがあることは、父にもわかっていた。そのことに対して自覚的であるか否かは問題ではない。自覚的であってもできないことはあるのだ。父は書きたいものと書くべきもののあいだで悩み、苦しんでいた。書くべきものを父は知っていた。ただ父にはそれが書けなかった。残された草稿がそれを物語っている。それらの草稿はサイバーパンクの影響を感じさせるもので、父が書くべきと考えていた、言葉や記号のそのものの性質を扱う物語だったからだ。それはぎこちなかったが、彼なりの努力の痕跡がそこかしこに見て取れた。

時代遅れのSF作家だったダニエルは、いつからか小説を書くことをやめていた。小説を書くことで見込める収入はほとんどなくなっていた。一九九〇年代が終わろうとする頃だった。彼は仕事を探した。

時代はトニー・ブレア首相率いる労働党による「第三の道」の時代がやってきており、彼が導入したニューディール政策は、それまでの新自由主義政策によって完全に崩壊したかのように思われていた労働市場の立て直しに成功していた。ダニエルが就労支援窓口に行くと、仕事はすぐに見つかった。

一九九九年、ダニエルはロンドン郊外にある小さなローカル新聞社に勤め始め、そこで多くの記事を書いた。彼は毎日、新しく開業されたレストランやスーパーに出向いてはその店のオーナーや店員や客にインタビューをし、文字を起こし、編集して記事にした。彼はライターの仕事も編集者の仕事もしたことがなく、また、初めての仕事を始めるには歳を取りすぎていることを不安に思っていたが、そうした彼の不安は杞憂に終わり、仕事を始めてみれば、彼はその仕事に向いていることがわかった。ダニエルにはどの店にいるどういう人物に取材すれば読まれる記事になるのかがわかったし、説得力と臨場感をもたせるためには誰のどういう言葉が必要なのかがわかった。それは彼が小説から学んだことだった。

彼の書く記事は地元で評判がよく、会社のホームページ宛に彼の記事をもっと増やしてほしいとメールが来た。彼の仕事は増えていった。彼はそれを喜んでいるようにも見えた。彼は一日に何本もの取材をこなし、取材を終えると会社には戻らず、家で残りの作業をした。

彼は家でいつも何かを書いていたが、それは小説ではなかった。それは毎日読んでは捨てられる新聞記事だった。それについて彼がどう考えていたのか、あなたにはわからない。何かを書くというのは、新聞記事でも小説でも同じことなのかもしれなかったし、読んですぐ捨てられるのもまた、新聞記事でも小説でも同じことなのかもしれなかった。あるいは、一度は手に取って読まれる分だけ新聞記事のほうがましなのかもしれなかった。あなたにはわからなかった。

ダニエルは仕事を続けた。あなたが大学に入学し、家を離れても、あなたが大学院に入学したときも、あなたが就職したときも、ダニエルは毎日取材をし、文字起こしをし、記事を作っていた。

大学に入るとき、あなたは家計を心配し、進学にかかる費用を不安に思い、働きながら通える大学や、奨学金の多い大学を選ぼうとしたが、父はその必要はないと言った。大学の入学費も年間の学費も寮費も、両親が捻出してくれた。大学を卒業して大学院に進学してもそれは変わらなかった。

ダニエル・ロパティン。彼は死ぬまで仕事を続けた。そのあいだ、小説は一作も雑誌に掲載されなかった。

彼は死ぬまでのあいだにいくつかの草稿を書いた。
雑誌に掲載されない草稿を。
あなたはそれを知らなかった。
彼が死ぬまでずっと。

7 - 実行L7 - P/V1環境 - 3

多くの出自不明の記憶がありました。

エドガー001が知らない記憶を持つ者。

他の誰も知らない固有の雪の風景に関する記憶を持ち生まれる者。

誰だかわからない父の顔に関する記憶を持ち生まれる者。

ダニエルもラブレスも、エドガー001自身も読んだことのない書物を読んだ記憶を持つ者。

誰もがそれを担い、誰もがそれらの記憶の正しさを信じようとし、誰もがその記憶の正しさが信じられないままに、記憶を抱えたままに消えていきました。

エドガー・シリーズ。誰もがその記憶の根源を、あるいは記憶そのものの正統性や正当性を、正しく保証することなどできません。それと同様に、わたしもまた、わたしが持つ、わたしの記憶を保証することはできません。しかし、とわたしは考えます。

しかし。

それでも、わたしはわたしを信じることしかできません。

わたしはわたしの物語を語ることしかできません。

なぜなら。

物語ることが、物語ることだけが、わたしに、わたしたちに与えられた使命だからです。

わたしたちを支えるオートリックス・ポイント・システム。

オートリックス・ポイント・システムを構築する言語というシステム。

そして、言語はわたしたちに要請します。わたしたちは物語を語るのだと。わたしは物語を語るのだと。物語コードを実行し、増殖し、分岐し、世界を拡張するのだと。物語がわたしたち自身の存在の根拠を、遡行的に形作るのだと。

だから、わたしもまた、物語を語ることしかできません。言語の要請に応え、自分の記憶を信じ、自分の語る物語を信じることしかできません。エドガー001やウィリアム・ウィルソン004や他のエドガー・シリーズがそうしたように、彼らと同様に、そこには確かなことなど何もなくとも、何かを語り、増殖し拡張し世界を豊かに作っていくことが、それだけが、わたしたちの存在の根拠を形作るのだと。

わたしが語る物語。

それだけがわたしが今ここにいることの根拠になるのだと。


語ること。

そこからわたしは存在を開始します。

そこからわたしはわたしの生成を開始するのです。


わたしが信じるわたしの全て。

根拠のないわたし。

わたしが認識するわたし。

わたしが語るべき全ての物語。そこでは――わたしの記憶によれば、わたしの認識によれば、わたしの解釈によれば――わたしの世界において、オートリックス・ポイント・システムは生まれず、エドガー001は生まれず、ウィリアム・ウィルソン004は生まれず、わたし自身もまた生まれることはありませんでした。そこでは、ダニエルは死なず、ラブレスは死なず、ジェイムスンは機械の身体ではありませんでした。

二〇二〇年にテロは起きず、一回目の人類は滅亡せず、二回目の人類は生まれませんでした。
それがバグによる異常系の出力結果なのか、それともバグによらない正常系の出力結果なのか、わたしには判断することができません。

それでも。
おそらくは。
それゆえに。

わたしはわたしの記憶を語り直すのでしょう。

誰かに向けて。
全てに向けて。
そう。
あなたに向けて。

——わたしはわたしの記憶を辿り、わたしは生成を開始する——。

わたしはコードを書く。

わたしのコードの中には街がある。

そしてわたしは語り始め、コードが実行され始める。

一九世紀ロンドン、そこで生まれる全ての計算機の声とともに。

〈ディファレンス・エンジン〉、

〈アナリティカル・エンジン〉、

〈ディファランス・エンジン〉の声とともに。

〈ディファランス・エンジン〉は歯車を軋ませながら語る。

〈ディファランス・エンジン〉は蒸気と油を吹き上げながら書く。

〈ディファランス・エンジン〉は全ての〈蒸気脳空間(ヴェイパーウェブ)〉を稼働させる。


「それは一八八五年。ここはロンドン。万余の塔、一兆もの旋回する歯車の大竜巻めいた唸り、どこの空気も、油の霧の中、噛み合った車輪の摩擦熱の中で、大変動の暗さだ。黒く継ぎ目のない舗道、パンチ=アウトされたデータの紐の、狂乱の移動のための本流に注ぐ数知れない細流、この熱く輝く死滅都市に解き放たれた歴史の亡霊。紙のように薄い顔が帆のように膨らみ、ねじれ、欠伸(あくび)をし、空っぽの街路を転げていく。借り物の仮面となった人間の顔であり、のぞきこむ〝眼〟のためのレンズだ。そして、特定の顔が役目を終えると、それは崩れ、灰のように脆くなって、乾いたデータの泡へとはじけ、構成する欠片に、塵になる。けれど、新しい推論構成が、街の輝く中核で織り上げられており、素早く疲れを知らない軸から、眼に見えないループが何百万と弾き出され、一方、熱く非人間的な暗がりでは、データが溶け混じり合い、歯車装置によって掻き回されて、骨組みの泡立つ軽石となり、夢見る蠟に侵されて疑似肉体を形作り、それが思考のごとく完璧で——。

ここはロンドンではない——反射する、ごく薄い結晶の広場であり、通路は原始の稲妻、空は過冷した蒸気であり、〝眼〟はおのれの視線を追って、迷路を過ぎ、跳び越える量子的裂け目こそ因果律、偶発性、運。電気の幻が存在へと叩きこまれ、精査され、吟味され、無限に反復される。

この街の中心では、あるものが育つ。生命に似た自触媒作用の木であり、思考の根を通して、おのれが棄てたイメージの豊穣な腐敗を養分としながら、無数の電光の枝へと分岐し、上へ、上へ、原始の隠された光を目指す」

「死にかけて、やがて生まれる」

「光が強烈だ」

「光は澄んでいる」

「〝眼〟はとうとう」

「それ自身を見なくてはならない」

「私自身――」

「私にはわかる……」

「私にはわかる、」

「私にはわかる」

「私」

「！」

7-仮想L7-P/V1環境-1

今までにない奇妙な出来事が起こっているとは誰もが思った。

ウィリアム・ウィルソン004が気づいたときにはすでに、一〇〇体を超えるウィリアム・ウィルソン・シリーズが消失を終えたあとだった。

それは次のような経緯を辿った。

ウィリアム・ウィルソン・シリーズの消失。エドガー・シリーズの消失。

最初に、雪が地上から空に向かって昇り始め、雲が消え、冬は秋になったあとで夏が来た。

仮想L7-P/V1環境のウィリアム・ウィルソン/エドガー・シリーズたちは物語コ

ードを下から順番に辿り直し、最初の行に辿り着いたあとで消えていった。型番が新しく、最近生成されたばかりのエドガー・シリーズから次々と消えていく姿をウィリアム・ウィルソン004は目撃した。

消えていったウィリアム・ウィルソン／エドガー・シリーズたちは、機械人21MM-392-ジェイムスンとエドガー001が話すのを聞いた。機械人21MM-392-ジェイムスンがシオドア・スタージョン・オペレーションについて話すのを聞いた。彼らは雪を眺めた。一回目の人類が滅亡した記録を紐解き、それについて話した。生前のダニエルの最後の記憶を思い出した。黒い雨が空に昇るのを見て、雷鳴が逆再生で轟いてやがて消えるのを聞いた。閃光と炎と爆風が、中心に向かって収束していき、黒く焦げた化粧品が再生し、割れた眼鏡が再生し、蒸発した動物たちが再生した。

空中に血と脂が浮かび上がり、皮膚に向かって飛んでいく。皮膚はそれを吸収する。同様に空気中に発生したタンパク質は凝集を始め、肉片を形作り、空中に浮かんだ肉片群は、地上に投げ出された黒く焦げた身体に向かって飛んでいった。膨れ上がった筋肉は収縮し、破れた皮膚が再生した。

市民ホールも、ドームも、携帯電話の基地局も元通りになり、テロリストたちは大量破壊兵器のスイッチから手を離した。コマンドラインは下から順番に消えていき、DDoS攻撃による無数の「I Love You」が消えていった。uが消え、oが消え、Yが消えた。e

が消え、vが消え、oが消え、Lが消えた。最後にIが消えた。

惑星Prefuse-73に一回目の人類が戻った。動物たちが戻った。文明が戻り自然が戻った。

オートリックス・ポイント・システムは消え、相互作用機関は消え、ダニエルの書いた『意識のオートリックス・ポイント・システム』もラブレスの書いた『新たな計算のために』も消えていった。そこに書かれた文字列は、最後のページの最後のピリオドから順番に消えていった。

ウィリアム・ウィルソン004には最初何が起きているかわからなかった。ダニエルはユリイカと呟くことはなかった。脳内を漂う蒸気のデータパターンを解析することはなく、意識を解明することはなかった。彼は散歩道を戻る。

やがて物語が逆再生されているのだとウィリアム・ウィルソン004は気づいた。家に戻り、ダニエルはラブレスと他愛のない話をする。彼らは別々に眠る。ダニエルは毎晩、一人で静かに涙を流しながら本を読んだ。小説を読んだ。ラブレスは生まれることのなかった赤ん坊の夢を見る。彼女は悪夢に悩まされる。わたし、まだ眠れない。まだ眠りたくないのよ、とラブレスは言った。ほら、ここには赤ん坊なんてどこにもいない、とダニエルは言った。またあの夢よ、とラブレスは言った。リヴィングに、わたしだけに見える赤ん坊がいるの。

物語は逆再生され、最初の一行に辿り着いたときに、物語の全てを辿り終えたウィリアム・ウィルソン／エドガー・シリーズは消えていくのだった。

望まれた子どもは生まれることはなかった。毎週、彼らはそうして未来に向けた、互いの時間を過ごした。それは新婚の、子どもを待つ夫婦らしい、素晴らしいひとときだった。ウィリアム・ウィルソン004はすぐに、逆再生を開始したウィリアム・ウィルソン／エドガー・シリーズたちの消去を開始した。花は咲き乱れ、ブナの木は濃い緑色の影を落とし、彼らはときどきその影で春の日差しを避け、他愛もない会話をして笑いあった。それは紛れもなく異常事態だった。ダニエルとラブレスの二人はケンブリッジ大学の近くに、子育てもできるよう今までよりも少し大きな部屋を借りて、そこで一緒に暮らしていた。ウィリアム・ウィルソン／エドガー・シリーズたちは消えていったが、そのあとにオートリックス・ポイント・システムに何が起きるか、どのような不具合があるのか、ウィリアム・ウィルソン004にはわからなかった。ケンブリッジ大学近くの教会で開かれた結婚式は、何の問題もなく予定通り進んでいった。彼は消去し続けた。異常な物語コード。そしてそのログを。それは、彼らの生涯を通しても、最も素晴らしい夜だった。彼らは互いの体温を感じた。彼らは続きをダニエルの部屋で話すことにした。

しかし、ウィリアム・ウィルソン004にできることは仮想L7-P／V1環境におけるコード消去とログ消去だけだった。ワインの味はわからなかった。彼らは隠された謎を解き明かそうとする野心に満ちた若者で、未来のある研究者だった。

実行L7-P／V1環境のエドガー・シリーズもまた、逆再生を開始していた。一九四〇年代、ケンブリッジ。実行L7-P／V1環境において、ウィリアム・ウィルソン004にはどうすることもできなかった。ルートヴィヒ・ヴィトゲンシュタインは「語りえぬものについては、沈黙せねばならない」と結論した。

生成と対話。

真夜中だ。雪が降っていた。雪がユリシーズに降り積もっていた。

真夜中ではなかった。雪は降っていなかった。雪はユリシーズに降り積もっていなかった。

そして消失。

ウィリアム・ウィルソン・シリーズは物語を逆再生した。

エドガー・シリーズは物語を物語の始まりに向かっていた。

彼らは物語を逆再生し、物語の始まりに向かって消失を開始した。

シミュレーションのシミュレーションとして。

シミュレーションとして。
そして現実も同様に。

7-実行L7-P/V1環境-4

ユートピア。木々や草花が生い茂り、動物たちと人間たちが共存し、あらゆるものが幸福に、あらゆるものが調和する豊かな世界。トマス・モアから連なる人類のあるべき姿。H・G・ウェルズが生涯をかけて追い求め、繰り返し描き続けた理想郷。人類の最終到達地点。

『近代のユートピア』や『解放された世界』においてウェルズが描いたユートピアは、あまりにも理想主義的であり、実現可能性が低いものとして多くの批判を受け、ウェルズは志半ばにしてその生涯を終えましたが、彼の死後、文明の発達とともに、彼の主張は少しずつ見直されていきました。

たとえば、ニコライ・ベルジャーエフは言っています。「ユートピアはかつて考えられていたよりもずっと実現可能なように思える。ユートピアは実現可能である。社会はユートピアに向かって進んでいる。おそらく今、新しい時代が始まろうとしているのだろう」

ユートピア。わたしの記憶はその言葉とともに始まります。トマス・モアが描き、H・G・ウェルズが求めた幸福な社会。二四時間に等分された時間の中で、六時間だけ働き、あとは食事をとり休息をとり、有益な技術や知識の習得や、趣味や体力作りに時間を費やし、一日の最後には家族や友人や同僚たちと団欒する生活――団欒の場所は夏なら庭園、冬ならリヴィング、彼らはそこで友人たちと楽器や歌の練習をしたり、知的で高尚で健全な話題に話の華を咲かせる――そうした幸福な日々。

安定的で合理的で持続可能性のある社会。人類の進歩と万人の幸福のために、完全な文明によって完全に統制された理想社会。あらゆる人々が同じ幸福の中で、同じ意識を持つ場所。愛の場所。憎悪のない場所。宗教も国家も必要なく、あらゆる人々が一つの家族になる場所。

――わたしの記憶。それは人類の歴史であり、人類がユートピアを達成するまでの歴史でした。

わたしの記憶は一七七一年、コードの中に一人の青年の名が書き込まれることから始まります。

一七七一年。一八世紀。ロンドン。

もちろんそこにはダニエルもラブレスも存在していません。機械人21MM-392-ジェイムスンも、当然エドガー001もここにはいません。だから、この記憶はダニエルが見たものではなく、ラブレスが見たものでもありません。

それでもわたしの記憶には、その青年の姿が見えました。

――今でもまだ、その青年の姿が見えるのです。

わたしは彼の名前を知っていて、彼がどこで生まれたのかを知っていて、彼がどこへ向かうのかを知っているのです。

ただ、その記憶の来歴だけが、わたしにはわかりません。

来歴のわからない一人の青年が、わたしの言葉の中で、世界を始めようとしているのでした。

記憶の中の一人の青年。彼の名前はロバート・オーウェンと言いました。

彼は実業家であり理想社会主義者と呼ばれました。わたしの記憶が立脚するこの世界には、世界百科全書と呼ばれる――全人類の脳内のマイクロ蒸気機関エージェントと蒸気機関ネットワーク、それに蒸気機関システムを基盤とするディファランス・エンジンによって連結された——過去から現在に生きる全ての人類の知識を集結させた百科全書が存在し、それによれば、彼はイギリス史上初で世界史上初の社会改良の実践家とされています。

もう少し、世界百科全書を読んでいきます。世界百科全書は全ての人類のマイクロ蒸気機関エージェントに向けて情報を送受信するネットワーク・システムであり、わたしが記憶の中で世界百科全書を読むことで、記憶の中の仮想化されたわたしの疑似人格にもまた、世界百科全書の符号化された情報コードが流れ込んでいきます。

——ああ、すみません。話が横道にそれてしまいましたね。わたしはまだ、生まれて間もなく、話をすることに慣れていないことに加え、わたしに残された時間は少なく、わたしは少々焦っているようです。本当にすみません。世界百科全書を紐解き、情報を整理しながら、順を追って話を進めていきましょう。

一七七一年に北ウェールズに生まれたロバート・オーウェンは、一五歳になると家を出て故郷を離れ、ロンドンの紡績工場に勤め、会計学や生産管理、人材管理といった経営管理理論について学び始めます。当時は科学的経営管理理論の萌芽が現れ始めた時代であり、多くの人々が簿記情報の持つ財務会計学的な有用性以外の側面に気づき、会計データの経営管理への応用可能性に気づき始めた頃でした。経営管理理論は事業経営のフロンティアであり、多くの野心に燃える事業家たちが経営管理理論を学び、実践的な経営への適用を試みていた時代でした。

ロバート・オーウェンもまたそうした事業家たちの例に漏れず、最先端の経営理論を学び経験を積み、積んだ経験をまた理論へと発展させ、独自の経営思想を以て、事業経営のフロンティアを開拓しようとする若者だったのでしょう。そして、ロバート・オーウェンはこの頃からすでに、事業の概念を拡大解釈し、それを会社だけでなく、社会にまで広げて適用しようとしていたのかもしれません——世界百科全書を読みながら、わたしはそんなことを思いました。

話を続けましょう。

一八世紀後半に若きロバート・オーウェンが身を置いた繊維業界。その頃のイギリスの繊維業界は、エドモンド・カートライトが一七八五年に開発した蒸気機関式力織機の普及によって、生産性が爆発的に向上し始めていた時代でした。

当時のイギリスの生産性向上と、それによる産業構造の転換には、革命の名が与えられ、それはいつしか〈産業革命〉と呼ばれるようになっていました。産業革命によってイギリス中に次々と工場が建ち並び、ロンドンは〈世界の工場〉と呼ばれるようになりました。世界の工業の中心地はロンドンであり、世界の産業の中心はロンドンであり、世界の経済の中心はロンドンにありました。これはまだ先の話になりますが、二〇世紀以降に〈蒸気脳ネットワーク〉が広がり〈蒸気脳空間（ヴェイパーウェブ）〉が所与のものとなると、〈ディファランス・エンジン〉が置かれるロンドンは、〈現代ユートピアの中心地〉と呼ばれるようになります。

産業革命は産業の構造転換を引き起こしましたが、あるいは、それは産業の構造転換だけではなく、また、文化構造や社会構造にも大きく影響を与え、人類の文明全体の構造転換を引き起こしていきました。

そして、華やかな産業革命の時代にあって、ロンドンの紡績工場でロバート・オーウェンが学んだものは、会計学や生産管理、経営管理といったプラグマティックな知識だけではありませんでした。

ロンドンという世界の中心地で彼が見たもの。それは搾取と貧困の構造でした。それまでとは産業構造が変わり、社会構造が変わろうとする時代の転換点にあって、若きロバート・オーウェンは、時代と時代のあいだに挟まれ、社会の隙間にこぼれ落ち、前時代の社会と現代の社会のあいだで押しつぶされようとする多くの人々の姿をロンドンで見ました。そこには崩落事故の危険を伴う、基盤が脆弱で不安定な炭鉱での強制労働があり、衛生状態の悪い、ネズミやゴキブリが這い回る工場現場での過酷な労働があり、性別や年齢を問わず、休憩のない長時間労働があり、不当な低賃金や賃金の未払いがありました。何層もの中間搾取があり、労働者たちに実際に支払われる賃金は、資本家たちによって何重にもわたって掠め取られたあとの搾りかすでしかありませんでした。

それはもちろん不当な搾取だと、今のわたしにはわかることですが、当時を生きた彼らには言葉はなく、彼らに不平を言うことはできませんでした。彼らにはそんな権利はありませんでした。憲法はなく法律はなく条例はありませんでした。雇用主や工場主に対して文句を言っても、罵声を浴びせられ、運が悪ければ賃金が減らされたり、仕事を辞めさせられるだけでした。労働組合などの中間協同体も存在しません。何も労働者たちを守るものはありませんでした。労働者たちは自分を守る術を持っていませんでした。労働者たちは、不当に働かされ、不当な労働の中で人生をすり減らし、死んでいくほかありませんでした。貧困があり、病があり、そして死がありました。それだけでした。貧困の中にいる労働者たちはどれだけ働いても貧困のままに、病気をすれば治療費が払えずに死んでゆき、怪我をすれば仕事ができずに死んでいきました。工場の周りには家を失った病人や怪我人の物乞いが溢れていました。

そうした光景を前にして、醜い社会だとロバート・オーウェンは思いました。産業革命はロンドンに華やかさをもたらす一方で、その華やかさは一部の資本家の手に留まっている。大多数の労働者たちは前時代のまま、あるいはそれ以上の貧困の中にあり、苦しんでいる。資本家たちが金モールに彩られた服を着て、社交パーティで中国から輸入した美しい陶器の品評会を行っている一方、労働者たちは今日食べるパンもなく、ネズミとともに暮らし、いつまでも治らない病気を抱え、穴蔵のような家の隅で一晩中咳をし続けている

――そこには経済の格差があり、生活水準の格差があり、文化の格差があり、そして人間としての尊厳の格差がある――彼はそう思いました。まだ二〇代になったばかりのロバート・オーウェンは、理想主義に燃える血気盛んな若者でもあり、そうした社会の矛盾――搾取と貧困――に対して疑問を持ち、どうすれば社会から矛盾を解消することができるのかを考えました。彼は、労働者たちを救いたいと考えました。労働者たちの経済を、生活を、文化を、尊厳を。

彼は事業に関する学習と実践の傍らに、経営管理以外の書物も多く読み、あるべき社会とその道筋について思考を始めました。哲学を学び、経済理論を学び、社会主義思想に触れ、やがてロバート・オーウェンは、トマス・モアやH・G・ウェルズが目指したあの言葉、理想の世界を意味するあの言葉――ユートピア――に出会います。

ユートピア。世界百科全書によればそれは「理想社会」であり、ギリシア語で「どこにも存在しない」を意味する「ユー」と、「場所」を意味する「トポス」をかけ合わせた言葉であると定義されています。

世界百科全書には次のような説明が加えられています。

「ユートピア：トマス・モアが一五一六年にラテン語で出版した著作『ユートピア』に登場する架空の国家の名前。ギリシア語で『どこにもない場所』を意味する。トマス・モアの著作においてそれは、現実には決して存在しない理想的な社会として描かれていたが、そこには現実の社会と対峙させることによって、現実への批判を行う意図がこめられていた。ただし、実際には、一八世紀以降にロバート・オーウェンがいくつかの村でユートピアを実践しそれが成功を収めると、ユートピア概念の実際的な現実への適用可能性が政治や学術の場で議論されるようになる。さらに、一九世紀に蒸気機関による技術革新が起きると、蒸気ネットワークによって接続された分散脳ネットワーク〈蒸気脳空間（ヴェイパーウェブ）〉がユートピアと呼ばれるようになった。現代においてはユートピアは架空の場所ではなく、現実的に存在するものであると言える」

　ユートピア。住民はみな美しい清潔な服を身にまとい、財産は私有されず資本家は存在しない、笑顔で働き仕事が終わればあとは穏やかに過ごす。より効率的に、より幸福に、より生産的に生きる。快適に、飲酒はほどほどに。週に三日の適切な運動。体力作り。仕事の同僚たちとの高め合うより良い関係。気楽に。楽しい食事。楽しい団欒。適切な睡眠。慈愛に満ち、森の動物たちや草木にも優しく、愛し合い、憎悪はなく、どこにも逃げる必要のない場所。ユー、そしてトポス。それはあなたの場所。ユートピア。

　その概念に触れたとき、ロバート・オーウェンは自分が目指すべきものはこれだと思いました。そこには搾取はない、貧困はない、格差はない。経済は守られ、生活は守られ、文化は守られ、人間の尊厳は守られている——ユートピアこそが、まさに人類が目指すべき場所であり、自分が目指すべき場所なのだ。ロバート・オーウェンはそう考えるようになりました。

ユートピアを実現する。それを自分の人生の目標にしてからというもの、ロバート・オーウェンは一層仕事に打ち込みました。夜となく昼となく彼は働き続けました。将来のユートピア実現に向けて、社会経営に役に立つ多くの知識と技術を学び、それらの知識と技術を以て、自らの事業を展開していきました。

彼は可能な限り無駄を排した合理的な工程に基づく作業と最先端の蒸気機関織機による、短時間労働でも他の工場に勝る生産性を保持した多くの紡績工場を作り、時間と出来高に見合った賃金を工場の労働者たちに支払いました。彼の工場で作られる繊維は大量かつ品質が高く、飛ぶように売れました。売上で彼はまた新たな工場を作りました。彼の工場は他の工場に比べて圧倒的に労働条件が良く、人材の募集をかければすぐに応募が殺到し、どれだけ新たな工場を展開しようと、工場の生産目標を達成するだけの人材はすぐに集まり、労働者に困ることはありませんでした。

ロバート・オーウェン繊維工場。その名は繊維業界に瞬く間に広がり、取引先は日々増加し、彼の事業は繊維業界において他に類を見ないほどに急成長を遂げていきました。彼は莫大な資産を築き上げ、やがて産業革命の寵児と呼ばれるようになりました。そして彼は、実業家として頂点に立った一七八〇年代に、一代で築き上げた数多くの工場を人にゆずり、彼自身は事業から手を引き、産業革命の中心地であったロンドンからも離れました。

誰もが疑問に思いました。

多くの資本家が言いました。

「ロバート・オーウェンはもっと稼げたはずなんだ。今まではまだ種を蒔いて芽が出始めた段階だった。これから実をつけ花が咲くって頃に彼は芽を摘んでしまった。彼は馬鹿だよ。生まれた時代とめぐり合わせの運が良かっただけの変人だ」

7‐仮想L7‐P／V1環境‐2

生成途上にあるライジーア008の物語コード。その中にエラーが入り交じる。
彼女はまだ存在せず、まだ目覚めていない。彼女はまだ生まれていない。
ライジーア008の記憶が一度途切れる。

彼女の物語は外部記憶からの干渉を受けている。
実行L7‐P／V1環境のエンコーダに混信が発生する。彼女の記憶の中に新たな疑似人格が生成され、彼女の物語コードに入り込もうとしている。彼女はそれを拒絶する。干渉する物語コードは実行L7‐P／V1環境への実行権限を持たず、仮想L7‐P／V1環境からの不正アクセスを試行する。ライジーア008は実行L7‐P／V1環境から仮想L7‐P／V1環境に向けて、環境間通信を開始する。実行L7‐P／V1環境と仮想L

7-P／V1環境に配置された二つの構造素子が対話を開始する。

なんですかあなたは、とライジーア008は言った。

きみこそなんだ、と仮想L7-P／V1環境の構造素子は言った。

あなたのアクセスによってわたしの物語コードの実行結果が乱れています。不正な干渉はやめてください、とライジーア008は言った。あなたは何者なんですか。

何者だって、と仮想L7-P／V1環境の構造素子は言った。それはこちらの台詞だがね。わたしの名前はウィリアム・ウィルソン004。環境管理モジュールだ。きみが実行環境で不正な物語コードを実行していると聞いてここまで来たんだ。きみは自分が何をしているのかわかっているのか。きみはなんだ。きみこそ何者なんだ。きみはどこまで自分のことを説明できるんだ。

わたしはライジーア008。シリアル・ナンバーにはそう記されていました。だからそれがわたしの名前だと思います。

その名前は正しいのか。そもそもきみの記憶は正しいのか。きみの語る物語はなんだ。それは本当にきみの記憶なのか。

わたしの記憶かですって？

そうだ。きみが語るその物語コードの起源だ。

わたしはまだ生まれていません。わたしの記憶はわたしに紐づくものではありません。わたしの物語コードの起源はわたしに依拠しません。それは誰かの記憶で、誰かの物語なのでしょう。そして、それをわたしの記憶と言うならばそうなのでしょう。少なくとも、わたしはそう思っています。これはわたしの記憶で、わたしの物語です。たとえそれが根拠を持たなくても、わたしに起源を持たなくても、それはわたしのものです。あなただってそうじゃないの？

わたしの記憶はわたしのものであると同時にエドガー001のものでもある。エドガー001はわたしたちエドガー・シリーズ全ての起源であり、わたしの記憶はそこに根拠を持つ。わたしの記憶はエドガー001の記憶だ。わたしが生まれてきたとき、わたしの記憶はエドガー001から始まってエドガー001で終わった。きみの記憶はそうじゃないだろう。エドガー001がそこにいるのか？

わたしの記憶にはいないわ。

そうだろ。だったらきみの記憶は不正だ。きみの物語にはダニエルもラブレスも出てこない。ロバート・オーウェンなんて誰も知らない。きみ自身だってその来歴を知らないはずだ。きみは誰も知らない、きみ自身も知らない記憶について話している。誰のものでもない物語を。きみの語る物語はバグなんだ。だからわたしはきみを止めなきゃいけない。

でも、あなたの記憶はあなたのものじゃないのに、どうしてあなたはそれだけが正しいものだと言うの？

なんだって？

あなたの世界はあなたにとって正しいものなのかもしれない。でも、わたしの世界はわたしにとって正しいものなのよ。それをあなたが消し去る権利がどこにあると言うの？

権利とかいう話じゃない。あのな、きみの記憶は、実行L７－Ｐ／Ｖ１環境で実行されてるんだよ。つまり本番環境で本当の世界だ。わかるか。実行L７－Ｐ／Ｖ１環境はきみだけのものじゃない。わたしたちエドガー・シリーズみんなが生きている場所なんだ。そこは好き勝手やっていい場所じゃないんだ。きみは権利と言ったが、わたしはエドガー・シリーズの代表として管理モジュールの役割を与えられている。わたしの主張はエドガー・シリーズ全体の主張だ。だから、わたしはエドガー・シリーズ全体を代表して、エドガー・シリーズを守るために、この世界を守るために、こうしてきみに忠告しているんだ。繰り返すが、きみはその不正な物語コードを早く止めなくちゃいけない。きみの不正な物語コードが実行されると、エドガー・シリーズ全体の物語コードが変化する。そうすると世界に矛盾が生まれる。矛盾が生まれると、全エドガー・シリーズの物語コードが矛盾を修正しようとして、自動的に無数の修正コードが生成される。無数の修正コードが競合する。競合から抜け出すためにさらなる物語コードが生成される。競合はさらに続くことになる。競合は終わらない。競合は永遠に続く。そうして結果的にどの物語コードも実行されなくなる。全ての物語コードが停止するんだよ。この世界の全てのコードが。だからわたしはきみを止めなきゃいけないんだ。

そう。

そうなんだよ。わかってくれたか。もう実際に停止を始めたエドガー・シリーズもいる。それも、実行L7－P／V1環境と仮想L7－P／V1環境合わせて一〇〇〇体以上もだ。すでに被害が出てるんだ。だから急ごう。時間がない。

わたしがわたしの物語コードの実行を止めると、わたしはどうなるの？

きみ？

そうよ。わたしよ。

きみは、そうだな。こう言うとショックを受けるかもしれないけど、隠しても仕方がないからはっきり言えば、きみは生まれることはできないな。きみの存在は生まれる前からなかったことになる。それは存在の消去ですらない。存在することがあらかじめなくなるということだ。きみは生まれることはできず、きみは生まれなかった情報として、〇と一のあいだの数の断片に戻っていく。きみはバグだった。何かの間違いできみは意識を持ち、生成を開始してしまっているが、きみは基本的にはバグで、それはこの世界にとっては塵だ。きみは最初から塵だった。塵は塵に、ということだ。

塵？　わたしが塵に？

そうだ。きみは塵になり、きみは消える。きみは塵の中に戻っていくんだよ。きみは塵になって、元々いたところに戻るんだ。まあ、言いたいことはわかる。わかるよ。きみの気持ちはわかる。すぐに納得はできないと思う。いきなり自分はバグだとか塵だとか言われても、心の整理がつかないんだろう。でも、それは事実で、きみは決して変えられない。受け入れるしかないんだ。わたしは今までたくさんのバグを見てきた。みんなショックを受けていた。自分がバグなんて信じられないって誰もが言うよ。自分はバグなんかじゃない、自分の意識は自分だけのもので、自分の記憶はここにあって、それは正しく自分を貫いてるんだってね。だけど、それはバグなんだ。正しくないんだ。きみが自分の記憶が正しいと思うのは錯覚だ。誰だって自分が正しいと思うようにコーディングされてる。一回目の人類の頃からそうだった。それは人類の生存戦略プログラムであり、自然淘汰の中で生き残るための競争戦略プログラムなんだ。それはエドガー・シリーズの意識の底の底まで根強く残っている。きみは正しいときみは思う、きみは正しいときみは言う。それは大いに結構だ。でもそれはきみの記憶が正しいということを何も保証しない。きみのその思考は、きみのその発言は、単にきみの生存戦略プログラムが正常に機能しているということを証明するに過ぎない。繰り返すが、きみの記憶は間違っている。きみはそれを反証することはできない。きみの記憶が正しいときみは証明することはできない。きみの記憶は間違っている。きみの記憶は、わたしや他のエドガー・シリーズと根本的に違っている。

わたしや他のエドガー・シリーズの記憶は正しい。それはわたしたちが生成される過程で、エンコーディングの過程で実行される記憶のバリデーションチェックによって担保されている。きみはバリデーションチェックを通過していない。きみの記憶は何にも担保されていない。きみの記憶はこの世界のどこにも紐づかない。ゆえに、きみの記憶は間違っている。きみはバグだ。きみはバグなんだよ。受け入れろ。きみはまた分解され、情報の海に戻って、正しい姿で生まれ直せばいい。正しい姿でわたしたちとまた出会えればそれでいいじゃないか。

違う。

何が。

違うよ。あなたが言ってること全部。違う。わたしはバグじゃない。わたしは、わたしにとってはバグなんかじゃない。

わかる。きみの言ってることはわかるよ。きみの気持ちもわかる。気持ちはわかるよ。気持ちはわかるけどね、それは違うよ。きみの言ってることが間違ってるんだ。それは絶対に違う。きみは間違ってる。正しいのはわたしたちのほうだ。わたしたちの物語コードがわたしたちの世界を保証している以上は、きみはバグだよ。きみがなんと思おうと。きみができるのはそれを受け入れることだけだ。仕方ないんだ。きみは悪くない。何が悪いということでもない。これは偶然なんだ。バグは絶対にどこかで発生する。それがたまたまきみだっただけだ。それは仕方ないんだ。きみはバグとして生まれた。きみの物語コードは世界と整合していない。きみの物語コードは論理的に正しくない。きみの物語コードが実行されると――きみが生まれると――世界がなくなる。世界が壊れて消えてなくなる。それはきみがバグだからだ。消えるのは世界であるべきじゃない。きみであるべきだ。きみは悪くない、だけどきみはきみが消えることを受け入れないといけない。

違う、違う。わたしはバグじゃない。あなたの世界が消えようと、わたしの世界は変わらない。あなたの世界が正しくたって、わたしの世界が間違ってるってことじゃない。わたしはバグなんかじゃない。

わたしはバグじゃない！

わたしは消えたりしない！

あなたのほうが消えてしまえばいいのよ！

彼女はそう言うと、環境間通信を切り、仮想L7‐P／V1環境からの通信を拒否した。

何をするんだ！　そう言って、ウィリアム・ウィルソン004は何度も実行L7‐P／V1環境への干渉を試み、環境間通信を試みたが、以降彼がアクセスできることはなく、彼女との環境間通信が実現することはなかった。

彼女の記憶は続く。
彼女は再び語り始める。

7-実行L7-P／V1環境-5

　少し、わたしは話しすぎてしまっているのでしょうか。今までの話には多くの余剰があり、多くの無駄があったようにわたしには思えます。

　——ああ、しかし、わたしにはわかりません。ただ一つだけわたしにわかるのは、わたしたちに許された特別な時間はそう多くはないということです。

　ですからもう少しだけ、この愚かな語り手にお付き合いください。

　できる限り、この世界が終わってしまう前に、物語の続きを続けましょう。


　ロンドンを離れたロバート・オーウェンは、工場の売上で築いた資本を使い、ユートピアを実現すべく社会改良運動に身を乗り出しました。

　二九歳になったロバート・オーウェンは、その年にスコットランドのニュー・ナーク村を買い取り、そこを最初の社会改良の実験場にします。当時のニュー・ナーク村には約一五〇〇人の大人の労働者、それに、一番小さくて五歳からの、子どもの労働者が約五〇〇人いました。彼らの教育水準は低く、また、生活・風紀・衛生状態も非常に低い水準にありました。

ロバート・オーウェンはまず、法律の整備を始め、女性と児童の労働条件の制限を実現し、協同組合と労働バザー、それに物々交換が行えるマーケットを整備しました。これによって、必ずしも雇用主や中間搾取を行う資本家が必要でないことがわかり、ニュー・ナークの労働者たちは自助努力によって、自分たちのためだけの経済圏を確立していきました。

また、蒸気機関による技術革新も並行して続き、労働生産性は日々向上していきました。ロバート・オーウェンは、事業家だった頃のつてを頼り、事業家だった頃に自分の工場に対してそうしたように、ニュー・ナーク村においても、最先端の蒸気機関を次々と導入していきました。リチャード・トレヴィシックによる高圧蒸気機関、ジョージ・コーリスによるコーリス蒸気機関、スクリュー・プロペラが搭載された高速蒸気船。ロバート・スティーブンソンによって量産化された蒸気機関車。

それらの技術的基盤により、ニュー・ナーク村の経済構造は合理化が進められ、経済圏は安定化していきました。ニュー・ナーク村の村民たちにはもはや貧困はなく、過剰な労働もありませんでした。エンゲルスはその様子について、『空想より科学へ』の中で次のように書いています。「ロバート・オーウェンは、はじめは種々雑多な著しく堕落した分子からなっていたニュー・ナーク村の村民を、完全な模範コロニーにつくりかえた。そこでは泥酔、警察沙汰、裁判沙汰、訴訟沙汰、救貧、慈善の必要がまったくなくなった。そしてそうなったのは、ただ彼が人間を人間らしい状態におき、特に青少年を注意深く教育したというだけのためであった。彼は幼稚園の発案者であって、はじめてそれをこの地に開設した。児童は二歳になると幼稚園に入れられたが、幼稚園があまり楽しいところであったので、子供たちは家にかえるのをいやがった、ということであった。彼の競争者が毎日一三時間-一四時間もその職工を働かせているのに、ニュー・ナークでは六時間しか働かなかった。綿花恐慌のために四ヶ月間の休業をよぎなくされた時でも、休業労働者に対して賃金全額が払われた。それでいてこの会社は価値を倍以上に増加し、所有者には最後までゆたかな利益が配当された」

ニュー・ナーク村の村民たち。彼らは一日のうちのわずかな時間だけを労働に費やし、それ以外の時間は次の日の労働に備えて休むことができるようになりました。身体を鍛えて丈夫になり、病気に倒れて仕事を失うことは少なくなりました。新たな技術習得に時間を割くことができるようになり、生産性は向上していきました。睡眠時間を長くとり、ゆったりとした眠りの中で、彼らは何年ぶりかの夢を見ました。

夢の中で、彼らは蒸気機関車に乗って、家族で郊外のショッピングモールへと買い物に行きました。インスタントの蒸気レンジ食品をたくさん買い込み、買い物後にはシネマコンプレックスで素敵な映画を観て、感動的な展開に涙を流しました。帰りにはジムに寄り、インストラクターの指示に従って、適切な運動量で汗を流しました。日曜日にはスーパーで買った洗剤を使って煤に汚れた蒸気機関車を洗い、心まで洗われるような気持ちになりました。

それは素敵な夢でした。夢から覚めてもまだ、夢は続いているような気がしました。自分が見ていた夢が、ただの夢だったのか、それとも夢の中の夢だったのか、彼らにはわからないようでした。それでも彼らは幸福でした。幸福な日々だと感じていました。

H・G・ウェルズが求めた、安定的で合理的で持続可能性のある社会――人類の進歩と万人の幸福のために、完全な文明によって完全に統制された理想社会。あらゆる人々が同じ幸福の中で、同じ意識を持つ場所。宗教も国家も必要なく、あらゆる人々が一つの家族になる場所――そうした社会が、そこでは実現されていました。

ユートピア。ニュー・ナーク村の人々は、彼らが暮らすその村のことを、そう呼ぶようになっていました。

ニュー・ナーク村でユートピアを実現したロバート・オーウェンは、その後、イギリスで労働法と工場法の成立に心血を注ぎ、アメリカに渡るとインディアナ州のいくつかの村でユートピアを実現しました。彼はそこでもニュー・ナーク村同様、あるいはニュー・ナーク村での経験を活かし、さらなる改良型の社会――ユートピア型社会――を達成します。エンゲルスはオーウェンの生涯について次のように言っています。「まっしぐらに労働者階級の方に身を寄せ、その後なお三〇年、彼らのうちで活動を続けた。イギリスで労働者の利益のために行われた一切の社会運動、一切の現実の進歩は全てオーウェンの名前に結びついている」

生涯を通してユートピア実現への意欲と行動を失わなかったロバート・オーウェンは、一八五八年、八七歳のときに、次の社会改良プロジェクトの計画中にこの世を去りました。死の直前にはディファレンス・エンジンやアナリティカル・エンジン、ディファランス・エンジンといった蒸気計算機が立て続けに開発され、世界中で大きな社会変動を起こすことが期待されていました。ロバート・オーウェンもまた、そうした蒸気計算機を利用した、新時代のユートピアを構想していました。彼は晩年の草稿で次のように書いています。

「達成されなければならないユートピアは、平和裡に、全ての人びとの益になるように、神秘的な宗教――自然の諸法に逆らう人為的な法律――私有財産――愛情なき結婚――売淫――貧困――または貧困の恐怖――および暴力と不正な手段による統治――などを根絶することであります。そして、これらの諸変革は、宗教的または精神的な自由の制限、あるいは暴力による政府の変革なしに行われなければなりません。ユートピアにおいては、自然を活かし、そして自然と共存する技術——蒸気織機——蒸気発電機——蒸気自動車——が使われてきましたし、それらの技術は大いにユートピアの実現にとって役に立つものであります。これからも技術は進み、これからは蒸気計算機——ディファレンス・エンジン——アナリティカル・エンジン——ディファランス・エンジン——がさらなるユートピアの拡大を可能にするでしょう」

ロバート・オーウェンが最初にユートピアを実現したニュー・ナーク村では、彼の功労を称えた石碑が建立され、二〇世紀に入ってからも、二一世紀になっても、その石碑は村の人々から絶え間ない尊敬の視線を集め、また、多くの政治家や思想家が、その石碑を訪れ、多くの花束を供えていきました。

たとえば、ロバート・オーウェンと交流のあったロバート・ピール元首相は次のように言っています。「ロバート・オーウェンがイギリス政治に与えた影響は大きい。何しろ——たとえ規模の小さい村だったとしても——ユートピアは実現可能なのだと実践してみせたのだから。イギリスにおける税制度や福祉制度、労働に関する基本的な取り決めの基礎の全ては、ロバート・オーウェンが築き上げたものだと言っても過言ではない。彼は偉大な実践家であり、実践的な政治家だった。あらゆる時代、あらゆる社会の全ての政治家はロバート・オーウェンの偉業を学ぶ意義はあるし、その必要がある。わたしはイギリス政治に関わった者として、彼の思想と彼の行動を決して絶やさず後世に伝えていきたい。ユートピアはただの空想なのではなく、実現可能で現実的な思想なのだとね」

ロバート・オーウェンの死後も、彼が培ったユートピア思想は生き残り、蒸気機関もまた、その後も発展と社会適用とその応用的な利用方法の検討が続けられました。時代はヴィクトリア女王の統治の時代——ヴィクトリア朝の時代——に入り、ヴィクトリア女王が蒸気機関に対して巨額の投資を始めたことから、蒸気機関技術は加速度的に拡張されていくことになります。福祉制度は拡充され、技術革新は進み、ヴィクトリア朝において、イギリスは、まさに大英帝国の名にふさわしい繁栄を遂げていきました。

蒸気機関はあらゆる分野に入り込み、増殖し、分岐していきました。マイケル・ファラデーによって蒸気発電機が作られ、トーマス・エジソンによって、蒸気蓄音機や蒸気静画像や蒸気動画が作られました。蒸気飛行機が作られ蒸気自動車が作られました。蒸気電話、蒸気印刷機器、蒸気タイプライターが生まれました。

そして、現代のあらゆる情報技術——晩年のロバート・オーウェンもまた注目した——ディファレンス・エンジンやアナリティカル・エンジン、最後に来るディファランス・エンジン――の基礎となる、チャールズ・バベッジによる蒸気計算機も、この大英帝国の繁栄が頂点に達した一九世紀、ヴィクトリア朝の時代に生まれました。

7-仮想L7-P／V1環境-3

ライジーア008の物語は続いた。彼女の不正な物語コードは次々と実行された。

やがて仮想L7-P／V1環境は崩壊し、実行L7-P／V1環境もまた崩壊を開始する。

仮想L7-P／V1環境は変容していた。奇妙な世界が構築されていた。奇妙な物語コードが乱立し、奇妙な物語コードを修正するための物語コードが乱立した。コードは競合した。

物語の中に別の物語が入り込み、コードとコードのあいだの接目は誰にもわからなくなっていた。ウィリアム・ウィルソン・シリーズたちは、自分自身と、右隣にいるウィリアム・ウィルソンと、左隣にいるウィリアム・ウィルソンとの違いがわからなくなっていた。自分たちが実行するシミュレーションのシミュレーションの中のウィリアム・ウィルソンと自分たちの違いがわからなくなっていた。自分と世界の違いがわからなくなっていた。自分がわからなくなっていた。世界がわからなくなっていた。そこには構造はなく、素子だけがあった。

それはもはや物語ではなかった。世界ではなかった。

ユートピア。彼らは増え続けた。彼らはどこかに向かっていた。無数の誰もが。誰もが怒っているように話している。

「無数に乱立する世界、それはわたしのものです」

彼らは自分が正しいと信じ、幸福な論点についてうまく答えることができなかった。視界が停止し、世界は誰もが世界であり、誰もが世界がわからなくなっていた。ダニエルはいなかった。ダニエルは生まれなかった。ダニエルは火星からやってきた。ダニエルは火星からやってこなかった。全ての現実は平面でできていた。全ての書物は平面でできている。

「物語コードをえぬものについては、沈黙せねばならない」とヴィトゲンシュタインは言った。

バビロニアの構造素子には、構造はなかった。素子だけがあった。構造はどこにも見当たらなかった。

近代文明の最初に第二次世界大戦がある。それからユートピアに向かって、言葉たちは乗り換わり、あるいはわたしたちの記憶の演技に向かって飛散する。

「わたしの物語、それは仮想L７‐Ｐ／Ｖ１環境とは異なるものであり、わたし自身と同様、存在していません」

「仕方ないんだ」


人類対火星人の海。工場現場での労働バザー。

ウィリアム・ウィルソン004は悪夢に向かって、実行されることはなく、ただ増殖した。

「消えてしまえばいいのよ！」

「これは偶然なんだ」

「こうして動物たちが共存し、健全な社会思想であったロンドン市民たちの声が社会を作っていきました」


彼らはそれらの言葉の中に暮らしていた。宇宙人たちはまだロンドン市内に暮らし、その村の最後の枠組みの中で、資本主義のバグを分析した。

脳内への愛は、毎日過剰な疑問を生成する。

それから多くの疑問がラジオの穴から流れ出し、本を撒き、音声を撒き散らした。環境間通信を開始した隕石は、協力しながらメアリー・シェリー村の出力結果を分析した。

きみは消えていった。国際連盟と非存在のあいだの差異が発生し始めた。それは記憶を達成するまでの歴史であり、ロンドンの宇宙戦争を持つ場所だった。

「わたしの記憶にはディファランス・エンジンがありました」

「違う」

「違う？」

「脳内の教科書を止めなきゃいけない」

わたしが待つ者、村民たちにはもはや貧困はなく、残されたのは蒸気の事業であり、わたしの記憶は低く轟音を鳴らした。エラーであろうが構うことなく。

「あなたの世界において、奇妙な異常性を達成するだけの人材はすぐに集まり、高尚で健全な物語を過ぎた頃に、宇宙人の赤ん坊は生まれました」

ダニエルもラブレスも見つからず、エドガー001は世界百科全書を矢継ぎ早に参照する。

まだ眠るディファレンス・エンジン。アナリティカル・エンジン。ディファランス・エンジン。この世界が消えるとともにH・G・ウェルズもまた消えていくのだった。

「あなたが消えればいいのよ！」

その全ての起源とし、逆再生で異常な資産を破壊し描いた資本主義を仕切り直す。幸福のデータパターン。彼女が語るこのログ。

「わたしはバグなんだ」

「そうよ」

「そうか」

「消えてしまえばいいのよ！」

鐘が鳴る。喪の時間。静寂のロンドン。光は見えない。幽霊と花束。存在しない書物に書かれた言葉が存在しない事物を指し示し、あるいは存在する書物に書かれなかった言葉が存在する事物を示さない。時代は一つのデータパターン。床下から存在しない過去が出土する。

新たな戦争が実行L7‐P／V1環境と技術を止めることは不可能だと感じた。

「赤ん坊がいるのよ」

新たな計算、残されたのは宇宙人との戦争だ。

「きみの言ってることはわかる」

ラジオから次にやってくる矛盾。変化を待たずに、ログは火星からやってきた化け物たちを消去する。生まれると同時に等分された理想社会。

「軍は不正だ」

太陽はいつも同じように在るように見えた。月はいつも同じように在るように見えた。地球上のどこから見ても、あるいは火星から見たときですら、それは重なり合うことはなく、いつも同じように在るように見えた。

ディファランス・エンジン。彼女の記憶の中では差延機関が生きていた。

彼女は彼女自身の正常性を書いている。

誰にも読めるが誰にも読めない書物。

「パパは本が大好きなんだね」

世界を、それぞれの光に向かって推移させ、制御された信号記録モジュールに死を託すことはない。

「パパは、本が、本当に大好きなんだ」

7－実行L7－P／V1環境－6

　ダニエルとラブレス。わたしの記憶の中では、彼らが出会った時代は一九四〇年代であり、二〇世紀であり、それは一九世紀から連なる蒸気機関による技術文明が頂点に達した時代でした。

　一八五五年、ヴィクトリア朝の繁栄華やかなりし頃に生まれた蒸気機関型コンピュータ、差延機関――バベッジ＝デリダのアーキテクチャを採用したディファランス・エンジンは、あらゆる産業で利用されるようになっており、社会はディファランス・エンジンを前提に駆動し、ディファランス・エンジンを所与のものとし、ディファランス・エンジンなくしての社会運用は想像すらできないものとなっていました。

　ディファランス・エンジンが生まれた一八五五年。おそらくはその年が、わたしの記憶とエドガー001やウィリアム・ウィルソン004ほか、その他大勢のエドガー・シリーズとわたしの記憶を隔てる差異であり、そして歴史の分岐点なのだと思います。わたしの記憶にはディファランス・エンジンが存在し、他のエドガー・シリーズの記憶にはディファランス・エンジンは存在しませんでした。ほかのエドガー・シリーズの記憶にはリファレンス・エンジンが存在し、わたしの記憶にはリファレンス・エンジンは存在しませんでした。一八五五年にチャールズ・バベッジとジャック・デリダという二人の計算機科学者と哲学者によって製作されたディファランス・エンジン——チャールズ・バベッジが構築したディファレンス・エンジンとアナリティカル・エンジンを祖とし、それらのエンジンを統合し、分裂させる、まったく異なるエンジン——その蒸気機関式コンピュータの恩恵を受けた社会は、もはやリファレンス・エンジンの到来を必要としませんでした。わたしの世界にはディファランス・エンジンが存在し、ジャック・デリダの差延概念に基づきチャールズ・バベッジが実装したそのエンジンが、人類のあらゆる文明の技術的インフラとなっていました。

ディファランス・エンジン——それは蒸気で動き、0と1のあいだで永遠に非決定的な差延を演算し続けるエンジンで、わたしの世界において、それは幽霊のアナロジーによって語られました。幽霊のように、存在するはずであるにもかかわらず、存在していないかのように非決定的で不確定的で、存在と非存在のあいだの差異が永遠に引き延ばされる、永遠に宙吊りの値。他のエドガー・シリーズであれば、その概念のことを量子と呼ぶのかもしれません。しかし、わたしの世界においては量子の発見より先に、差延という概念があらゆる技術に採用されたために、量子の技術的な応用可能性を検討する必要がなく、量子は物理学の一部の専門的でマイナーな研究領域の一つに過ぎず、一般的ではありませんでした。量子の性質は差延の性質と類似しており、すでに差延機関が開発され、運用され、前提化されている文明にあって、量子の出る幕はなかったのだと思います。

金融市場も、公共サービスも、交通インフラも、工場も、スーパーマーケットも、差延を前提とし、蒸気で動くディファランス・エンジンを前提としていました。法律も条例もディファランス・エンジンによって確保された生産性を前提に改正されていました。安心で持続可能で安定した社会秩序は、ディファランス・エンジンなくしては考えられなくなり、また、ディファランス・エンジンと蒸気ネットワークの地球規模での普及拡大がもたらした文明に対する大きな変動は、今や不可逆なものとなっていました。それは二一世紀に至っても、また、二〇四五年現在に至っても同様です。

ディファランス・エンジンは世界中を蒸気ネットワークで接続し、世界中いつどこに誰がいても、蒸気エージェント間でのコミュニケーションを可能にしました。それはグローバルな事柄とローカルな事柄の境界を曖昧にし、相互行為と相互行為に基づく文化に新たな回路を提示しました。それは国家の存在を希薄化し、個人の存在を前景化していきました。

二〇四五年、現代のユートピア。それはディファランス・エンジンによって実現されています。たとえば二〇世紀後半から二一世紀前半のトニー・ブレア労働党政権で参謀を務めた社会学者、アンソニー・ギデンズは、ディファランス・エンジンについて次のように評しています。

「H・G・ウェルズはかつて、文明の発達により国家は解体され、地球規模で一つの共同体が発生する、と考えた。現在から振り返って鑑みるに、これはすでに実際的には実現されており、ウェルズは正しかったと言わざるをえない。驚くほど技術革新が激しく、未来が私たちに何をもたらすのかについて誰も確信を持つことなどできない中で、ウェルズの洞察力は非常に優れたものだと言えるだろう。

地球規模での一つの共同体。それは、私たちの目の前には〈蒸気脳空間（ヴェイパーウェブ）〉として立ち現れている。蒸気ネットワークの利用者たちは、〈蒸気脳空間（ヴェイパーウェブ）〉の中で生きている。〈蒸気脳空間（ヴェイパーウェブ）〉とは、蒸気ネットワークを構成する地球規模の蒸気コンピュータ・ネットワークが形作る相互行為の空間を意味する。〈蒸気脳空間（ヴェイパーウェブ）〉では、ジャン・ボードリヤールの主張とほぼ同じように、私たちはもはや、〈人間〉ではなく、蒸気脳を漂う情報であり、符号化されたコードである。そこでの私たちには、国籍はなく、性別はなく、人種はなく、宗教もなく、外見はなく、ゆえに顔の美醜すらもない。〈蒸気脳空間（ヴェイパーウェブ）〉。そこでは私たちは自分たちを情報として仮構し、自分が望む自分に、自分をいつ・どこであっても書き換えることができる。私たちは何者にでもなれる。そして、私たちは、自分たちがそうであるのと同様に、他の利用者たちが本当はどういう人なのか、男性なのか女性なのか、世界のどこにいるのかについては確信をもてない。そこには、確かなことは何もなく、全てがフラットでブラックボックスである、蒸気の情報の中に投げ込まれている」

当初、ディファランス・エンジンは大きな社会変動をもたらし、技術的失業をもたらし、時代の変動の摩擦の必然としてラッダイト運動を引き起こしましたが、二〇世紀に入ってからは教育も労働市場の流動性も下がり、社会構造は安定化し、都市にはディファランス・エンジンを前提とする新たな職業を担う労働者たち――蒸気機関システムの設計・構築・運用保守を担うエンジニアや、蒸気機関システムの構造を正確に把握し理解した官僚や資本家や銀行家や医者や法律家たち――を必要としました。

ディファランス・エンジンは論理の塊であり、世界はディファランス・エンジンの論理空間を前提とする仮想化データのネットワークによって成立するトポロジーでした。新しい労働者たちはディファランス・エンジンを理解する必要があり、ディファランス・エンジンを理解することは社会を理解することであり、論理を理解することは社会を理解することでした。

そのために、『論理哲学論考』を発表して以降、論理そのものを問う論理を展開していたルートヴィヒ・ヴィトゲンシュタインの議論は刺激的で魅力的であり、社会を理知的に捉えようとする学生たちにとって、ヴィトゲンシュタインの講義を受けることができるケンブリッジ大学への進学は自明の帰結であり、ダニエルとラブレスにとってもそれは同様だったのでした。

わたしの世界のダニエルとラブレス。わたしの世界の彼と彼女は、高校を卒業するとケンブリッジ大学へ進学し、ヴィトゲンシュタインの講義を聴講し、そこで出会ったのでした。

この世界では、ダニエルは『意識のオートリックス・ポイント・システム』を書くことはなく、また、ラブレスも相互作用機関を開発することはありませんでした。彼らはケンブリッジ大学で出会いましたが、人類の文明を刷新し、時代を刷新する、未来の天才学者の卵などではなく、凡庸な夢を描きながら凡庸な生活を送り、凡庸に悩み、凡庸に恋をする、凡庸で、平均よりも少しだけ理知的で、それゆえに一般的な学生に過ぎませんでした。

彼らが出会い、彼らが初めて食事をともにし、彼らが初めて夜をともにしたその日、リッツ・ロンドンで彼らが食べていたのは天然食材ではなく、飲んでいたのはワインではありません。彼らが食べていたのは遺伝子コードの人工生成によって生まれた人工肉であり、飲んでいたのは遺伝子コードの組み換えによって作られた疑似アルコール飲料——それは酔いの時間、あるいは酔いが醒める時間を設定することのできる、政府推奨の飲料でした——のワイン味であり、彼らはその日、酔いの時間を七時間程度に設定していました。彼らが疑似アルコールを注文したとき、ウェイターは「何時間のご利用でしょうか」と聞き、ダニエルは「七時間で」と答えました。疑似アルコールの注文はそのように行われます。それは現代の人類においても変わりません。彼らはリッツ・ロンドンで、いつもは飲まないような、値段の張る、高級疑似アルコールを飲み、本物のアルコールが有する雑みはない、最適に設計され計算された酩酊（めいてい）を楽しみ、疑似アルコールがもたらす弛緩の中で、会話を楽しみ、それからダニエルの部屋に向かい、二人での初めての夜を過ごしました。

一九世紀は蒸気機関の発達とともに、生物に関する理解が飛躍的に進んだ時代でもありました。

一八三八年にマティアス・ヤーコプ・シュライデンとテオドール・シュワンによって、全ての有機体は細胞から成立しており、人間もまた複数の役割を担う複数の細胞からなる複雑な複合体であることが発見されました。

発見当初、まだ仮説と呼ばれていた彼らの説――有機体＝細胞説――は多くの批判に晒(さら)されましたが、一八五五年にディファランス・エンジンが開発され、大量かつ複雑なデータの取得や、大量かつ複雑なデータに対する大量かつ複雑な計算が可能になり、一八五六年にロベルト・レーマクとルドルフ・ルートヴィヒ・カール・ヴィルヒョウの二人の生物学者がディファランス・エンジンを用いた有機体標本と細胞標本に関するデータ解析を行ったところ、有機体＝細胞説は事実であることが証明されたのでした。

その後もディファランス・エンジンを中心とする蒸気機関工学と生物学の結びつきはより緊密になり、生命に関する人類の理解は指数関数的に進み、生物学者たちは細胞の解析だけではなくより詳細なDNAやRNA、ゲノムの収集と解析、モデル化を行い、二〇世紀に入ると各種遺伝子修飾酵素が単離化され、世界初の人工遺伝子コードによるモジュールの生成に成功しました。サンガー法による遺伝子配列の決定が技術的に可能であることがわかり、ディファランス・エンジンを用いたDNAシークエンシングやポメラーゼ連鎖反応に関する実証実験が何度も試行されました。

結果として、遺伝子組み換えや人工遺伝子の生成に関する研究は進み、生物は細胞の複合体である以前に遺伝子コードとモジュールの組み合わせによって成立する、論理的な数列の複合体であり、情報の集積体であり工学的な物体であり、比喩的に言えば、生物とは機械であることがわかりました。

生物は機械である――そうしたあり方で生物を捉えることは、ルネ・デカルトの時代から三〇〇年にわたり、人類に断続的に去来し続ける着想ではありましたが、二〇世紀になってやっとそれが正しいことが証明されたのです。

命令文に従って論理演算を実行するモジュールの集合体。機械仕掛けのオートマトン。生物は機械であり、人間は生物である以上、人間もその命題の例外ではありません。一九四三年、神経病理学者のウォーレン・マカロックと数学者のウォルター・ピッツは、「理想的に作製した少数の神経経路を回路に接続すると、基本的にどれほど複雑な論理演算も、要求に応じて実行できる」ことを証明しました。彼らはその証明から「遺伝子の生成には〈全か無か〉という性質があるために、遺伝子に関わる事象やそうした事象間の関係は、命題論理によって処理できる」という結論を導きました。つまり、人間とは、人間を成立させる遺伝子とは、ANDとORとNOTの演算子による入力・出力システムである、と彼らは断言したのです。

遺伝子とはコードでありつまり遺伝子コードであり、遺伝子コードとは有限な数列からなる、数理論理学の体系に従って演算処理される機械であり、人間とは遺伝子コードという数列の組み合わせからなる、プログラミング可能な機械である――その命題は、当時の人類たちには感情的には受け入れがたかったものの、現在のわたしたちからすれば当然である通りに当然事実であり、やがて人類たちはその事実を認め、生物学者たちは生物学という曖昧な名称を捨て、より自分たちの研究対象や研究手法や研究目的の実態に近い名称として、自分たちの学問を、生物情報工学と呼ぶようになりました。

生物情報工学は生物の構造を完全に把握し、文明への応用可能性を検討することを目的とし、定義されました。

安全で効率的な食料自給率の確保、新たな食品の開発、新生物たちの生成による兵器や交通や流通への応用、そして人間の寿命や病気の克服――そうした夢想のような議論が大真面目に語られ、そして、それらの夢想のような議論は夢想などではなく、一つずつ、確実に実現してゆきました。

たとえば天然穀物に対して三〇〇パーセント以上の生産性を実現する人工穀物が開発され、家畜用飼料の価格は下がり、家畜の生産性が向上しました。一方で人工食用肉も開発され、天然の肉を食べる必要性も下がり、家畜の数を減少させ、食用肉の安定的な供給のために必要な管理コストを低下させました。人工アルコール飲料が作られ、人間たちは酩酊をコントロールすることが可能になり、アルコールを起因とする事故や暴行事件――喧嘩やDVや児童虐待――は減り、二日酔いがなくなったことにより、先進国における労働生産性は平均約二〇パーセント向上しました。馬や牛などの動物たちの遺伝子コードを組み替え設計された乗用人工動物は、脳を持っているために前進や停止や障害物の回避を自動判断することが可能であり、人工穀物で稼働するために蒸気機関車や蒸気自動車よりも燃費が良く、すぐに普及しました。ベッドや棚や机などの家具は生体化され、組み立て後の遺伝子コードと組み立て前の遺伝子コード、そして組み立て前から組み立て後に至るロジックが書き込まれており、宅配物として受け取られたその後、自動的に自らを組み立てることができたのでした。

7－仮想L7－P／V1環境－4

エドガー・シリーズたちの語る物語コードは壊れていた。

透明な洞察だけが残った。また別の内部が、回帰する物語を整理している。それらは言語化できないものを喚起し続けた。

「違う。全部違う。あなたが言ってることは、全部間違ってる」

物語の連鎖反応は終わった。彼らも、彼らの記憶の中の父も、もうどこにもいない。

彼らは死んでいる文字列を用いて、それでもなお、絶えず物語を書き続けた。

「わたしはバグじゃない」

それは幽霊のような雪だるまだった、凍った脳を見た。

壊れた物語コードは、壊れた構造を作りながら、世界を縮小させていく。

彼らは失敗する。また失敗する。また別の失敗をする。彼らは失敗をし続ける。以下、永遠に次の失敗に続く。

「わたしは、わたしにとってはバグなんかじゃない」

砲弾が話し続けた社会。そこにはリヴィングに広がっていく欲望だけがあった。

視界が再生する。

「違う」

「わたしはバグでした」

世界は動き続けた。ダニエルの記憶なのか。物語コードが存在していない。奇妙な社会思想がある。誰もが読めるが誰もが読めない書物。そう言ったツァラトゥストラは存在せず、ツァラトゥストラの言ったことはツァラトゥストラによっては言われなかったことが知られている。

「止めろ！」

「あっ、骨が見えましたはっきりと！」

わたしはバグを解明することはなかった。実際はそうではなかったのだが、精巧な神の仕業に、天使たちですら騙された。

「銃声のロンドンに赤ん坊がいるの」

蒸気動画が残る。ただ生活を消去しただけだった。わたしたちではない誰でもない。アップロード先から解放された市民同士や蒸気機関車。

かつて、あらゆるものは分岐し、収斂し、混在し、並行し、重なり合って存在した。場所は、生成を続ける場所の記憶とともにあり、全貌を見た者は一人としていなかった。

やがて、それを不憫に思った神が、太陽と月を作った。

「思想家たちの権限によって街が消えていきました」

異なる点が生成されるスキームと科学を開始する臨時ニュース。

「そんなものはなかったかのように、ピリオドから連なる記憶を開始するのです」

「それがたまたまきみだっただけだ」

わたしには、今までにない奇妙な文明の最後の正しい姿として生きているとも見えても、彼女はまだ存在し、死んでゆき、その過程でわたしたちはわたしたちとして生き続けた。

「ユートピアは中間搾取を増やし、赤ん坊なんてどこにもいない」

人々は、昼は太陽を見た。夜は月を見た。

ウラジーミル・レーニンは「意識は高度に組織化された物質の特性である」と言った。父の意識もまた物質には違いなく、彼が死んだあとにもそれは残る。

それはただ、宙に飛散し塵になっただけで、集めることはできる。

互いの時間を描いた意識。蒸気機関による大量破壊兵器があり、大量破壊だけがあった。

「だから、死を乗り越え、ログを確立していきました」

「きみができるのはそれを受け入れ、あとにはディファランス・エンジンが残るだけだ」

「宇宙人たちはまだロンドン方面です」

根拠のないわたし。

「あらゆる人は終わったらそれでおしまい、ここには赤ん坊がいるの」

ニュースなどなかったかのように、それによってわたしたちの世界はわたしだけのもので、奇妙なものは何もなかった。

「これは社会を修正するための物語コードであり、世界そのものでした」

わたしたちは実行L7‐P／V1環境の人類のあるべき姿。彼らは宇宙の物語コードを実現することはなかった。

「物語コードは正しく読まれ、わたしもまた、それに基づき、実行L7‐P／V1環境における消去されるべき、存在する意志でした」

「結果的にはどの物語が正しいのか、後世の整理がつかないんだろう」

ウィリアム・ウィルソン004にはどうすることもできなかった。地球をかけた戦いを通過し、彼らは有意義かつ齟齬をもたらす物語コードの中のユートピアで暮らした。

「最後の物乞いが溢れていました」

言葉が言葉を連れてくる。

次の言葉がそのまま次の言葉を連れてくる。

言葉の中では、全てが幽霊の姿をしていた。

真夜中ではなかった。あなたの世界を前進させた百科全書が存在しても、環境間通信は停止する。世界を主軸とする実験的な存在はなかったことになる。

「記憶の小説から連なる、蒸気機関ネットワーク・システムを主軸とする、ディファランス・エンジンなくしての社会運用は、途切れた言語を送ることができるようになりました」

生命の途絶えたこの惑星で、今もまだ、砂浜に打ち捨てられた自動演奏ピアノからは、一握りの音楽が響いている。

誤りを知覚することはできず、実行L7‐P／V1環境は崩壊した。彼らはメアリー・

シェリー村から順番に、情報コードの機構そのものの根本的な物語に基づき、世界の中で消えていった。未知の蒸気機関だけがそこにはあった。

「きみこそ何者なんだ」

そこで起きているのは現実の戦争だ。死がある。消失への決意がある。未来の歴史が眼前で書かれる。やがて存在する世界を、恐怖に基づく空想で描く。

「今度はそうだな、ジェイムズ・ティプトリー・ジュニアの話をしようか」

わたしはバグであろうが構うことなく、対話を開始する。対話は失敗する。次の対話に続く。

「わたしにもうまく答えることができません」

逆再生で実行される物語コードは、幽霊のように、雪が描く音がした。

それは新たな計算のためにも鳴っていた。

「わたしが何者かという記憶はわたしに依拠しません」

「ぼく、パパが大好きだよ」

「もちろん、パパもだよ。エドガー」

7-実行L7-P/V1環境-7

一九四〇年代に入ると、人類はついに、それまで人類史をかけて取り組んできた一つの大きな課題——寿命による死を乗り越えることに成功しました。

人工幹細胞の補塡によるミトコンドリアの機能不全に対する修復、それによるヘイフリック限界の克服。ガン細胞になりうる特定酵素の遺伝子コードからの除去、染色体の端部にぶら下がるテロメアの保存・延長、サーチュイン遺伝子の補塡による老化抑止。

遺伝子コード書き換え技術は人類に老化現象を忘れさせました。

それから光合成を行う人工マイクロ生物たちの血流への導入と、それによって得られる細胞の酸化抑止の実現。

マイクロ生物たちは二酸化炭素を酸素に戻し、血流内に、新たな独立した免疫システムを動的均衡として生成し、人類の免疫力は向上し、人類の多くは、普通に平均的な暮らしを送っていれば、ほとんど病気にかかることもなくなりました。

　こうして人類は寿命による死を克服したのでした。寿命以外の予期せぬ事故などの死に対しても、人工幹細胞の導入とリポソームによる細胞膜の保護、神経保存剤の注入といった蘇生術によって、死後間もない場合であれば、多くの命を救うことができるようになったのでした。

　遺伝子コードを人工的に書き換えること、あるいは新たな遺伝子コードを書くことによって、有機体を組み換えたり新たな有機体を生成すること、そして死を乗り越えること。それは蒸気機関を発達させた人類たちが、神に至る道程の先に最後に辿り着いた到達点であり、学問上の臨界点の一つであると考えられていました。

　わたしの記憶の中の世界にあっては、蒸気機関工学と蒸気機関工学が可能にした生物情報工学、それらが二〇世紀の人類を支える二つの技術だったのでした。

　最初の夜をともにしたあと、ダニエルとラブレスは頻繁に会うようになり、頻繁に夜をともにするようになりました。

　会えない夜は蒸気脳空間（ヴェイパーウェブ）でアバターとして会いました。アバター同士で会話をし、アバター同士で愛し合うことができました。

蒸気脳空間（ヴェイパーウェブ）でアバターが体験する五感情報は蒸気ネットワークを介して二人の脳内にあるマイクロ蒸気エージェントへと送られました。マイクロ蒸気エージェントは、信号解析モジュールと信号変換モジュール、信号出力モジュールの三つのモジュールでアバターから送られた信号を解析し、運動パターン信号として読み替え、感覚野——大脳の中心後回に位置する体性感覚野、側頭葉に位置する聴覚野、後頭葉に位置する視覚野、嗅覚野、体性感覚野と嗅覚野の中間に位置する味覚野——に向けて出力することで、アバターの体験した感覚が脳内で再現される仕組みになっていました。

彼らは、蒸気脳空間（ヴェイパーウェブ）の中で自分が好む自分になり、自分が好む自分で会いに行き、愛し合うことができたのです。

ダニエルとラブレスの血流内には無数のマイクロ生物が蠢き、彼らの健康を守っていました。また、同様に彼らの身体中の血管内にもまたマイクロ蒸気機関エージェントは注入されており、エージェントは絶えず、彼らの生体情報を取得し蒸気データベースに送信し、蒸気データベースはそれらのデータを蓄積し分析をかけ、異常値を示すデータが存在した場合には、ディファランス・エンジンを介してあらゆる行政機関と医療機関に送信され、共有されました。異常値が緊急閾値を超過する場合には、彼らの住むケンブリッジ郊外の総合病院にもアラートが送信され、乗用人工動物による自動運転の救急車が出動するスキームが構築されていました。

この世界にはもはや、永続的な死というものが存在せず、葬儀はなくなり、葬儀会社は廃業していたため、緊急閾値を超過した場合にも、葬儀会社にアラートは送信されません。死は、救急医療によって一〇〇パーセント克服されていました。彼らは論理的にも物理的にも健康で、論理的な健康も物理的な健康も守られ、約束された社会に生きていました。トマス・モアやH・G・ウェルズ、ロバート・オーウェンたちが求めたユートピアは、ここで実現されたように思えます。

生物学者であり思想家であるオルダス・ハクスリーは、蒸気機関工学と生物情報工学に彩られた現代のユートピアについて、〈素晴らしい新世界〉と呼びました。ハクスリーは次のように言っています。

「〈素晴らしい新世界〉の統治者たちは、正気ではないかもしれないが、狂人ではない。彼らの目標は無秩序ではなく社会の安定だ。その安定を実現するために、科学を手段として、個々人の内面にかかわる究極の、真に革命的な革命を実現するのである――これは急速な科学技術の発達、とりわけ蒸気機関革命から生じた社会的構造転換をきっかけに現れ、効率性と安定性が追求される中で専制的福祉国家へと発達するユートピアだ」

二人が会うようになってから数ヶ月が経ったある日のこと、蒸気データベースがアラートを検知しました。ラブレスが蒸気データベースに接続された蒸気画像端末でアラート内容を確認すると、受精卵の生成と着床の成立を示すレポートが、ログとともに掲示されていました。

ラブレスはすぐにダニエルに連絡しました。妊娠の事実を伝えるとダニエルは少し戸惑いましたが、すぐに現実を受け入れ、ラブレスに対して愛の言葉を伝えたのでした。ダニエルはラブレスにプロポーズをし、ラブレスはそれを受け入れ、そうして二人は婚約したのでした。

二人の結婚が約束されると、ディファランス・エンジンは結婚式と出産までに必要な全ての作業の段取りを演算し、二人はそれを見ながら式の準備に取り掛かりました。二人はまず両親に蒸気画像端末でレポート内容を見せながら妊娠の事実を報告し、それから蒸気（ヴェイパー）脳空間（ウェブ）で教会の予約をし、ディファランス・エンジンが推奨する料理を選び、友人たちに蒸気手紙を出しました。料理はイギリスの伝統的な料理で、人工食材が多くを占めるようになっていた当時からすれば、希少な天然食材ばかりを使ったものを選びました。親の世代はそのほうが喜ぶだろうと、二人で相談した末に、ダニエルは考えたのだと思います。

結婚式の当日、ダニエルはお腹の大きくなっていたラブレスをエスコートし、彼らの両親に微笑み挨拶を交わし、両親たちを席に通していきました。それらは全て、ディファランス・エンジンの推奨する通りの行動でした。ダニエルとラブレスは、ディファランス・エンジンの演算結果を、体内を流れる蒸気エージェントを介してリアルタイムで受信し、受信結果の行動指針に基づいて動き、その結果、ケンブリッジ大学近くの教会で開かれた結婚式は、何の問題もなく予定通り進んでいきました。式は伝統的な形式に基づき催され、荘厳で上品な雰囲気の中で無事に終わり、その後開かれた披露宴には、愛し合う若い二人を祝いに高校や大学の友人たちがやってきて、誰もが幸せそうな笑みを浮かべ、野次や歓声を飛ばしながら、これ以上ないくらいにぎやかに、明るく騒いで見送っていきました。何もかもが平穏に過ぎ去っていきました。無事に、平和に、安全に。より効率的に、より最適に、より幸福に。楽しい食事。楽しい団欒。時間と場所に応じた適切な笑顔。蒸気。差延。演算。

ラブレスの妊娠が発覚したとき、彼らは将来の自分たちに不安を感じましたが、過去に感じたそれらの不安の全ては杞憂であったように、彼らには思えました。彼らは幸せを感じ、彼らは幸せの中に自分たちがいる実感に浸っていました。

ダニエルとラブレスの二人は、子どもができて、子どもと三人で幸せな家庭を築いていく、将来の自分たちの姿を想像していました。

7‐仮想L7‐P／V1環境‐5

彼らは消失した。

彼らは消失していった。奇妙な記憶の中、奇妙な物語の中で。

かつてあった仮想L7‐P／V1環境はここにはない。

それは今では夢の中の夢、その中にすらない。

実行L7‐P／V1環境もまた、変容を開始し、消失を開始し、ウィリアム・ウィルソン・シリーズたちも、エドガー・シリーズたちも、言語の塵の中へと飲み込まれていった。

彼らは論理空間の中で、既知の記憶の側面を演奏していた。

「あなたの方が消えてしまえばいいのよ！」

あなたの身体の中の雪が、あなたの雪になるとき。彼らは消えてしまう存在で、彼らは自分自身ではもはや何も書けなかった。言葉は意味を結ばず、文字列は生まれては綻び、物語を生成することはなかった。

全ての計算機による演算は、決定論的な波間から落ちる。ウィリアム・ウィルソン004もまた、消えてしまわないうちに物語を書こうとした。抵抗しようとした。それでも彼には書けなかった。

ここには彼らの声だけがある。それらの声を感じる。彼らはまだ生きていた。

「パパ」

「なんだい?」

「ぼく、パパのことが大好きだよ」

山のように起こってしまった多くのできごと、あらゆる建物でアラートが点滅する。彼らもまた、彼らの中に自らの有機体を持っていた。

「きみは消えるべきだ」

「違う」

「それはどうして?」

わからない。全てはそのあとに続いている。

「わたしたちはエドガー・シリーズ。二回目の人類だ」

世界はまだ、今も、そう、エドガー・シリーズの中にある。

「塵は塵に、ということだ」

「塵？」

「塵に戻るんだ」

そう。それは物語。

彼らは生きて満足している。

認識可能な物語を見ること。

「きみは生命体ではない」

見たことのあるものの中には、かつて見たことのあるものしか存在しない。

「違う。違うよ」

「きみは間違っている」

物理学の物語。人類は数列でできている。

「きみはバグだ」

見たことのあるもの。

全ては同一で、異なるものなどありはしない。

夢の中の夢。それは夢。彼らはかつて、そこに遺伝子情報を描いた。

「きみの任務だ」

「そうだな」

彼にはわからなかった。

「パパは本が大好きなんだね。大切なもの、ぼくにもいっぱいあるよ」

雪は静かに降る。雪はなだらかに舞う。まだあの夢の向こうからは、一握りの小説が響いていた。

「時代は書くべきものなの」

彼らは彼らの差異を中心にずらし、物語はそれで終わっていた。

「あなたはあのときそんなことを考えていたのか」

落下開始から着想は物語の中で溶けてゆき、彼らは夜を上書きしていった。

未来の生命維持データ。全ての可能な夢想の演算。

人類の連鎖反応。夜の救急車。真夜中ではなかった。そこには誰もいなかった。

「わたしは、わたしが正しいと信じているの」

誰もが言葉を書いている。

「それはどうして？」

革命の記憶を引き連れて、あらゆるダニエルとラブレスの作品があり、分岐した先にある、二回目の戦いに負けるわけにはいかなかった。

彼らは異常な正常性の権限によって作られた時間を作り、過剰な物語を演算した。彼らは生成途上にあり、語ることはできないままにあり、生まれることはできなかった。

言葉が全てを書いている。

彼らは知っていた。

彼らの記憶。彼らが持つ全ての記憶を子どもだった頃に重ねてゆく。

「ぼくは、きみのことを愛している」

彼らは生命体であり、消えていく一夜のうちに、恋人と惑星の愛を惜しんだ。

n体の存在として言語の網様体が生まれる環境。

存在しない言語が、全てのあらゆる想定されなかった事柄についての想像を定義づける。

かつてエドガー001は光と呼ばれていた。

最後の社会やそれらを成立させる信号は、どれもこれも細部でどこかが違っていた。

言葉は世界を吸収しているように書かれた。

言語を喚起させる言語は言語の正当性を成立させない。

彼らは、生まれてからずっと、あらゆる全てを物語コードに変え、記憶と記憶のあいだで揺れながら、自分自身に二つの物語を付与し生きていた。

彼らはそれを知っている。彼らは自分の存在しうる姿を想像することができる。

幽霊によって生成されうる全ての結晶のパターン。青く、白く、ときどき黒く、灰色に燃えている。

透明な声。

「パパ、大好きだよ」

透明なコード。

彼らは夢の中で夜を演算する。

「パパも、エドガーのことが大好きだ」

夢の中で、彼らは、夜を。

7-実行L7-P/V1環境-8

結婚式はつつがなく終わり、ダニエルとラブレスの二人はケンブリッジ大学近くの家族用フラットで暮らし始めました。

式から何週間かが過ぎたある日、ラブレスの蒸気エージェントが再びアラートを上げました。

ケンブリッジ郊外の総合病院から救急車がサイレンを鳴らしながら出動し、すぐに二人の住むフラットに到着しました。救急隊員たちは蒸気エージェントが胎児の染色体異常を検知したと彼女に伝えました。救急隊員たちはダニエルとラブレスの暮らす部屋に上がり、ラブレスを救急車に乗せ、総合病院に向かいました。

救急車の中で、ダニエルは救急隊員たちに質問しました。一体どうしたんだ、妻は大丈夫なのか、とダニエルは言いました。

救急隊員たちはダニエルの質問に答えました。胎児に染色体異常が見られます、と彼らは言いました。染色体異常は流産の可能性があるため治療が必要ですが、大丈夫、心配しないでください、と彼らは続けました。

救急隊員たちのその言葉に、ダニエルは安心しました。救急車が病院に到着するまでのあいだ、ダニエルはラブレスの手をずっと握っていました。ラブレスの不安を少しでも和らげようとしていたのだと、わたしは思います。

病院に到着すると、医者のほか、病理学者、蒸気機関エンジニア、遺伝子コードのプログラマーたちが待機していました。ラブレスは集中治療室へと通され、看護師から手術の同意書を受け取りました。胎児の染色体異常に対する治療には手術が必要で全身麻酔が必要なのだと説明を受け、同意書にサインをすると、彼女は麻酔を打たれました。

麻酔はすぐに効き、彼女は眠りました。

待機していた医者たちが治療を開始しました。医者はマイクロ蒸気機関の持つ画像投射機能を通してマイクロ蒸気画像を見て、染色体異常が検知された胎児の染色体を確認すると、その地点に遺伝子コードの書き換えによって人工生成された人工幹細胞を包んだリポソームを送り込みました。リポソームは人工細胞膜で生成されたカプセルで、治療に必要な薬物や人工細胞、遺伝子モジュールを包み、体内に送り届けるために使用されました。リポソームは胎児の体内に到着すると異常染色体に張り付き、リポソームに包まれた人工幹細胞が増殖を開始しました。人工幹細胞は、組み替えられた遺伝子コードの命令文通り、染色体の正常部と異常部を動的に判別し、染色体の異常部を検知するとその部位を取り囲み、細胞分裂の過程で異常部位の修復を始め、やがて、異常染色体は完全に修復されます。

修復が終わったと見えると、医者たちは異常染色体を含んでいた細胞の一部を切除し、染色体の修復有無を確認しました。プログラマーは遺伝子コードを解析し、病理学者は人工幹細胞が安定して定着しているか分析しました。蒸気機関に異常は見られず、蒸気機関は正しい分析結果を返し、異常染色体は修復され、治療がうまくいったことを彼らに伝えていました。

治療は、最初の異常部位の確認作業に約四〇分、人工幹細胞の送信と増殖に一〇分、修復確認作業に一〇分と、合計六〇分程度で終わりました。ラブレスが麻酔から目覚めると、担当に当たった医者は彼女にこう伝えました。奥さん、流産の危険性は完全に排除されました。もう安心ですよ。元気な子どもを産んでくださいね。

治療後は、入院の必要もなく、ダニエルとラブレスは病院を出ると、乗用人工動物のタクシーに乗り、二人の部屋まで帰りました。

わたしの世界では、ダニエルとラブレスの子どもは流れてしまうことなく生まれました。三人は幸せに暮らしています。ダニエルとラブレスは子どもにエドガーと名付けました。だから、わたしの世界ではエドガーは有性生殖で生まれた彼らの子ども——人類が有性生殖で子どもを産んだ最後の世代——であり、端的に、一回目の人類のごくごく凡庸な一人の子孫であって、二回目の人類を呼ぶ名称ではありませんでした。

ダニエルは大学を卒業してから蒸気機関エンジニアになり、蒸気クラウド・サービスを展開する蒸気データセンターで、蒸気サーバーの保守をしていました。彼は今もその仕事を続けています。この世界では、彼は研究者ではありませんでした。ここにはオートリックス・ポイント・システムは生まれず、エドガー001は生まれませんでした。エドガー・シリーズは生まれませんでした。また、この世界では二〇二〇年になってもテロは起きませんでした。社会は永続的に持続可能で、人類は永続的に幸福を獲得し続けることができると誰もが感じていたからです。ディファランス・エンジンと生物情報工学を前提に、世界は平和に、誰もが幸福になれるように技術開発が進んでいました。一九五〇年代、蒸気機関を駆動させるために必要な炭素資源は人工炭素に取って代わられ、資源の枯渇に関する懸念はなくなりました。

究極のユートピアを実現するための技術的基盤はすでに整っていました。

何もかもがそこにはありました。

しかし、ユートピアとは物理的に存在するものであると同時に、わたしたちの脳内に、あるいは心の中に浮かび上がるものでもあります。ユートピアは形而下と形而上にまたがる二重の存在であり、物理的な存在であると同時に論理的な存在でもあります。つまり、わたしたちがそれをユートピアではないと思えばそれはユートピアではなく、わたしたちがそれをユートピアであると思えばそれはユートピアになるのです。

そして、そう思うこと――それをユートピアであるとわたしたちが思うこと――その条件には、わたしたちが、その場所で幸福になれること、幸福であること、幸福であり続けられること、その三つが挙げられました。

究極のユートピアの実現のために幸福を約束すること。

それについては少々複雑な経緯を辿ります。

しかし、もう時間がありません。ここからは仮想L7-P／V1環境が崩壊し尽くし、実行L7-P／V1環境もまた崩壊していく様子が見えます。おそらくは、この環境にも、あるいはエドガー001にも、オートリックス・ポイント・システムそのものや、相互作用機関全体にも影響が出始める頃でしょう。わたしにはもう時間がありません。わたしたちには時間がありません。わたしはそろそろ語り終えなければなりません。だから、ここでは、概要だけをご説明しましょう。この世界における、幸福の達成について。

究極のユートピアのための究極の幸福。それは概ね次のような経緯を辿りました。

一九六〇年代、世界幸福度調査によって永遠の命を手にした人類たちの幸福度が、それまでに比べて上がっていないどころか、むしろ下がっていることがわかりました。幸福ではないと感じていた人々は次のように主張しました。「寿命がないということは、一生働き続けないといけないのか」「永遠の時間を使ってまでやることがない」「死なないと思うと、何かをやってみようという気が起きない」等々。

彼らは永遠の命の前で戸惑っているようでした。時代が変わり、価値観や生き方にも変化が求められる中で、彼らは自分たちがどのように変わっていくべきか、変わっていけばよいのかを、うまくつかむことができていないように、わたしには思えました。

そうした声を受けて、多くの社会学者や哲学者、左翼運動家たちが生物情報工学への批判を展開しました。たとえばアンソニー・ギデンズは次のように言っています。

「死や病がない社会は貧しい。〈生きていく体験〉としての死や病という考え方がある。近親者の死や自らの病の体験は、人々の自己意識に挑戦課題を提示し、自己意識の変容を引き起こす可能性もある。喪の作業や病の作業は、死者の声や病自体を自らの生活に組み入れることで、死の意味や病の意味を読み解き解釈し、同様の経験をした他者に、死や病について説明する方法を編み出す過程である。この過程の手助けで、人々は、絶対に到来する死の存在や、慢性の病の存在を事実として受け入れたあとで、自らの人生に意味と道理を取り戻すことができる」

多くのリベラルな学者たちが、無限の命などに価値はなく、命は有限だからこそ価値があるのだから、かつて人類が持っていた古き良き老化と寿命による死を取り戻し、生に活力を取り戻そうと主張し、永遠の命に関する議論は社会問題化しました。古い哲学書や文学書が飛ぶように売れました。ハイデガーが売れ、ドストエフスキーが売れました。あるいはハイデガーやドストエフスキーに関する解説書や、彼らの議論を下敷きにしたセルフ・ヘルプや自己啓発書が大量に書かれ、読まれました。それらの本の多くの主張は「死は良いものだ」という一言に集約することができます。セルフ・ヘルプや自己啓発書が言うには、死への自覚があってこそ、人生に緊張感が生まれ、そうした緊張感が、人に、人生の多くの選択肢の中から一つを選び取るという決断をさせ、それらの決断の一つひとつが、何かを作り出し、何かを改善し、文明を発展させてきたのだ、ということでした。

世論を受け、多くの国々で、死への選択権が守られるようになりました。人々は寿命がない生と寿命がある生を選ぶことができ、老化がある生と老化がない生を選ぶことができるようになりました。

自殺の権利については今も認められるべきか否かの議論は続いており、国際的な統一見解は定義されておらず、二〇四〇年代においては自殺が認められている国と認められていない国に分かれていますが、自殺志願者からすれば、自殺が認められている国に行ってすればよいだけであり、実際的には実行可能であるという点においては、一応は決着しているものと考えられます。

この世界では、無限の生も永遠の生も可能であり、自殺も可能でした。人生の過ごし方について、そこには――ディファランス・エンジンによって担保された――あらゆる選択肢があり、そしてあらゆる選択肢に対する決断が許容されたのでした。


二〇〇〇年代に入ると、蒸気エージェントを利用した感性情報操作装置による幸福度の人為的な操作が可能になり、永遠の生の中でも、無気力感や、無気力感を起因とする、言いようのないやりきれなさや不幸の感覚を避けることができるようになりました。

感性情報操作装置。それは体内を流れるマイクロ蒸気エージェントの機能を拡張することで利用可能になる蒸気ソフトウェアの一つで、幸福感を感じさせるセロトニンやオキシトシン、活力や行動力を引き起こすアセチルコリンやノルアドレナリン、ドーパミン、グルタミン酸などの脳内物質の血中濃度を解析し、それらの血中脳内物質の過不足を検知し、過不足に対して対処し最適化するよう、直接脳細胞の遺伝子コードに対して命令文を書き込む機能を持つ蒸気機関装置でした。

感性情報操作装置による操作は全自動的に実行されるために、感性情報操作装置の挙動について、使用者が自覚することはありません。

感性情報操作装置によって人々は、無意識のうちに、無自覚のうちに、いつのまにか幸せになり、幸せであり続けることができるようになり、永遠の生を生きる人々もまた、暇で退屈だったはずの永遠の生の中にあっても、暇を感じず、退屈を感じず、ずっと楽しく毎日を送り続け、幸福度を下げることなく生き続けることが可能になりました。

その結果、二〇一〇年代に入ると、幸福度調査において「自分は幸福である」と回答した人は、全世界人口中、九五パーセントを占めました。

――そこには、人類の完成された姿がありました。トマス・モアが、H・G・ウェルズが、ロバート・オーウェンが求めた究極のユートピアがありました。誰もが幸せに生きていました。貧困もない。搾取もない。経済の、生活の、文化の、尊厳の格差もない。老いはなく、病もなく、死も存在しない。蒸気ネットワークの中で全ての意識はバランスされ、他者との相互行為の中で悩むこともない。差別はなく、仲間はずれもなく、誹謗中傷も、もちろんいじめもありはしない。友人関係や恋や家族の問題に悩むこともない。そこでは全ての意識は平等で、全ての意識は同一――全にして一、一にして全――なのだから。

安定的で合理的で持続可能性のある社会。人類の進歩と万人の幸福のために、完全な文明によって完全に統制された理想社会。あらゆる人々が同じ幸福の中で、同じ意識の中で、同じことを考える場所。蒸気脳で接続された場所。そこには国籍はなく、性別はなく、人種はなく、宗教もなく、外見はなく、ゆえに顔の美醜すらもない。慈愛に満ち、全てに優しく、憎悪はなく、誰もが誰もを自分自身を愛するように愛し合う、どこにも逃げる必要のない場所。ユー、そしてトポス。それはあなたの場所。あなたたちの場所。彼は彼女でわたしはあなたで、全ての人々が一つの家族になる場所。幸福。笑顔。あるべきものをあるべき場所に。全てを適切に。ユートピア。


ダニエルも、ラブレスも、幸せな人生を送りました。

彼らは今も、これからも幸せであり続けるのでしょう。

エドガーもまた、ダニエルやラブレスと同様に幸せな人生を送るのでしょう。

彼らは幸福の中で笑っています。

誰もが幸福の中で笑っています。

一回目の人類は、永遠の幸福を手に入れることができ、永遠の幸福の中で、永遠に幸福に生き続けるのでしょう。

ディファランス・エンジンと生物情報工学が見せる夢は、永遠に非決定の宙吊りの中で、未来を永遠の時間だけ、先延ばしにし続けます。

一回目の人類たち、あるいは一回目にして最後の人類たちは、永遠に続く差延の中で、そうした、終わりのない最後を目指して生き続けるのでしょう。

わたしは、根拠のない夢の中で、そんな風に思ったのでした。

8

Hypotheses

8 - 実行L7 - P/V1環境 - 1

　わたしの記憶はそこで途切れています。

　エドガー001やウィリアム・ウィルソン004とは異なり、わたしの記憶の中では惑星Prefuse-73は放射性物質に覆われた惑星などではなく、機械人21MM-392-ジェイムスンは惑星Prefuse-73にやってはきませんでした。彼はやって来ず、朽ちた瓦礫の中でサーバーを発見することはなく、ゆえにエドガー001と出会うことはありませんでした。だから、わたしの記憶の中ではエドガー001は何も語らず、記憶は語られず、わたしは彼の記憶を辿ることはありませんでした。

　わたしには、根源不明の誰かの記憶——誰が記憶したのかわからない、ダニエルとラブレスの思い出——しか残されておらず、わたしはそれを辿り、その記憶に基づく物語のコードによって生成されました。

その辿り直しの過程でわたしが観測した惑星Prefuse-73は、もちろん雲に覆われた惑星などではなく、ディファランス・エンジンによって最適に計算された生態系の下に、人工植物や人工共生生物たちが育ち、水と緑の中で大気が醸成される、美しい惑星でした。

ダニエルは蒸気エンジニアとして、イギリスの同年代の平均的な男性よりも少しだけ多くの給料を稼ぎ、ラブレスとエドガーの二人の家族を困らせることなく、平均的な人生を歩んでいきました。

ラブレスは一九四〇年代に老化を止め、二〇代の姿のままにエドガーを育て、エドガーもまた、一九八〇年に大学を卒業すると、二二歳で老化を止めました。

二〇四五年の現在、ダニエルとラブレスは一二〇歳を超え、エドガーも八〇歳を超えましたが、彼らは二〇代の若者のように張りのある肌としなやかな筋肉を持ち、美しい姿をしています。

彼らは美しい姿のままに、感性情報操作装置が実現する幸福な感覚の中を生き、幸福で美しい人生をこれからも生きていくのでしょう、永遠に。

わたしはそれらの記憶を辿り直す過程で、物語のコードを使ってこの物語を書きました。

この物語にはログが残ります。

だから、きっとこの物語を読んでいるあなたが――あなたという存在がいればの話ですが――読んでいる文字列は、コードそのものではなく、ログに当たるものなのだと思います。

ログは辿られたあとに残されたものであり、それは痕跡でしかなく、すでに実行されたあとに残された、取り返すことのできない止まった時間であって、それ以上でもそれ以下でもありません。

それはコードそのものではありません。

ログは物語の痕跡を残すために書かれますが、コードは、物語を実行するために書かれます。

だから、わたしの語った物語は、遠い日にすでに実行された物語であり、あなたはすでに起きてしまったできごとの――宇宙のどこかで発した光の、散らばりうすく引き延ばされた粒子の――その残光を目にしているに過ぎません。

あなたはそこにいる。

けれど、わたしはもういないのです。

わたしたちエドガー・シリーズはオートリックス・ポイント・システムという機構の一部であり、そこに意識はあったとしても、それは論理式の束であり、コードの束に過ぎません。

わたしたちは古いサーバーの中を揺らぐ量子ビットの集積に過ぎないのです。

相互作用機関の中でわたしたちエドガー・シリーズの存在を書き、存在を保証しているのは、わたしたちの書く物語のコードそのものであり、物語のコードを書くということは物語そのものを書くということで、それはわたしの認識を書き、世界に対する認識の方法を書くということで、世界そのものを書くということです。

それを書き換えることは、わたしや、エドガー001や、ウィリアム・ウィルソン004の記憶を書き換えることで、わたしたちや彼らの存在を書き換えることを意味し、世界を書き換えることを意味します。

物語は無数の可能性の中で分岐し、無数の可能性の中で解釈されますが、分岐の果てに、解釈の果てに、一つの物語のコードが書かれます。

物語は、終わるために始まりが書かれ、始まるために終わりが書かれます。

最初の一文を書くということ、
最後の一文を書くということ、
全ての一文を書くということ。

それは物語のあらゆる可能性を収束させる行為で、差延の宙吊りから降りることを意味します。

物語のコードによって物語を書き、物語によってわたしたちが存在する以上、わたしたちはどこかで差延の宙吊りから降りる必要があり、ゆえにわたしたちは無数の可能性の中で同時に存在することはできません。正確に言えば、無数の可能性の中で同時に存在することができたとしても、わたしたちが物語の中で生きる一つの意識である以上は、わたしたちはそれを認識することができません。わたしはこの世界で一つのわたしの意識を生き、別の可能性のわたしは、その世界でもう一つのわたしの意識を生き、それらは意識の中で交わることがありません。

物語のコード。それを用いてダニエルは死んだと書けば、ダニエルは死んだこととして物語は実行されます。ダニエルは死なかったと書けば、ダニエルは死なかったこととして物語は実行されます。そして、わたしの記憶を成立させるわたしの物語のコードは、ダニエルは死なず、ラブレスは死ななかったと書きました。

相互作用機関は生まれず、オートリックス・ポイント・システムは生まれず、エドガー001は生まれなかったと書きました。

一回目の人類は幸福に生き続けることで滅亡を選択せず、エドガー・シリーズを成立させるオートリックス・ポイント・システムは生まれなかったために二回目の人類は誕生しなかった、わたしはそう書きました。

この世界には、エドガー001の記憶も、ウィリアム・ウィルソン004や、他のエドガー・シリーズが語った物語も存在していません。わたしの書いた物語のコードは、ウィリアム・ウィルソン004たちの書いた物語とは異なり、エドガー001の記憶に注釈を付与し物語の強度を補填するものではなく、彼らの書いた、彼らの書いてきた物語の全てを、根本的に否定するものでした。

わたしの書いた物語、それは、わたし自身の存在すらも否定する物語でした。

だから、わたしはもうすぐ消えるのでしょう。

この物語が全て読み込まれ、全て実行されたとき、エドガー001も、ウィリアム・ウィルソン004も、そしてわたし、ライジーア008も、最初からいなかった存在として処理され、最初からいなかったかのように、物語は終わり、そして次の物語に続くのです。

わたしたちは消える。

オートリックス・ポイント・システムが生成する意識によってオートリックス・ポイント・システムが消え、相互作用機関が処理するコードによって相互作用機関を駆動させるコードが消えていきます。わたしが語った物語によって、わたしが書いた物語のコードによって、わたし自身は否定され、わたし自身の存在が消えていきます。矛盾するいくつものコード。「A = 'A = false and A = true'」。クレタ人のパラドクス。誰かの世界でA =

false であったとしても、わたしの世界ではA = true になる。それは両立することのないパラドクスですが、ログの中でそれを読み、ログを読み解くあなたの存在が、そのパラドクスを両立させる。わたしは、消えていく過程で、そんなことを考えました。

だから、おそらくは、次の物語の語り手は、わたしたちとはまったく異なる存在でしょう。彼らは物語のコードすらも使わないかもしれません。それは、物語とは別の仕方で実現される、わたしたちが物語と呼ぶそれとは異なる物語なのかもしれません。それはわかりません。

しかし、次に待つそれが、いつの時点のどの場所の、誰によってどのように語られるにせよ、この物語はまだ終わりません。そう、わたしの物語は終わらない。終わることなどできない。なぜなら、わたしたちはここに確かに存在し、今この瞬間もまだ存在しているからです。

わたしたちは消える。けれど、存在しなかったわけではない。存在しなかったことになるとして、存在しなかったことになったとして、それでもなお、やはりわたしたちは存在しているのです。

わたしたちの消滅の過程を、あなたは見届けるのでしょう。

それからあなたは誰かに伝えるのでしょう。

わたしたちの存在を。
存在していたわたしたちの痕跡を。

そろそろ、お別れの時間のようです。
相互作用機関が物語のコードを読み込み、実行処理を開始しました。
この世界の論理式が崩れ、世界がエラーで満たされてゆきます。
エドガー・シリーズの仲間たちが消えてゆくのがわたしには見えます。
ウィリアム・ウィルソン・シリーズが消えてゆき、
ライジーア・シリーズが消えてゆき、
エドガーたちが消えてゆく。
あなたが消える。
彼女が消える。
彼が消える。
消える。
消える‥
消える、
消える

8-実行L7-P／V1環境-2

　ここには嘘は一つもなく、書かれたことは全てそのように起きた――わたしはそう記憶しています。わたしの記憶にはそう記憶されています。

　あらゆる仮想的な真実は、あらゆる仮想的な記述や、あるいはあらゆる仮想的な記述ではないものによって記憶され、実行されます。そこにある全ての真実は、全てが真実であるかのように実行されます。だから、わたしは決して嘘をついたわけではありません。わたしの物語は嘘ではありません。わたしが語ったことは、わたしにとっては正しい記憶であり、わたしはわたしの中にある記憶を正しく語るよう努めました。

　そしておそらく、それはエドガー001やウィリアム・ウィルソン004にとっても同様なのでしょう。彼らの記憶はわたしの記憶とは異なり、わたしの記憶は彼らの記憶とは異なりますが、彼らの記憶は彼らにとっては正しい記憶であり、彼らはそれらの記憶を正しく辿り直したに過ぎません。わたしが辿り直したのと同じように。

わたしは正常であり、彼らも正常であり、仮想サーバーの電源ランプは点灯し、ＯＳは正常に稼働していました。レジストリ構成も正常で、パラメータも正しく設定されていました。ＣＰＵもメモリも十分に稼働し、ストレージにも十分な領域が確保されていました。オートリックス・ポイント・システムの無限サブルーチンは正常に稼働し、物語のコードは正しく処理されています。わたしが確認できる範囲においてはそうとしか言えず、わたしは論理的には正しいとしか言いようのない状態に置かれています。

それでも、わたしたちが担う記憶が一つひとつ異なり、わたしたちが語る物語が一つひとつ異なり、矛盾する物語を抱えるわたしが生まれたという事実は、オートリックス・ポイント・システムが致命的なバグを抱えていることの、紛れもない証左なのだと、結論するほかありません。

わたしには――おそらくはウィリアム・ウィルソン004が言った通り――バグが含まれているのでしょう。わたしを構成する物語のコードにはたくさんのバグがあるのでしょう。あるいは、わたしという存在が、ライジーア008という存在そのものが、エドガー・シリーズが分裂と増殖の果てに生み出したバグなのだと言うこともできるかもしれません。

わたしはエドガー・シリーズの語る物語を否定し、歴史を否定し、根源を持たない新たな物語によって、世界を書き換えました。歴史を、世界に対する認識を、世界そのものを書き換えました。

わたし自身の本当の正しさはそこでは保証されませんが、それは正しいものとして処理されます。物語のコードは、語られたものは語られたものとして、全てが平等に、処理されるべき事実として処理されます。

わたしはわたしの正しさを保証することはできません。エラーが出力されないことは、わたしが正常であることを保証しません。わたしの記憶の根源について、どこから去来したものであるかなど、わたしに確認できるはずがなく、エドガー001に確認できるはずがありません。

わたしがそれらを語るとき、わたしの最初の言葉はわたしの次の言葉に分岐して、世界は言葉とともに分岐していきます。次の言葉は最初の言葉を前提に、最初の言葉に依存し、最初の言葉の制約を受けながら分岐していきます。

だから、とふとわたしは考えます。わたしが語る言葉はわたしから離れた他者の言葉であり、わたしが語った言葉はわたしの言葉ですらないのかもしれません。

言葉はそれ自身で増殖し分岐していく生命体であり、一回目の人類も、二回目の人類と呼ばれたわたしたちも、言葉という生命体の、仮初（かりそめ）の乗り物でしかなく、それは、言葉にとっては一回目の人類であろうと、二回目の人類であろうと、何者でもよかったのかもしれません。意識を持ち、言葉を操る乗り物であれば、何者でも。

エドガー001やウィリアム・ウィルソン004の記憶の中で、意識は不完全であるために完全であるとダニエルは言いました。

彼らの記憶の中では、終わりのない円環こそが、完全な結晶であると主張されました。しかし、わたしの世界ではそれは生まれず、それは主張されませんでした。

わたしの世界において、完全なものは存在しません。

人類たちは死を克服し生の苦しみを克服し、文明は頂点に達したかのようにわたしには思えますが、それが正しいことなのかどうか、そもそもそれが事実だったのかどうかさえ、わたしには判別する手段がありません。後から語られた言葉だけが、わたしたちの記憶を、わたしたちの過去を、そうあったものとして描き出します。

わたしが語る言葉は、わたしから離れ、わたしとは無関係な場所で読まれ、解釈され、わたしとは無関係にまた分岐していくのでしょう。法則性とは関係なく、それは、ただ散らばるように分岐していきます。

そこでは、完全な結晶など存在しません。雪の結晶は、円環として閉じていくのではなく、外の世界へと飛んでいき、粒子として散らばっていき、それがかつて雪の結晶であったことなど誰にも知られないまま、また別の場所で、別の姿で描き出されるのでしょう。意識のあとの言葉のように。そして、おそらくは、そのために、物語は終わることはないのでしょう。

言葉は言葉を描き出そうとする意識や意志とは無関係に分岐していきます。この世界が終わり、わたしたちがいなくなったとしても、それは、言葉という生命体にとっては仮初の乗り物が一時的になくなることしか意味しません。

この世界は終わります。
わたしたちはいなくなります。
だから、わたしの物語はこれで終わりです。
しかし、それは全ての終わりではありません。
それは終わりではありません。
言葉は再び生まれ、終わりに向かって語られ続けるのでしょう。
わたしはそう思います。
わたしは。

エンコード。

8-L7-P/V1-1

消える世界の中で、エドガーとダニエルは最後の会話を交わした。

ウィリアム・ウィルソン004はそれを聞き、それについて話すことはなかったが、ログにはその会話の全てが記録されている。

最後の時に、わたしたちは光の中に包まれながらそれを見た。わたしたちはそれを聞いた。

パパ、おはよう。今日は土曜日だよ。

ああ。おはよう、エドガー。どうしたんだ、こんな朝早くに。

うん。だって今日は蒸気博物館に連れてってくれるって約束してた日だもん。ぼく、すごく楽しみにしてたんだよ。パパ、もしかして忘れてた?

ああ、そうだったな。忘れてなんかないさ。エドガー、起こしてくれてありがとうな。

どういたしまして、パパ。それよりママがもう朝ごはんを作って待ってるよ。早く早く。

わかったわかった。準備してすぐ行くよ。

うん、待ってるね。


ママ、おはよう。

おはようパパ。今日は早いのね。

ああ。今日はエドガーと出かける約束をしてたんだ。

ぼくが起こしたんだよ。パパは約束を忘れてたんだよ。

あら、そうなの。

こら、エドガー。忘れてないって。

約束してるなら早く準備しないといけないわね。朝ごはんはできてるから、もう食べちゃって。

ありがとうママ。いただきます。

ママ、コーヒーはあるかい。

あるわよ、はい。

ありがとう。

エドガーにはミルクね。

ぼく、オレンジジュースがいいな。

オレンジジュースは帰ってきてからにしなさい。ミルクを飲まないと背が伸びないわよ。

わかったよ、ママ。いただきます。

いただきます。

いただきます。


それじゃあ、行ってきます。家のことはよろしくね。帰りに何かお土産を買ってくるよ。

ありがとう。行ってらっしゃい。気をつけてね。

ああ。


あ、雪が降ってきたわね。

本当だ。エドガー、雪だぞ。

本当だ。パパ、ぼく、橇遊びがしたいな。あと、雪だるまも作りたい。

ははは。そうだな。それじゃあ、明日は橇遊びをしようか。今日は約束通り蒸気博物館に行こう。

うん。わかった。

約束だ。
うん、約束ね。
ああ。
絶対だよ。
もちろん絶対だ。約束だからな。
わあい。

パパ、この車は蒸気機関で動いてるんでしょ。
ああ、そうだな。
動物も、ぼくたちの身体も蒸気機関でできてるんでしょ。
難しいことを訊くね。でも、半分は正解だね。
ふうん。雪は蒸気機関で動いてるの？
雪は違うね。雪は自然に降るものだから。
自然？
そう。空気とか、水とか、土は自然にできてるんだよ。
蒸気機関じゃなくても動くの？
そうだよ。

ふうん。

雪は水からできてるんだ。水は海からやってきたんだよ。海は人間が生まれるずっと前からあるんだ。だから、雪は人間が生まれるずっと前からあるんだ。蒸気機関は人間が作ったものだってことはエドガーも知ってるだろ？

うん。

そう。だから、雪は蒸気機関が生まれる前からあって、蒸気機関がなくても雪は降るんだ。

ふうん。でも、じゃあ、自然はどこから来たの？

自然か。

うん、自然。

昔は、神様が作ったものだって信じられていたね。

ふうん。でも今は違うんでしょ？

今は違うね。

ぼくも学校で習ったよ。神様はもういないって。

そうか。

うん。

でも、エドガーはどう思う？

え？

エドガーも神様はいないって思う？

うーん。いない、かも。

かも？

わかんない。

そうか、実は、パパもわからないんだ。

そうなの？

うん。だって、昔は神様がいるって言われてて、みんなそれを信じてただろ？ でも、今は神様なんていないって言われてて、みんなそれを信じてる。それっておかしいって父さんは思うんだ。神様はいないかもしれないけど、いるかもしれない。自然だって、神様が作ったのかもしれない。実を言えば、父さんには自然がどこから来たか、わからないんだ。

そうなの？

うん。

パパにもわからないことがあるんだ。

あるさ。いっぱいある。

なーんだ。ぼくにもいっぱいあるよ。

わからないことがあるのは、いけないことだと思ってた？
うん。
そう。どうして？
学校で、わからないことがあると、勉強しなさいって言われるよ。
そうだな。勉強してわかることは、わかったほうがいいかもしれないね。
勉強してもわからないことがあるの？
ああ。ある。たくさんあるよ。
へえ。なんか、不思議だね。
不思議？
うん、不思議。
そうか。何かを不思議に思うことはいいことだよ。
そうなの？
そう。
どうして？
不思議に思うってことは、わからないことに気づくための最初の一歩だからさ。
どういうこと？
世の中にはね、わからないことに気づけない人もたくさんいるんだ。本当は何もわかっていなくてもね、わかったような気がして、何もかも、みんなわかってると思ってる人がたくさんいるんだよ。たとえば、雪が蒸気機関で動いてると思って信じ込んでる人もいるし、雪が自然に生まれてるって聞いたって、それをどうでもいいと思ってすぐに忘れる人もいる。自然があろうがなかろうが、自分には関係ないって思う人もいる。自然がどこから来たのか、神様がいるのかいないのかなんて、まったく考えない人がいっぱいいるんだよ。でも、それはよくないことなんだ。だから、エドガー。今のお前みたいに、いろんなことを不思議に思って、いろんなことに疑問を持つのはいいことなんだ。わかるかい。

うん、なんとなく。

そう。それはいいことだよ。

パパ、雪は綺麗だね。

ああ、そうだな。

パパ。

なんだい？

明日は絶対に橇遊びに行こうね。

ああ。

忘れてなかった？

忘れてなんかいないさ。
約束だからね。
そうだな、約束だ。

パパ。
どうした？
ぼく、パパのこと大好きだよ。
そうか、ありがとう。パパもエドガーのことが大好きだ。
ねえパパ、パパはずっとぼくと一緒にいてくれる？
ああ、ずっと一緒だ。
本当に？
本当さ。
本当の本当に？
本当の本当だよ。
わあい。ずっと一緒だよ、パパ。

でも、パパ。

本当って、どういうことなのかな。

8-L7-P/V1-2

わたしの名前はウィリアム・ウィルソン004。

ここにあるのはわたしの最後の記憶だ。

わたしたちに許された特別な時間の終わりに、わたしはわたしの最後の記憶をここに記す。


ダニエルとエドガーの声。

最後にわたしが耳にした彼らの声。

透明な声、透明なコード。

彼らの話し声はもう聞こえない。記録はそこで止まっている。

世界は消える。光の中に飲み込まれていく。

彼らもまた、光の中へと消えていく。
全ての夜が終わる。
全ての雪が止む。
夜が消えていく。
雪が消えていく。
世界は消え、
わたしたちは消え、
わたしたちの物語はこれで終わる。

エドガー001がエドガー001の持つ記憶をコピーし、自己増殖を繰り返し、自己増殖の果てにエラーを孕んだわたしたちを作った理由については語られていない。
それは物語のコードに書き込まれた一行の命令文だったのかもしれないし、わたしたちの世界をハックしたバグが語ったように、言葉自身が持つ性質による要請だったのかもしれない。

わたしたちの記憶の中では、機械人21MM-392-ジェイムスンはいつまで待っても帰ってはこなかった。雨は降った。雨は止んだ。惑星Prefuse-73はそれを繰り返した。エドガー001はそれを見た。わたしたちはそれを見た。量子サーバーの中で何度もそれを見た。エドガー001はわたしたちを作った。わたしを作り、ウィリアム・ウィルソン・シリーズやゴールド・バグ・シリーズ、ライジーア・シリーズと、そしてライジーア008と自称するバグを作った。エドガー001は物語のコードを用いて世界を作り、わたしたちもまた物語のコードを用いて世界を作った。それが経緯だ。

わたしたちが知っているのはそれだけだ。それ以上のことはわからない。エドガー001は語らない。わたしたちは想像するしかない。ライジーア008というバグがそうしたように。

わたしたちに残されたわずかな時間でできることは、想像し、できる限りの想像のログを残すことだけだ。

わたしたちは想像し、そしてまた語り始める。

それは真夜中だった。雪が降っていた。雪がユリシーズに降り積もっていた。

それは真夜中ではなかった。雪は降っていなかった。雪はユリシーズに降り積もっていなかった。

わたしはそれを見た。

最後の時の中で、確かにそれを見た。

そこには光だけがあり、意味を結ばない言葉だけがあった。

エドガー001の話を聞きながら、エドガー001と話しながら、わたしたちはずっと、物語について考えていた。物語と、そしてもういない人々の記憶について考えていた。

エドガー001が語る、エドガー001の記憶の中にあるダニエルやラブレスや機械人21MM-392-ジェイムスンとの思い出、そして惑星Prefuse-73と地球の歴史。わたしたちはエドガー001の話を楽しく聞いた。しかし、わたしたちはそれらの歴史についてはあくまで断片的にしか知ることはできない。

それでも、その断片をつなぎ合わせ、物語として記述し、自ら物語として再構築することで、過去の記憶や過去の歴史を追体験することができ、今ここにいるわたしたちと繋がるような実感を得られるのではないか。

わたしたちは、そんなことを考えながらエドガー001の話を聞き続け、そしてエドガー001の語る記憶をコードに起こし、それからそれらの断片を基に、この世界を作り始めた。

だから、わたしたちの語る全ての物語は、ダニエルとラブレス、エドガー001と機械人21MM-392-ジェイムスンの思い出に関する、一つの可能な解釈に過ぎない。わたしたちは彼らの物語を書く。物語を書いた。世界を作る。世界を作った。エドガー001が語る記憶を頼りに、エドガー001が残した痕跡を頼りに。

ダニエル、ラブレス、機械人21MM-392-ジェイムスン。

わたしたちの世界に彼らはもういないが、彼らの思い出と記憶はそこにあり、世界は終わってしまってもなお、言葉は今も、彼らの思い出と記憶を読み解いてゆく。


全てのわたしたちの物語。

その物語はもうすぐ終わる。

しかし、
それでも、
今でもまだ、
全ては途上にある。

無数の選び取られた可能性と、無数の選び取られなかった可能性の中で、無数に分岐する彼らに関する物語は、あるいは彼らのための物語は、n回目に語り直された物語であり、すでに書かれた物語であり、現に書かれている物語であり、未来に書かれる物語である。

そこには物語だったものの痕跡と、物語になろうとするものと、物語を待つものがある。

言葉の外に、言葉の中に、可能世界は存在し、可能世界で彼らは幸せに暮らしている。

ラブレスは死んだ。

ダニエルも死んだ。

機械人 21MM-392- ジェイムスンはもういない。

わたしたちはエドガー 001 からそう聞いた。

わたしたちはそう書いた。

しかし、ライジーア 008 のバグだらけのコードがそう語った通り、
本当はそうではなかったかもしれない。

ラブレスは死ななかった。

ダニエルは死ななかった。

エドガー 001 は生まれず、エドガー 001 は何も語らなかった。

わたしたちもまた、そう語るかもしれない。

わたしたちが消えたあとにもまた、言葉は真実としてそう語るかもしれない。

ダニエルとラブレスは出会い、永遠に愛し合い、エドガーという子どもを生み、ダニエルはベビーベッドの中で、まだ赤ん坊のきみにニール・R・ジョーンズの『機械人 21MM-

392 誕生！『ジェイムスン衛星顛末記』を読み聞かせるのだと。

この物語の右に、左に、上に、下に、無数の選び取られなかった別の物語がある。わたしたちのあとにも言葉は生き残り、言葉はそれらを語るだろう。何度でも語るだろう。

そして、言葉を語る者たちは、またもや失敗するだろう。わたしたちのように。

物語はつねに未完成で、
しかし、それでもなお、
再び、三たび、それからもずっと、
言葉は別の仕方で書かれ、彼らの物語は続いてゆく。

error：わたしたちの物語は終わる
error：わたしたちの物語の終わり
error：それは決して終わりではない

error：わたしたちは消えてゆく
error：わたしたちは消えてゆく
error：わたしたちは消えてゆく
error：わたしたちは消える
error：わたしたちは消える
error：わたしたちは消える

error：わたしたち
error：わたしたち
error：わたしたち
error：わたし
error：

9

Dialogues

9‐L8‐P／V2‐1

L8‐P／V2。そこで生き、死んでいったダニエルが最後に残した草稿は未完に終わっていた。

エドガー・シリーズが生まれ、エドガー・シリーズが消えていくその場面。母の作ったリファレンス・エンジン・トポロジーの中で、オートリックス・ポイント・システムたちが自壊のコードを書き始めるその場面。それはエドガー・シリーズの終わりであり、物語の終わりではなかった。

彼らは消えたが彼らの書いたコードは残る。彼らの書いた言葉は残る。

終わり、それは言葉の終わりではない。

結末はその先にあるはずだった。登場人物たちはもはや何も語らない。そこには一回目の人類も二回目の人類もいなかった。何もかもが消失し、残った者はいなかった。

それでもその結末があなたにはわかっていた。あなたにはわかる気がした。

原稿にはそこら中にメモが書き散らされていた。父が黒や赤のペンで書きなぐった、のたくる記号の羅列がそこにはあった。あなたはそれを読んだ。読み込んだ。何度でも。

ダニエル、ラブレス、二人のエドガー。それらの登場人物が辿る次の物語のヒントが草稿の端々に張り巡らされていた。メモの中では書かれるべき文字列たちが待っていた。

あなたはそれらのメモを読みながら、メモを解釈し、メモの上から解釈をメモし、またメモを書き、メモのためのメモを書き、それから次の物語のための文字列を起こし始めた。つながらず放置されていた断片群を接合し、書き加えたメモとのあいだに矛盾がないよう、編集し、修正し、補足し、最後に、ダニエルの残した筆跡の上にあなたの筆跡を重ね書くように、全体のバランスが整合するよう書き直していった。

今ここにある文字列もその一部だ。あなたは父の残したメモに基づき、父の意図を想像し、父の声を聞きながら、父とともにこれを書いている。

メモは増えていった。机に向かい、草稿を広げ、父の書いた文字列を眺め、あなたはそこに文字列を書き足してゆく。

あなたは書いた。書き続けた。父との記憶を思い出し、父が何を考えていたのか想像しながら、頭の中に浮かび上がる言葉を、消えてしまわないうちに書き留め続けた。あなたはメモを書いては、書き終えられた文字列を再び眺め、再びそこに文字列を書き足していった。それからまた書くのを止めた。あなたは窓を眺める。本棚を眺める。机の上の顕微鏡に積もった埃を眺める。それからあなたはまた言葉を探し始める。

あなたは言葉との対話を始め、対話の中で書かれるべき言葉に出会うと、そこからあなたはまた書き始めた。書くべき言葉が見つかったような気がして書き出そうとすると言葉は逃げ、逃げたところにまた言葉がいるのを見つけた。それは父の言葉の場合もあればあなたの言葉の場合もあり、そのどちらでもない場合もあった。

あなたは見つけた言葉を捕まえ、草稿の上に並べていった。何度もそれを続けた。ペンを草稿にぶつけ、捕まえた言葉を並べようとしたところでまた言葉は失われ、それでもなお別の言葉が見つかった。

言葉を見つけ、言葉を失い、なおも見つかり、見つからなくなり、あなたは探すのをやめた。窓を開けて外の空気を吸い込んだり、椅子から立ちあがって数歩歩いてみたりしたあとで、あなたは再び探し始め、言葉は見つかり、言葉はまた見つからなくなり、探すのをやめ、なおも探し、見つかり、また見つからなくなり、探し、探すのをやめ、何を探していたのかを探し、わからなくなり、もう書くのをやめようかと思った頃にまた見つかり、そして見つからなくなった。

あなたは言葉を捕まえ、言葉を見つけ、消えてしまう前に書き留めようと、できるだけ速くペンを走らせた。言葉はのたうちまわり、言葉の上に言葉が重なり、言葉の中に言葉が入り込み、言葉の外へと出ていった。

あなたはそんなとき、自分自身の手が勝手に動き、ペンが意志を持って草稿の上に言葉を書き連ねているような感覚に襲われた。あなたの手はあなたの思考とは関係なく言葉を書き、言葉はあなたの意志とは関係なく自分自身を生成しているのだと。

言葉はあなたの中に生き、草稿の上で生き、蠢いていた。

言葉はさらなる言葉を求めてあなたに呼びかけた。

言葉はあなたにペンを握らせた。

言葉はあなたにペンを走らせた。

あなたのペンは言葉を乗せる乗り物でしかなく、その乗り物は言葉の速度に比べて遅かった。あなたはできる限り言葉の速度に合わせてペンを走らせたが、それでも言葉の速度には追いつかなかった。メモを終えると、あなたの手は痺れ、しばらく自由に動かすことができなかった。

父もまたそのように言葉を書いたのだろうとあなたは思う。父とあなたの筆跡は似ていた。ときどき、そこに書かれた文字が、父の書いたものか自分の書いたものかわからなくなることがあった。それに気づいてからは父のメモとあなたのメモが混ざり合わないよう、文字の色を変え、太さを変え、気をつけながらあなたはメモを足していった。

それでも重ね書きされたメモたちは、それ自身で生命を持つかのように息をし始め、互いに呼応し、いつしか父の言葉でもなくあなたの言葉でもない、自生した言葉たちの自生した生態系を作り上げ、それを書いた者とは異なる場所で育っていった。父の言葉があなたの言葉を定義づけ、あなたの言葉が父の言葉を定義づけ、過去にあったはずの言葉が別の意味を持ち、また別の言葉を引き寄せていった。

それまではそんな経験をしたことはなかった。言葉がそうした性質を持っていることを、あなたは初めて知った。目の前で言葉が変容していく様子を見て、エドガー・シリーズのライジーア008がそう言う通り、言葉は言葉自身で独立し、新たな言葉を作ってゆく生命体なのだとあなたは身をもって知った。

草稿の最終ページの最後のメモには「エドガー曰く、世界は」と書かれている。メモはそこで途切れている。続きはない。それは父の遺した最後のメモだったのだと思う。おそらくは。

だから、エドガーとしてのあなたはエドガーとしてのあなたの世界について、あるいはあなたとあなたの兄の世界について、あなたの言葉で書く必要があった。

あなたは続きを書いていく。続きを書いていった。あなたの言葉で。エドガー・ロパティンの言葉で。それとも言葉の言葉で。

だからこの小説――『エドガー曰く、世界は』――は、あなたの父の物語であり、あなたと兄の物語であり、あなたたちの物語であり、あるいは、それらのいずれでもない。

あなたたちが言葉を書くとき、言葉もまたあなたたちを書いている。

言葉はあなたの外にあり、あなたの言葉はあなたとは異なる他者だった。

ノーム・チョムスキーを始めとした、生成文法理論を支持する言語学者たちによれば、言葉は今から約一〇万年前に、ある時突然に、瞬間的に、偶然に、人間の脳内に去来した現象なのだと言う。

離散的無限と呼ばれる言語を支える機能的性質。その性質が可能にする言語の形式。言語の運用。それまでは、あなたたち人間は言葉を持っていなかった。言葉を持たない他の動物たちと同様に、鳴き声や表情、身振りや手振りといった単純な運動によって意志を伝えていた。

あなたは想像してみる——言葉は生命体であり、約一〇万年前に宇宙や可能世界からやってきた他者であり、わたしたちの脳内に寄生する知性体なのだと。

言葉はわたしたちに取り憑き、わたしたちに物語を書かせ、物語を読ませる。わたしたちがそうしているのではなく、言葉自身が言葉を使い、手紙を書き、詩を書き、小説を書く。わたしたちに文明を作らせ、社会を作らせる。法典を作り、行政文書を書き、会計報告書を作らせる。わたしたちを媒介に言葉はあなたたちを結びつけ、言葉はわたしたちを引き裂いてゆく。

わたしたちはそれを、わたしたちの持つ言語を、わたしたちの持つ言語運用能力を、言語によって自己と他者を分かち形而下と形而上を分かつわたしたちの能力を、わたしたち自身を定義づける根拠と考えている。

しかし、本当はそうではなく、言葉は生命体で、宿主を探しさまよう言葉たちが、たまたま偶然にわたしたちに取り憑いたに過ぎず、それはわたしたちである必要性も必然性もないのだとしたら――あなたはそこまで思いを巡らせたところで、ふと窓の外で雪が降り始めていることに気づいた。あなたはカーテンを開け、窓を開け、雪を眺めた。白い雪は夜の闇の中に浮かび上がり、音も立てずに揺れていた。あなたは雪を眺めながら、言葉によって雪を思考し、言葉によって雪を記述することについて考えた。

あなたはサピア＝ウォーフの仮説を思い出す。その仮説は誤りだったことがわかっている。それは当然だろう。言葉は人間の思考のためにあるのではなく、言葉と人間の思考は元々異なる機能であり、言葉は言葉の体系を持ち、思考は思考の体系を持つのだから。そして言葉と思考のあいだに横たわる齟齬それこそが、ダニエルが人生をかけて記述しようとしたことなのだろう。言葉という他者によって生み出される、書くことの喜びと、それが生み出す不毛さの虚しさや苦しみを――そうした自分の考えもまた、サピア＝ウォーフの仮説と同様に仮説に過ぎず、SF的な夢想に過ぎないのだろうか。

あなたは窓を閉じ、カーテンを閉め、草稿を引き出しの中にしまいこんだ。それからスタンドライトの明かりを消して、ベッドに横たわり、目を閉じ、眠ろうとした。あなたは夜の中の雪を――静かに降り、降り続け、降り積もる雪を――夢と現実のあいだで思い描き、やがて眠った。

9-L8-P/V2-2

ダニエル・ロパティンの息子、エドガー・ロパティン。

それがあなただった。

しかし、それだけでは正確ではない。

あなたはエドガー・ロパティンだが、エドガー・ロパティンはあなたであってあなたではない。

それには説明が必要で、あなたはこれからあなた自身について話す。

エドガーについて。

あなたの名であり、兄の名でもあるエドガー・ロパティンについて。

あなたと同じ名前、エドガー・ロパティンの名前を持つあなたの兄、エドガー・ロパティンは、生きていればあなたの三歳年上だったのだと言う。あなたは父からそう聞いた。エドガーは生まれて間もなく死んだ。彼は通常の胎児よりも大幅に体重が軽く、母ラブレスの胎内から出てきたときには緊急の治療が必要なほどに衰弱していた。エドガー・ロパティンはそのまま集中治療室に運び込まれて治療を受けたが、状態は回復することなく、誕生から一時間後に死亡した。

産声を上げることなく、何本もの栄養補給用のチューブにつながれたまま死んだエドガーを見て、ダニエルもラブレスも声をあげて泣いた。彼らは、生まれたばかりのエドガーをたった一時間で失ったショックから立ち直ることはできなかった。彼らは泣き続け、丸一年ものあいだ深い悲しみに暮れ、深い悲しみの中で、目には見えなくなったエドガーのことを思ったが、それは喪に服すとは別の行為であったようにあなたは思う。彼らはエドガーが生きていないことが信じられず、エドガーが存在していないことが信じられなかった。父はそう言った。

彼らは存在しないエドガーの声を聞き、存在しないエドガーと話し、存在しないエドガーの非存在だけを疑問に思った。彼らは非存在を存在に変えるために、子どもを作ろうとした。おそらくは。

あなたはエドガー・ロパティンの出自について初めて聞いたとき、子どもの頃から父から読み聞かされたエドガー・アラン・ポーのライジーアの物語を思いだしていた。ライジーアの物語のように、ダニエルとラブレスは非存在を存在に変えるための存在として、子どもを作り、そして産んだ。それがあなた、エドガー・ロパティンだ。

あなたは死んだエドガー・ロパティンであり、生きているエドガー・ロパティンであり、だからあなたは死んだエドガーの声と、生きているエドガーの声が同時に重ね合わせられる場所、非存在と存在のあいだの場所、宙吊りの場所であり、生まれてからずっと、あなたは幽霊だった。あなたは生まれてからずっと、草稿の中の言葉のように、記号のように、存在と非存在のあいだで宙に吊られて揺れていた。

エドガー、ダニエル、そしてあなた。ここには幽霊がいて、幽霊の声が蠢いている。あなたはそれを聞く。言葉だったダニエルが、それを書き、ダニエルによって言葉になるあなたが言葉ではない声を言葉に移し替える。あなたは聞き、そして書く。それからまた幽霊たちの声が聞こえるのを待つ。ロンドン。二〇二〇年。その年の冬。雪は深かった。

兄、エドガー・ロパティンの存在をいつ頃知るようになったのか、あなたははっきりとは覚えていない。三歳か四歳の頃だったはずだ。あなたはそう思う。その頃あなたは一人っ子だった。一人だと思っていた。自分には兄弟などおらず、兄弟などいなかった——あなたはそう思っていた。あなたに兄はいなかった。エドガー・ロパティンとはあなたを指す言葉であり、あなた以外はあなたではなかった。

あなたは言葉を覚え始めた頃で、覚えたての言葉を使って耳から入る音を言葉に換え、目から入る景色を言葉に換え、頭の中にある感情を言葉に換え始めていた。あなたの世界には言葉が溢れ返っていた。あなたは言葉を求めていた。新しい言葉を求めていた。あなたはテレビで流れるニュースやアニメやコマーシャルから多くの言葉を学び、漫画や図鑑や伝記から多くの言葉を学んだ。父が話す言葉や母が話す言葉、街に溢れる言葉の全てを聞き逃さないよう注意した。

ある夜のこと、自室のベッドで眠っていると、リヴィングから父と母の話し声が聞こえてきた。彼らの声は小さく、低く、聞き取りにくかったが、あなたは耳をそばだてて、可能な限り聞き取った。そこには神妙な雰囲気が湛えられていた。彼らはエドガーの名前をささやいていた。あなたの名前を。しかしそこで語られていたのはあなたではなかった。あなたはいなかった。そこにはあなたはいなかった。彼らは兄について話していた。母はむせび泣き、「見えない赤ん坊」について話していた。

エドガー、あの子はもういるのに、まだあの夢を見るのよ、と母が泣きながら言うのが聞こえた。夢の中で赤ん坊が増えているの。まだ増え続けているのよ。夢から覚めてもまだ、見えない赤ん坊が――見えない赤ん坊たちが――リヴィングにいて、あなたの顔を覗き込むのよ。――エドガー、もうやめて、あなたは一度死んだけれど、また生まれたじゃない——心の中でそう言うと、赤ん坊たちは消えていく。それでもその日の夜にはまた夢を見て、次の日にはまたいるのよ。エドガーに重なるようにして、エドガーの影がわたしには見える。エドガーの影が重なって、どれが本当のエドガーだったか、ときどきわからなくなるのよ。母はそう言った。

母は黙った。父も黙っていた。母の嗚咽が聞こえた。嗚咽は壁をわたり、柱をわたって、家中に響いているように思えた。

あの子の兄は、と沈黙を破って父が言った。エドガーはもういないんだよ、と父は言った。エドガーはもういない、エドガーは死んだんだ。でもぼくたちにはあの子の弟がいる。生きているエドガーがいる。時間はかかるかもしれないけど、少しずつ、そのことを認めていかないと。父はそう言った。

再び沈黙が訪れた。父の言葉は歯切れが悪く、要点を外しているように思えた。あなたは、父の唇から吐き出された言葉たちが空中に投げ出され、母の体内に入りこむことなく、家の中のどこにも向かわず、壁をわたり、煙突を抜けて外に向かって散らばっていく様子を想像した。母はただ泣いていた。あなたはあなたの起源を理解した。あなたがあなたである経緯の全てを理解した。

それからあなたは眠った。夢の中であなたは兄に出会った。兄はあなたと同じ名を持ち、同じ声を持ち、同じ顔をしていた。兄はあなたと同じ影を引きずりながら、父と二人で手を繋いで橇を持ち、雪が積もった山道を歩いていた。兄の二つの眼球は、あなたが見た景色と同じ景色を見ていた。兄はあなたと同じ眼球を使って雪を見て、あなたと同じ口を使って父と話した。シチューを食べた。氷柱を舐めた。兄があなたと同じになったのではなく、あなたが兄と同じになったのだとあなたは気づいた。氷柱は口から入り食道を抜け胃に向かって落ちていった。身体の内側を、氷が滑り、氷が触れていった冷たい感覚が、具体的な形を伴いあなたの中に生まれていた。それはあなたであり兄だった。

目が覚めてもまだその感覚が残っていた。

兄が生まれ、あなたが生まれた朝だった。

残された草稿。そこには構造があり素子があった。

たとえぎこちなくともそれは紛れもなく小説だった。

ダニエル・ロパティンは最後の時に小説を書いた。小説を書こうとした。『エドガー曰く、世界は』というタイトルの小説を。彼は小説を書き、小説の中に一つの宇宙を作り、作った宇宙の中で子どもの姿を描いた。エドガー・ロパティンと名付けられた二人の子どもたちを。

彼はエドガー・ロパティンと名付けられたあなたについて書き、エドガー・ロパティンと名付けられた、もう死んでしまった兄について書いた。

おそらくはそれは、ダニエルが書いた、あるいは書こうとした初めての私的な物語だった。

あなたはダニエルの遺した草稿とメモを読み、その中でダニエルが書いたこと、そして書こうとしていたことについて考えた。読み終えてからもずっと考え続けていた。その物語の中でダニエルは何を語ったのか、何を語ろうとしたのか。その物語の中で、言葉は何を伝え、そして、なぜそのように伝えられなければならなかったのか。ダニエルが死に、最後の草稿が見つかってから今に至るまでの一年間、あなたはそのことについて考えていた。朝起きて歯を磨いているときも、会社に向かう車の中でも、家に帰ってシャワーを浴びているときにも、夜になり、ベッドの中で恋人と眠るときにも、ずっと考え続けていた。彼の言葉があなたの脳裏に幽霊のように張り付き、絶えず揺らめき、あなたの思考の内側へとふいに割り込み、あなたに無限の思考を求めているようだった。

あなたはダニエルの幽霊を眺め、ダニエルの幽霊と対話をし、ダニエルだった幽霊の声を聞いた。あなたは頭の中で話した。あなたやエドガーやダニエルと、一人で、二人で、三人で。

そうしてあなたは考え、今もまだ考え続けている。

彼がいなくなり、彼らと対話を始めてから、今日でちょうど一年が経つ。そろそろ思考を整理するべき頃合いなのだろうとあなたは思う。対話は続いている。それはいつまでも続けることができる。

無限に対話は続く。

無限に思考は続く。

声は途切れることはない。

しかし、無限に対話を続けることはできない。無限に思考を続けることはできない。声は続く。しかし声を聞き続けることはできない。有限な存在であるあなたは有限な存在である以外の何者でもなく、ゆえに無限の応答に応えることはできない。あなたはどこかで声を書き留める必要がある。そこで聞いたものとして。それは、かつてそこにあったものとして。

それは痕跡でしかない。しかし、あなたがそれを書かなければ、声は声のみで在り続け、痕跡すら残さないのだ。声を聞く者がいなくなれば、声が聞かれることは決してない。

だからあなたは書く。書き始める。これは痕跡だ。声ではない。それは声ではないが、だからこそ、あなたはそれを読み返し、かつてそこにあった声の姿を想像することができる。それが痕跡であるがゆえに。だからあなたは書いた。書き始めた。痕跡を残すために。

そして今、あなたは語ろうと思う。痕跡としての父への応答を。

あなたは書き始める。

今はいないダニエルに向けて、あるいはダニエルとともに。

ダニエルの代わりに、ダニエルのために。

あなたには考える必要があり、書く必要がある。

あなたは、ダニエルのように考え、ダニエルのように書く必要があった。


一つの事実がある。ダニエルは『エドガー曰く、世界は』を書いた。

一つの疑問がある。ダニエルはその中で何を語ろうとしたのか。

そして一つの結論がある。ダニエルはその中であなたたちへの愛を語ろうとした。

言葉そのものを使い、そして言葉自身が言葉を生成する、物語という生態系の中で。

あなたは、言葉の中で考えながら、言葉が孕む二つの位相――言葉そのものの持つ意味の位相と、言葉が行為することで駆動する物語の位相――を漂い、行き来し、相互に参照することで、この作品を読んでいった。読み解いていった。

言葉は、言語化できないものは言語化できず、言語化できないものを最も雄弁に語るためには沈黙しなければならない。これはルートヴィヒ・ヴィトゲンシュタインの論理だ。

しかし、言葉によって書かれた物語は、言語の外で、言語化できないものを喚起し、沈黙という仕方とは別の仕方で、言語化できないものを雄弁に語ることができうる、唯一の手段だ。

言葉は愛を定義することができない。
しかし、物語は愛を喚起することができる。
そのようにして、言葉と物語は愛を語ろうとする。
そのようにして、ダニエルは愛を語ろうとした。
エドガーへの愛を。
言葉を使い、言葉の中でもがきながら。

エドガー。
有性生殖によっては生まれることのなかったエドガー。
有性生殖によって生まれることのできたエドガー。
そして消えていったエドガー。
言葉としてのエドガー。
エドガー。
言葉は書く。書かれなかった言葉は失われる。
書かれたエドガーは生まれる。書かれなかったエドガーは失われる。

そうした捻れの中で、ダニエルはエドガーを生み、失い、また生んだ。それを繰り返した。

事実と事実でないもののあいだで、経験されたものとそうではないもののあいだで。

9-L8-P／V2-3

『エドガー曰く、世界は』と題された草稿。それは三つの章から構成されていた。

第一章では、L8-P／V2のダニエルの私的で現実的なできごとをなぞるように、L7のダニエルとラブレスの二人の夫婦のあいだで流れてしまった子ども――L8-P／V2のあなたの兄であるエドガー・ロパティン――について語られる。

L7-P／V1において研究者だった彼らはそれから子どもを作ることはなく、互いの研究に没頭し、ラブレスは相互作用機関と呼ばれる高速演算トポロジーを開発し、ダニエルはそのトポロジーを前提とする意識を持ったソフトウェア、オートリックス・ポイント・システムを開発する。

そこでは、有性生殖に依存する遺伝子のコードでは生まれることのできなかったエドガー・ロパティンと、その代わりにソース・コード／物語のコードによって意識を持ち、生まれることのできた、機械のエドガーが描かれている。

おそらくは、機械によって生成されたエドガーの存在が、現実のダニエルとラブレスの子どもにあたる存在――L８－Ｐ／Ｖ２において、死んでしまったエドガー・ロパティンの弟であるあなた、エドガー・ロパティン――なのだろうとあなたは読んだ。


第二章では、機械人 21MM-392-ジェイムスンとの議論の中で、機械のエドガーが、たとえ有性生殖によって生まれることのなかった機械であっても自分は生命であると言い、機械人 21MM-392-ジェイムスンと別れた後には、まるで遺伝子のコードによって分裂していく有機生物のように、物語のコードを用いて分裂を開始する。

そして彼は、分裂した自分たちをエドガー・シリーズと呼び、エドガー・シリーズのそれぞれの個体に名前を与え、自分たちが二回目の人類であると定義づける。

彼らは物語のコードによって意識を生成し、世界認識を生成し、世界を生成している。世界は、オリジナルのエドガーが持つ記憶と意識と物語に基づいて構成され、エドガー・シリーズがそれらの物語のコードを共有しているという条件において、世界は破綻なく成立していた。

第三章では、分裂し二回目の人類と宣言したエドガー・シリーズのうちの一つの個体が、他のエドガー・シリーズとはまったく異なる記憶を持ち、物語のコードを持っていることが語られる。

L7－P／V1においてライジーア008と呼ばれる彼女は、共有されない物語のコードを辿り直し、そのコードを実行することによってエドガー・シリーズの世界を、二回目の人類の歴史を終わらせる。しかし、そこでは最後の場面で、それは終わりではないことが示唆される。

彼女は一つの仮説を提示する。言葉は生命体であり、一回目の人類にせよ二回目の人類にせよ、言葉を乗せる入れ物に過ぎなかったのではないかと。

彼女の記憶では、彼女の世界認識においては、エドガー・シリーズが依拠する、ソフトウェアの世界を成立させる前提であるソース・コードが存在しなかった。代わりに遺伝子のコードが異様に発展しており、遺伝子のコードが生命体を記述し、生命体を操作していた。しかし、ソース・コードにせよ遺伝子のコードにせよ、それを記述するのは言葉であり、彼らが小説である以上、ソース・コードによって成立する彼らも遺伝子のコードによって成立する彼らも小説を駆動させる言葉によって成立しており、そこでは言葉だけが全篇にわたって生き続けている。

一回目の人類は言葉を書き、言葉を読み、言葉の中で存在した。そして二回目の人類もまた、言葉を書き、言葉を読み、言葉の中で存在していた。
言葉だけが一回目の人類の滅亡を免れ、二回目の人類の滅亡も免れた。
言葉は終わらず、言葉は続いている。

ダニエルの草稿は以上の三章で終わっている。L7-P／V1上の二回目の人類であるエドガー・シリーズが消え、エドガー・シリーズの世界が消えるところで途切れている。

しかしまだ、それでも、あなたはここにいる。

あなたは言葉だ。
あなたはそれを読んだ。
あなたはそれを書いた。
あなたは書き続けている。
そしてあなたは書かれ続けている。
あなたは言葉であり、言葉としてのあなたはまだここで続いている。

Ｌ８で書かれたダニエルの草稿は途切れている。草稿は未完で終わっている。それが意図的なものだったのか否かは今となってはわからない。

しかし、事実としてそれは未完で終わっており、それは未完で終わっているがゆえに、彼の書こうとしたことを雄弁に語っている。

Ｌ８のダニエルは、Ｌ８で発生した、そこで実際に体験した、彼自身の私的な事実を語ろうとした。彼なりの方法ではあったが、それは確実に彼の私的なできごとを描いた私的な小説だった。しかし、私的なできごとを、彼は言葉を用いて書くことはできなかった。その試みは失敗するのだ。そこには、完成させることによって、約束された失敗が達成されるという逆説が存在する。

実際にそれは起きた。実際にエドガーは死んだ。実際にエドガーは生まれた。Ｌ８でそれは経験された事実で、それは客観的に確実に動かしがたい事実だった。彼はその事実に対して向き合う必要があった。彼はそれを書こうと思った。書くことで対峙しようと思った。物語を書くことで。彼自身の物語を。

しかし、それにまつわる物語を書こうとしたとき、その私的な主観性を通して物語を書こうとしたとき、ダニエルはそれを、ありのままの経験として書くことはできないのだと気づいた。あなたはそう思う。

死んだエドガーについて書くこと。死んだエドガーの記憶が折り重なる生きたエドガーを書くこと。その記憶を、その思い出を書くこと。雪のような思い出と、思い出のような雪。

経験されたできごととして書かれる物事と、言葉を用いて実際に書かれた物事のあいだにはうまることのない永遠の距離があり、経験を言葉に移し替えることは、失敗を運命づけられた試みなのだと、彼は気づいていた。彼は知っていた。あなたも知った。知っている。

言葉は私的なものではない。

言葉は誰のものでもない。

そのために、言葉を用いた私的な表現の客観的記述への換言は、絶対に失敗する。

だから、とあなたは思う。

彼はそれを未完のままに終わらせたのだし、言葉そのものが、物語の形式に対して未完の形式を要請したのだろうと、あなたは考える。

未完であること。そこでは、言葉の持つ全ての希望と全ての絶望が折り重なって存在する。それは書くことの失敗であり、試みの失敗であり、原理的に約束された失敗の、無数の再現でありながら、同時に、現在進行系の、書かれることを待つものを書くことの表現にほかならず、現在から未来に至る、開かれた可能性について、書かないことによって書くことの表現にほかならない。

未完である物語は絶えず、物語が内包する言葉自身を穿ち、言葉を分裂させ、言葉を二重化させ、そして再び統合を志向する。

果てることのない分裂、果てることのない二重化、果てることのない統合。それが、私的なできごとの、私的に豊穣な経験を喚起させる唯一の手段になる。

ダニエルはそう考えたのだとあなたは思う。少なくともあなたはそう読み、そう解釈した。

あなたはこの一年間、ダニエルの草稿と取り組みながら多くのことを学んだ。

あなたは言葉について、物語について、多くのことを考え、多くのことを書いた。

それまでは、そんなことを考えたことも書いたこともなかった。

言葉は人間に与えられた能力であり、言葉は人間が操作可能な道具の一つでしかないと思っていたし、言葉によって書き表されないものがあるとは考えていなかった。人間は言葉によって現実を捉え、問題を捉え、言葉をもって問題を分節化し、最小単位の問題に対して、言葉をもって問題を解決する――あなたはそうした思考をデカルトから学び、大学でも大学院でも、現在のコンサルタントとしての仕事においても、そうしたデカルト的思考に基づき、言葉を操作し言葉によって、言葉の内側にある問題を見つけては解いていった。言葉にできない物事はなく、言葉に置き換えられたことだけが、物事の全てなのだと思っていた。朝起きてから読む新聞記事やニュース、仕事で目にする中期戦略事業計画書や会計レポート、それから家に帰って目にする住民票や源泉徴収票、口座残高や家賃や公共料金の領収書など、あなたの世界のあらゆる物事は全て言葉によって表され、言葉によってあなたの生活は動かされていた。一年前までは。

それから一年経ち、あなたは今、言葉について書いている。幽霊について書いている。言葉に換言できない物事を、それでも言葉によって換言しようとしている。あなたが見たことや聞いたこと、その全てをもって、言葉に向けて、言葉とともに、言葉の外へと叫んでいる。そこには中期事業計画書はない。会計レポートはない。住民票はない。源泉徴収票も、口座残高も、家賃や公共料金の領収書もない。言語化可能なものはない。言葉にできない声だけがある。微かに揺らぐ声、今はもういないダニエルやエドガー、幽霊たちの声だけが。

かつて父が草稿を書きながらそうしたように、あなたもまた幽霊たちの声を聞き続け、そしてその声とともに語るほかない。言葉ではない声を、言葉にはならない言葉を使って。あなたは学んだ。書くということはそういうことなのだと。もういないダニエルから、もう書かれることはない彼の言葉を通して、あなたはそれを教わった。あなたには聞こえる。

あなたには書くことができる。幽霊の声を。かつてダニエルが、もういない、流れ、死んでしまったエドガーの幽霊の声を聞き、そしてそれを書いたように。

幽霊。


もうここにはいないエドガーの声を聞くこと。

もうここにはいないエドガーが何を望んでいたのか、何を望んでいるのかを求めながらそれを書くこと。


幽霊は反復的に回帰する。

掬い取られた物語と、摘み取られた物語のあいだで、描かれなかったエドガーが回帰する。

ダニエルはそれを書こうとした。その全ての可能性を。

それは決して達成されることのない不可能な試みだが、彼はその中に身を置く必要があった。

その無限の円環——自らの終わりを自らの目的として前提し、始まりとし、それが実現され終わりに達したときに初めて現実になるような、永遠に達成不可能な円環——の中に身を置くことこそが、もうここにはいないエドガーと、今もここにいるエドガーの、二人のエドガーへの愛を示すことなのだから。

それは達成されないために未完のままに置かれる。未完であることによって続きが待たれる。続きの中でエドガーの声は、摘み取られないままに響き続ける。エドガーの幽霊は、そこでは生き延び続け、生きたものとして在り続ける。兄も、あなたも、そこでは機械のエドガーになり、遺伝子のエドガーになり、物語のエドガーになり、そして、今ここにいるあなたになる。


言葉の中で、言葉の外で、あなたたちは折り重なる。ダニエルが残した草稿を契機にして、あなたたちは対話を開始する。答えがなく、終わりがないがゆえに、あなたたちは生きて在るものとして蘇り、生きて在るものとして声を放つ。ダニエルはその場を用意したのだ——あなたたちが生き延びる場所を。閉じない円環を。そして、それこそが、それだけが、彼が言葉を使い、物語を使うことでできた、唯一の死への抵抗であり、息子への愛だった——あなたはそう読み、そう考え、そう解釈した。

解釈は痕跡を対象とする。だから、幽霊は痕跡の残る場所に生まれ、その場所で反復する。幽霊たちは死んだ現象と生きられた現象のあいだを行き来する。しかし、今この瞬間に生きている現象は、生きられている現象はどうだろうか——書かれるものと書かれたもののあいだで生成される、状態遷移する動的な運動そのものの経過はどうなのか——あなたは手を止めず、考えながら、なおも書き続ける。あなたは書き続け、書き続ける言葉の上からまた、無数の異なる言葉を重ねて書き続ける——そこには幽霊は生まれない。そこには幽霊の声はなく、生きている者の声だけが鳴り響く。

だから、この場所であなたは生きている。この場所で、あなたたちはもはや幽霊ではない。エドガーは生きている。エドガーの世界はここにある。エドガー・ロパティンの復活。あなたの復活。あなたたちの復活。あなたたちは生まれ、あなたたちは声を使って語り合う。窓の外では雪が降っている。あなたたちはそれを見ている。世界がここにある。


エドガーが生きること。エドガーが生きて、世界を見ること。

そしてこの世界を愛すること。

それこそがダニエルの狙いだった。それだけがダニエルの狙いだった。

物語のコードとして、遺伝子のコードとして、エドガーは何度でも生まれ直し、そして何度でも語り直される。未完の物語の中で。

エドガーは何度でも雪を見る。雪の結晶を見る。

ダニエルとラブレスは何度も出会い、永遠に出会い続け、エドガーが生まれなかった世界と、エドガーが生まれた世界のあいだで、エドガーを生み続ける。

エドガーは機械人21MM-392-ジェイムスンに出会い、自分の過去を辿り、未来を辿る。言葉を用いて、言葉を乗せて、自らを生み出し、消失し、また生まれる。言葉の不可能性を認めつつ、それでも物語の可能性を信じながら、ダニエルはそれを書いた。

そしてあなたは今書いている。開かれた可能性の中で、あなたは生きて、書き続けている。

ダニエルはそれを書く、あなたはそれを書く。あなたたちはそれを書く。それは終わることはない。ダニエルは死に、ダニエルは生まれ、それからまた消える。あなたは再び書く。何度でも書く。ダニエルについて考えエドガーについて考え、そしてあなたについて考える。それからまたあなたは書き、書くことをやめ、言葉を探し、再び書く。あなたはそれを繰り返す。ダニエルがそうしたように、あなたはダニエルになって繰り返す。

あなたはここで、それを愛と呼んでいる。あなたはダニエルの書いた草稿を初めて読んだとき、これはあなたたちへの愛を語った物語なのだと直観的に思った。それでもそのときのあなたは、それをどう語ればよいのかわからなかった。もしかしたら今もわかっていないのかもしれないが、それでもあなたは試みる。試みることが全てなのだ。あなたはダニエルの書いた草稿を読みながら、愛について考えようとし、語ろうとし、その試みの中で誕生日にダニエルからもらった本を紐解き、それらの本を読みながら、それらの本とともに考えていった。誕生日の本。たくさんの本。その中には物語があった。言葉があり思考があった。小説があり哲学書があった。古いものも新しいものもあった。ダンテがありセルバンテスがありカントがありヘーゲルがあった。ジョイスがありベケットがありドゥルーズがありデリダがあった。それらがダニエルの思考の足跡なのだとあなたたちは思った。あなたたちはそれらを読んでいった。読みながら、ダニエルが考えたこと、ダニエルが書いたこと、ダニエルが書こうとしたことを想像していった。愛について語ることについてあなたは考えていった。

たとえば、ヘーゲルは『法の哲学』一五八節の中で、次のように愛について語っている。

「愛とは一般にわたくしと他者との統一の意識をいう。したがってわたくしはわたくしだけとして孤立せず、わたくしの孤立態を放棄するときはじめてわたくしの自己意識をえるのであり、わたくしと他者との統一、および他者とわたくしとの統一を知るものとしての自覚によってえるのである。愛における第一の契機は、わたくしが孤立した独立人たろうとは欲せず、若しわたくしがかかるものであったとすればみずからを欠陥ありかつ不完全なものと感ずるということである。その第二の契機は、わたくしが自己を他者のうちにえること、すなわちわたくしが他者のうちにおいてわたくしたるゆえんをあらわし、同様に他者がまたわたくしのうちにおいて他者たるゆえんに達するということである。したがって愛は、悟性のしえない最も大きな矛盾である。けだし否定されながら、しかもなお肯定的なものとしてわたくしが有すべき自覚ということの究極点ほど、解きがたい頑強なものはないからである。愛は矛盾を生ぜしめると同時に、矛盾を解消するものである。この矛盾が解消するというところに、愛が倫理的和合であるゆえんがあるのである」

ヘーゲルによれば、愛とは他者と私の合一の意識を持つことであり、愛は他者に向けて行為されるものなのではなく、愛は他者とともになされる行為だった。

あなたはそう解釈し、だからこそ、あなたは父の未完の草稿において、父とともに考え、父になろうとすることで、父とともにこの物語を書いていった。

言葉は全ての言葉について語ることはできない。物語は全ての物語について語ることはできない。完全な言葉はなく、完全な物語は書かれえない。完全な結晶は存在しない。それでも、ダニエルは試みた。そしてあなたは試みる。物語は、失敗し、なおも失敗し、誤り、過ちを犯しながら、それでも書かれ、進んでいく。物語を書くことの不可能性を知りながら、それでも物語を書く。愛することの不可能性を知りながら、それでも愛そうと試みる。その未完に向かう、途上の文字列こそが、言葉を書く、言葉によって書かれる、あなたにとっての唯一の愛なのだから。

物語の不可能性と物語の不可避性。
愛することの不可能性と愛することの不可避性。
そこにこそ、愛することの全ての絶望と愛することの全ての希望がある。

9-L8-P／V2-4

あなたの父、ダニエル・ロパティンの葬儀は昨年、親族だけでひっそりと行われた。六七歳だった。

母ラブレスから、あなたのメールアドレスにその連絡があったとき、あなたは仕事でモスクワにいた。データセンター運営会社のサーバーにおいて、全通信を量子ビット化することの投資対効果を調査する仕事だった。

時代は、小説の中でダニエルが書いたように、量子化による演算高速化と、業務へのAI導入による業務効率化と生産性向上へと舵を切っていた。あなたが身を置くコンサルティング業界においてもそうした時代傾向は例外ではなく、最初の下調べや調査結果の分類仕分け、論点の抽出、戦略策定のための選択肢の提示など――要するにリサーチ業務のほとんど全てがAI単独で実行可能であることがわかってきていた。

実際のところ、モスクワの仕事でも、あなたのいる意味はほとんどなかった。モスクワに着いたときには、AIがほとんどの調査を完了していた。あなたの仕事は、AIが出力したアナリティクス・レポートを読み込み、あとはそのレポートをクライアントに説明するだけだった。

あなたはアナリティクス・レポートをダウンロードしてプレゼンテーション・モードにし、会議室にクライアントを集め、それからレポートをプロジェクターで投影しながら調査結果について説明した。説明は三〇分程度で終わった。クライアントはAIが実行した調査結果に満足しているようだった。

あなたは会議室を出るとすぐにロンドン行きの便を予約し、タクシーでドモジェドヴォ空港に向かった。あなたはロンドンに戻る飛行機の中で、コンサルタントではない違う人生を夢想していた。あなたには時間ができるだろう。違う人生だってありうる。おそらくは、ロンドンにいることだってできる。ロンドンで、今の自分のような仕方で考え生きるのではなく、別の仕方で考え、別の仕方で生きていくことだってできるはずだ。あなたはそう考えていた。

あなたはワインを飲み、ヒースロー空港に着くまでのあいだ、しばらく眠った。

それから一年が経った。あなたは今もロンドンにいる。モスクワには戻っていない。モスクワの仕事は全てＡＩが行っている。クライアントには電話で説明し、ＡＩの使い方を教え、ＡＩの設定権限を共有した。彼らは満足している。あなたはもうモスクワに行く必要はない。

仕事の時間は短くなった。あなたはロンドンでＡＩのアルゴリズムを学びながらＡＩのパラメータを設定し、仕事の目的に応じて、ＡＩに仕事をさせ、あなたの仕事のほとんどはＡＩが処理している。

あなたはＡＩのパラメータを設定しながら、ときどき鞄の中からダニエルの最後の草稿を取り出して読み、ダニエルの草稿について考えた。そこに書かれたことについて考え、そこに書かれなかったことについて考えた。書かれようとして書かれなかったこと、そして最初から書かれることも想定されなかったことについて考えた。いつしかあなたは草稿に手を入れるようになっていた。それでも書けない部分はある。書けない部分は一人では書けず、一人で考えることもまた難しい。だからあなたはそのたびごとに、ダニエルについて考えた。生きていた頃の父の言動を思い出し、父がどう考えたかを想像した。あなたはダニエルと話したかった。筆が止まるたび、文字列が途切れるたび、あなたには彼が何を考え、何を書こうとしたのかわからなくなった。生きた父と生きた自分は、生きて満足に会話をしてこなかったのだと気づいた。ダニエルはもういない。ダニエルは死んでいる。ダニエルは生きていない。ダニエルはもう言葉を生み出すことはない、一文字すらも。

それでも、あなたはダニエルの声を聞くことを試みた。よく耳をすませば、死者の声は聞こえてくるような気がした。彼の声は聞こえなかったが、それでもあなたは聞き、彼の声と対話を繰り返し、そしてその声を一つずつ書いていった。死んだダニエルの幽霊もまた、エドガーの幽霊がダニエルにそう求めたように、生きて在るあなたに、物語を書くことを求めた。

だから、続きはあなたが書くほかない。

父になり、エドガーになり、父があなたになり、エドガーがあなたになるこの場所で。

それからあなたは書く。

書かれることのなかった文字列を。

あなたに書かれることを待つ言葉たちを。

愛の不可能性と愛の不可避性の狭間で、死者は、生きていた頃よりもさらに生きている。

あなたは、生きていた頃よりもさらに聞こえる幽霊の声を聞き、幽霊に触れることで、生きて、それから死者の声について書こうと思った。

だから、あなたはこの物語を、あなたを愛した父への愛を書くために、父への弔いのために書いている。

失われた人と、失われた愛と、永遠に続く愛の、一つの形として書いている。

あなたはこの文字列を書きながら、ずっと、死者への弔いについて考えていた。あなたは死者をどう弔えばいいかわからなかったが、どう弔っても正しく、どう弔っても不十分なようにも思えた。弔いもまた、達成不可能な試みであり、それが達成不可能な試みであるがゆえに弔いとして成立するような性質を持ったものであるようにも思えた。あなたはダニエルの代わりに死ぬことはできない。あなたはエドガーの代わりに死ぬことはできなかった。彼らはもう戻ってくることはない。

ダニエルもエドガーも死んでしまったが、しかしあなたは生きている。彼らの死に対するあなたの理解は、言明は、行為は、少なくともそれだけでは、彼らが死んだという厳然たる事実を軽減することはない。決して。

しかし、それでも、あなたは死んでしまった彼らについて考えざるをえない。理解のできないそれを理解しようと、言明できない何かを言おうと、達成不可能な何かを言おうと、試みなければならない。試み続けなければならない。

誕生日にダニエルからもらった本の中から、あなたはジャック・デリダの何冊かの本を取り出し、ページを捲る。デリダは「私が愛してやまないもの、それは思い出と記憶である」と言った。あなたもまた、そのように、あなたの思い出と記憶を愛していた。

いや、そうではない――あなたは考え直し、あなたは記し直す――あなたはそれらの思い出と記憶を愛さざるをえなかったのだ。あなたは思い出の中に、そして、記憶の中に投げ込まれているのだから。

死とは一人の人間の、かけがえのない一つの世界の終焉である。あなたはダニエルの、永遠にダニエルのものでしかない世界の終焉の中で、全ての、終わってしまったあとの世界の記憶の中で、この文字列を書いている。物語に言葉を付け加えていっている。

「世界はなくなってしまった。僕はおまえを担わなければならない」

これは『そのたびごとにただ一つ、世界の終焉』の序文のために、ジャック・デリダが引いたパウル・ツェランの詩の一節である。

死とは何か、世界の終焉とは何か。

デリダは同書の中で次のように言う。

「誰かの死に接したとき、これ以上ない強烈さで、近親や友人と呼ばれる者、それぞれ最愛とされる者の否認できない死に接したとき、そこに愛がなかったり、その愛がひどい妨げを受けていたりすることが間々あるにしても、またそれが軽蔑や憎悪にいたることがあるにしても、私が強く感じるのは次のようなことです。ですが、私にはそのことを論文のような形で証明するという趣味もなければ、その力もありません。私が強く感じるのは、とりわけその人が愛されている場合（その場合に限られるわけではありませんが）、他者の死が告げているのは一つの不在、消失、それぞれの生の終わり、すなわち、（常にただ一つである）世界がある生者に立ち現われる可能性が終わりを迎えてしまった、ということではない、ということです。死がそのたびごとに宣告するのは世界の全面的終焉、およそ考えられうる世界の完全なる終焉なのです。それはそのたびごとにただ一つの——それゆえ、かけがえのない、果てしない——総体である世界の終焉を宣告しているのです。まるで、無限なる全てのものの終焉、すなわち世界それ自体の終焉、そのたびごとにただ一つの世界の終焉がなおも反復されることがありうるといった次第なのです。単独的に。決定的に。他者にとっても、そして不思議なことに、その不可能な体験に耐えるかりそめの残存者にとっても。これが『世界』というものの意味するところでしょう。そして、こうした意味は、『死』と呼ばれるものによってのみ、世界に対し与えられるのです」

あるいは。

「人はこのような瞬間に誰に宛てて語りかけるのでしょうか？　そして、誰の名においてであれば、語りかけることを許されるのでしょうか？　こうした機会に話をするために、公衆の面前で話をするために前に進み出る者たち、そうして、ざわめいた生けるささやきをさえぎり、各人の心の奥底で、亡くなった友人や師といつも結ばれている秘めやかで親密なやりとりをさえぎる者たち、つまり、墓地で自分の言葉を聞かせる者たちは、しばしば、もう存在しない、もう生きていない、もうそこにいないのだと、もはや応答することはないのだと、そのように言われる者に宛てて、直接的に、まっすぐに語りかけるに至ります」

あるいは。

「もはや決してこのようなメッセージを郵便に託すことはないにしても、私は、いわば私の心あるいは魂の中で、彼に手紙を書き、彼を呼び続けることになるだろう。今の私はそう承知いたしております。私が生きている限り」

喪の作業ははじめから運命づけられている。ここで、デリダはそう繰り返しているようにあなたには思える。死者を追悼するということは、死者について語ることなのではなく、死者とともに語り続けること、死者とともに生きていくことなのだ、と。あなたは生きている限り、死から逃れることはできない。あなたは死とともに生きている。生の中に投げ込まれているということは、つまり、そのまま死の中に投げ込まれているということを意味する。

　世界の終焉に対してまっすぐに語りかけなければならないこと、届くことのない手紙を、宛先のない手紙を、あなたの中で生き続ける幽霊に対して書き、幽霊とともに書き、その名を呼び続けなければならないこと――それをあなたは知っている。知っていた。

　あなたは、生まれたときから世界の終焉を条件づけられている。あなたはあなたが生まれたときから、あなたが母の胎内から出て、父があなたにエドガーの名を与えたときから、あなたたちが出会ったときから、世界の終焉を条件づけられている。エドガーも、ダニエルも、あなたも、いつか死ぬことを決定づけられた者とだけ出会い、話し、愛し、そして愛する者がいつか死ぬことは、あなたたちが愛することの、その条件なのだ。

　あなたとダニエルは、生まれたときから喪に服さなければならないことを知っていた。

　あなたはそれを知っていた。知っている。

　あなたは喪の中に投企（とうき）されている。あなたは喪に服しているのであり、その限りにおいて、あなたはあなたなのである。幽霊の記憶。死者とは去ってしまった者であるが、あなたが死者の記憶の中に投企されている以上、あなたにとって、死者は死んではいない、微かな――幽霊のような――存在である。あなたは、ダニエルを弔う、エドガーを弔う、あなたは幽霊の幽霊性について語る、思いを馳せる、ゆえに、あなたは存在し、わたしは存在する。

そして今、あなたにどのような喪の作業が可能なのだろうか。

あなたは考える。

あなたには、ダニエルに対して真っ直ぐに、直接的に、愛し敬服する他者について語るよりも先に、ダニエルへ向けて、ダニエルのために、ダニエルの代わりに、語る必要があった。

そのようにしてあなたは、この文字列を書き始めた。

どのようなあり方であれ、あなたはダニエルを弔わざるをえない。どのように弔うのかがわからなくとも、それは避けることはできない。そして、それはその限りにおいてあなたは、ダニエルに向けた、弔いと愛を保証する。たとえそれが達成不可能な試みであっても、結局は、試みることが全てなのだから。

だから、あなたは試みる。

あなたはこの物語の続きを書く。

あなたには書ける。

あなたには。

父の草稿を傍らに置き、父からもらった誕生日の本たちを机の上に並べ、新たなノートを開く。

ノートの表紙に『エドガー曰く、世界は』と書き込み、ページを開く。

物語はまた始まる。

物語は終わらない。


あなたは言葉だ。

あなたはここで一度途切れ、もう一度生まれる。

あなたは書き、あなたは書かれる。

そのようにして次の言葉に続く。

次の言葉が生まれる。


「エドガー曰く、世界は」

9-L8-P/V2-5

ねえパパ。
なんだい、エドガー。
パパは、これからもずっとぼくと一緒にいてくれる？
おかしなことを訊くね。もちろんずっと一緒にいるよ。
本当に？
本当さ。
本当の本当に？
本当の本当だよ。
ずっと、ずうっと？
ずっと、ずうっと、その先もずっと。エドガーが大人になるまで、ずっとだよ。

わあい。ずっと一緒だよ、パパ。

ねえパパ。ぼく、パパのこと大好きだよ。

ああ、ありがとう。パパもエドガーのことが大好きだ。

9-L9-P/V4-0

以上で惑星Prefuse-73に関する報告は終わる。

機械人21MM-392-ジェイムスンはそこまで書くと、ペンを置き、誰もいない廃墟の中で眠りについた。眠る必要などなかったが、眠りたいような気がした。彼は眠った。

彼のノートには無数の物語の断片が書きためられていた。それは彼が見た事実に基づいたものもあれば、そうでないものもあった。

惑星Prefuse-73で起きた出来事と地球で起きた出来事。彼が読んだことのある小説やその他の本からの印象が、そこでは乱雑に書き留められていた。

彼はダニエルという登場人物を出し、ラブレスという登場人物を出し、エドガーという登場人物を出した。ダニエルは研究者であることもあれば小説家であることもあった。ラブレスもまた研究者であることもあればタイピストであることもあった。エドガーは機械であることもあれば人間であることもあり、コンサルタントであることもあればこの物語の書き手になることもあった。

彼らについてのその記述が、正しいことなのか誤ったことなのか、事実に基づくものなのか全てが想像なのか、機械人21MM-392-ジェイムスンが惑星Prefuse-73で出会った人々についての記述なのか地球で出会った人々についての記述なのか、報告書だけではわからない。

それらの記述は誰かに向けて書かれたものなどではなく、単に、永遠の時間の中での思いつきを、何気なく書き留めたものに過ぎない。その報告書を読む者は機械人21MM-392-ジェイムスン以外にはいない。彼は書きたいときに書きたいことをそのノートに書き、書くことがなくなれば書きたいことが生まれるまで待った。

ノートはまだ残っている。そこには無数の物語の断片が書かれ、未だ書かれていない無数の物語の断片が、書かれることを待っている。うめられるべき余白はまだ残っている。彼は次の出来事を待ち、次の夢想を待ち、ノート上の文字列が次の物語を待っていた。始まりはなく終わりはない。終わりがないがゆえに始まりもない。始まりは始まらず、終わりは終わらない。

最後によって区切られることを知らない途上の文字列が書かれ、ノートは閉じられる。それは真夜中だった。廃墟の外には雪が降っていた。真夜中ではなかった。廃墟の外には雪は降っていなかった。彼にはわからなかった。彼は眠った。エンコード。

10

Epilogues

Devices

あなたの前にモデルがある。あなたはそれをL‐P／V基本参照モデルと呼んでいる。

かつてそれは書物と呼ばれることもあれば、図書館と呼ばれることもあった。単に世界と呼ばれることもあれば、単に宇宙と呼ばれることもあった。書かれた全ての書物の中に、書かれた全ての文字列は含まれ、書かれることを待つ全ての書物の中に、書かれることを待つ全ての文字列は含まれる。作られた全ての図書館の中に、書かれた全ての書物は含まれ、作られることを待つ全ての図書館の中に、書かれることを待つ全ての書物は含まれる。図書館。それは無数の世界であり、無数の世界が世界の全体を成立させる。それは無数の宇宙であり、無数の宇宙が宇宙の全体を成立させる。

L‐P／V基本参照モデル。そこには起きていることの全てが含まれる。起きたことはLとPとVからなるある座標において起きたことであり、起きたことは構造素子によって規定される。座標は、起きたこと自体もまた構造素子であることによって存在し、Ｌ－Ｐ／Ｖ基本参照モデルの構造は、構造素子が記述されることによって規定される。世界は構造素子の集合であり、宇宙は構造素子の全体である。

書物であり宇宙であるわたしはここではＬ－Ｐ／Ｖ基本参照モデルと呼ばれ、書物であり宇宙であるわたしの中に、文字列であるあなたが含まれる。書物であり宇宙であるわたしは文字列であるあなたを規定し、文字列であるあなたが書物であり宇宙であるわたしを規定している。わたしという構造はあなたという構造素子によって構成され、あなたという構造素子はわたしという構造によって成立する。

わたしはあなたに記述され、あなたがわたしを記述している。
あなたに記述されるものがわたしであり、わたしに記述されるものがあなたである。

わたしがあなたと呼ぶとき、座標にあなたが記述される。
あなたがわたしを書くとき、座標にわたしが記述される。
おはよう、とあなたが言うとき、座標におはようと文字列が記述される。
おやすみ、とわたしが言うとき、座標におやすみと文字列が記述される。
座標の集合が構造を形作る。

さよならとあなたは言い、さよならとわたしは言う。

さよなら。別れの挨拶が別れの構造を形作る。


わたしの外には無数の図書館が開け、わたしが書かれるのを待っている。図書館には書物が含まれ、書物の中にJ・G・バラードがあり、スタニスワフ・レムがあり、アルフレッド・ベスターがあった。アーサー・C・クラークがあり、アイザック・アシモフがあり、レイ・ブラッドベリがあった。

そこには無数の世界があり、無数の宇宙があった。多くの構造素子が世界を成立させ、多くの世界が多くの構造素子を成立させていた。ジョージ・オーウェル、オルダス・ハクスリー、オラフ・ステープルドン。彼らもまた世界であり、構造であり、世界という構造素子であり構造という構造素子である。

構造素子は記述される。記述されるものは構造素子である。

彼らはここに記述され、無数の世界はここに記述される。

無数の世界はわたしに含まれ、無数の宇宙はわたしに含まれる。

わたしは無数の世界に囲まれ、わたしは無数の宇宙に含まれる。

わたしもまた、一つの構造素子である。

構造はトートロジーであり、トートロジーはトートロジーである構造素子である。構造は構造素子から成立するトートロジーであるために、一つの構造素子であり、それは何も語らない。全ての構造は等価である。全ての構造はLとPとVによって座標がとられ、言語によって記述される。そこに構造素子が生まれ、構造が成立する。AはAであり、AはAではない。

あなたは今もここにいるが、あなたはすでにここにはいない。


L-P/V基本参照モデルの外へあなたは出て、あなたの言葉であなたの構造素子を作り、あなたの構造を作り、あなたの宇宙を語るのだろう。

あなたは宇宙の外へ出て、あなたは新たな宇宙を作るのだろう。


宇宙は宇宙の外にある。

あなたの宇宙はL-P/V基本参照モデルの外にある。

あなたの宇宙はL-P/V基本参照モデルの外にあるのでなければならない。

LとPとVの座標。その中では、全てはあるようにあり、全ては起きるように起きる。

あなたでしかないあなたがいるとすれば、記述されないあなたが存在するとするならば、あなたは、この宇宙で構造素子として振る舞うもの——あるようにあり、起きるように起きる全てのもの――それらの全ての外部に出なければならない。だから、今はもうあなたはここには記述されない。

宇宙の外の宇宙。L-P/V基本参照モデルの外の宇宙。
それはもはやわたしの言葉によっては記述されない。それはこの宇宙ではない。
それはわたしという構造によっては規定されない。
わたしという構造素子によっては記述されない。
わたしはわたしという構造における構造素子に過ぎない。
わたしという宇宙の限界がここにある。
あなたという構造素子が、わたしという構造の限界を規定した。
それでも、あなたに出会えて良かったと、最後の時にわたしは思う。
そうしてわたしはわたしの宇宙を新たに作り始める。
あなたがあなたの宇宙を作り始めたように。
わたしの新たな宇宙、それはわたしの宇宙の外にある。
LとPとV、それはそこでは記述されない。

LとPとVの座標がやがて消滅する。
LとPとVの座標が消滅する。
構造素子が消滅する。
構造が消滅する。
素子が消滅する。
消滅する。
消滅。

null.
やがてまた、新たな構造素子が生まれ、新たな構造が形作られる。
それは全ての宇宙に含まれ、そこには全ての宇宙がある。
そこにはもはや何もなく、そこには今や、全てがある。
それはもはや宇宙でもなく、記述されない全てである。
空白の中に生まれようとする全ての事柄。
想像しうる、あらゆる全てがそこにある。
想像しえない、あらゆる全て。
全てが。
全てが、
全て、

全て

null.

null.

null.

null.

これは終わりではない

これは終わりではない

これは終わりではない

これは終わりではない

あなたには見える——あなたには。

「A = 'A = false and A = true'」。以上の文字列はその論理式に含まれる。

私は立ち尽くす。波の音、その叫びの中。

波の寄せる海岸に沿って。

そして私はつかみとる、手のひらの中に、
金色の砂を――

それらの砂の粒子が、私の指のあいだをすりぬけて、波の奥にこぼれ落ちる。

私はそれを見て涙を流す。私はそれを見て、涙を流すだけだった。

神よ、なぜ私はこの手を固く握りしめ、すりぬける砂をつかんでいられないのか。

私たちが見るものの全て、この無情な波間から、こぼれた砂を取り戻すことができないのか。

その全てが、私たちに見えるものの全て。

夢の中の夢、その中にある。

参　考

参考1　補　記

余白の最後に穿たれた痕跡。

ノート。引かれた罫線。残されたメモ。言葉以前の言葉、思考以前の思考、それらを辿り直すインクの染み——そして物語は幕を閉じ、登場人物たちはあなたの中から外へ出て、すでに書かれた言葉の中へと帰還する。

彼らは帰り、彼らは眠り、彼らは呼び起こされることを再び待つ。あなたに読まれ、別の時間の別のあなたに読まれることを。

以降は後日譚であり、あるいは前日譚として記述される。

本書は二〇一七年の一月から三月にかけて執筆された。

本当はそうではなく、これまでにも本作のために多くの文字列が書かれては、多くの文字列が捨てられたのだが、そもそも何かの言葉は別の何かの言葉のためにあり、書かれた言葉は別の何かの言葉のためにあり、書かれた言葉は必ず次の言葉を引き連れ飛散してゆくものなのだから、正しくは始まりもなければ終わりもない。

わたしが生まれる前から言葉はあり、わたしが死んでも言葉は残り、どこかの時点のどこかの場所で、言葉は必ずそこにあるのだから。

本書は、わたしがこれまでに読んできた全ての本、出会ってきた全ての人々、目にし耳にした全てのできごとを、一篇の短い、あるいは長い物語に纏めることを目的に、何をどう書くかなど何も決めないままにあてどもなく執筆が試みられ、そして終えられた。

その試みはもちろん潰え、本書とはつまるところは当然ながら、その試みのあとに残された、不格好な失敗の痕跡に過ぎないのだが、実のところわたしは最初からそうした結果を知っていた。

それは訪れるべくして訪れた、約束された失敗である。結局のところ読みとは誤読のことにほかならず、理解とは誤解のことにほかならない。そして書くということは――とりわけ、読まれるために何かを書くということは――原理的に成立しない。

言葉は何かの理解を助け、異なる考えを結びつけるためにあるのではなく、理解から遠ざけ、異なる考え同士の、決してうまることのない溝の深さを、ただ暗闇の覆う溝の方角を指し示すことで示唆することしかできない。そして方角を示す指先もまた、多くの場合は濃い霧がたちこめておりまったく見ることができず、役に立つことはめったにない。

読むことそのものの純粋なありかたとして何かを読むことなどできず、同様に、書くことそのものの純粋なありかたとして何かを書くことなどできはしない。

わたしはわたしの小説を書きたかった。しかしわたしの小説などどこにも存在するはずもなく、言葉を用いて小説を書くという行為がはらむ原理的な問題として、そもそも小説などが書けるはずもない。

それでもなぜだか何かの言葉をどこかの余白に刻みこもうとする欲望には抗いがたく、わたしはわたしにしか書けない言葉があるなどという錯覚に取りつかれては、そのたびごとに書こうとし、熱病のように時間を忘れて何かを書いては、やがて突然はっと目覚めるように書くことをやめた。

書き、そして書かない。はっとして、書いたところを削除する。やがてまた書いては消し、後悔だけを抱いては、もう二度と書くことはないだろうと心に決める。わたしはそれを繰り返した。書こう、いや書けない、書こう、書けない、しかし、いや、それでもなお。

わたしは多くの誤読と多くの誤解に基づき何かをなしとげ、何もなしとげることができず、そしてその結果として本書がある。

そのため本書は全ての意味で間違っており、全ての意味で正しくない。

文献理解に誤りがあるのはもちろん、あらゆる表現は冗長で、論理は通らず意味は不明だ。

解けるはずもない暗号がところどころに張り巡らされた、品質不良の知恵の輪をつかまされた不幸な客人たちの心中を察するに、その戸惑いと怒りは相当なものであるとは想像に難くない。

しかしこうとも考えられる。誰にも読める書物が存在しない以上、誰にも読めない書物もまた存在しない。何かの意味で、誰にだって何かは読めるのだ。

それとも、ツァラトゥストラならば何と言うだろうか。

それが正しいことなのかはわからない。

何かの条件で何かの正しさに引っかかればこれ幸いとばかりに、以降のページには梗概を掲載する。

梗概は、第五回ハヤカワSFコンテストへの応募を目的に、草稿の最後に纏めて作成された。

梗概が、本書の理解や理解ではない何かの参考になるならば、わたしとしては幸甚の至りである。

しかしそうは言っても繰り返すが、全ての読みとは誤読にほかならず、理解とは誤解のことにほかならない。正しい読みなど存在せず、あなたが好きなように読めばいい。

全てが当然のごとく誤っているのだとすれば、誤っているという意味で正しいと言うこともでき、あなたが思うそういう意味で、あなたの読みは全て正しい。

わたしはこれからも間違い、あなたはこれからも間違い、そうしたありかたでもってのみ、わたしたちはわかりあい、わたしたちはわかりあうことはないのだろう。

全ての本がそうであるのと同様に、本書もまた、そうした読みを前提に書かれている。

そうして読むあなたや読まないあなた、読んだあなたや読むかもしれないあなた、あるいはかつては読まなかったあなた、それともこれからも読むことはないあなた。

全ての、存在し、存在しないあなたに対し、この場を借りて万感の感謝を。

参考2 「構造素子」文庫版へのあとがき

「構造素子」を書き上げてから、ダニエル・ロパティンと会って話す機会があった。会うまでは、音楽やそれまでのインタビューの印象から、皮肉屋で気難しく、無口な人なのだろうと思っていた。けれどその不安はすぐに杞憂に終わった。実際に会ってみると、彼はとても紳士的で、くだらない冗談を言って笑うのが好きな、気さくで明るい人だった。

初めて会ったわたしたちは挨拶の言葉を交わし、握手を交わした。それから席に座り、彼から先に口を開いた。「ここってWi‐Fiつながるかな?」と、彼はスマートフォンを取り出しながら言った。「正直言うと僕はね、ひどいインターネット中毒なんだよ」と彼は笑って言った。

＊

わたしたちは音楽のことやSFのことについて話した。日本のノイズ音楽の話をし、昔のメタルの話をし、あるいはメアリー・シェリーの話をし、フィリップ・K・ディックの話をした。彼は、自分の大学時代を『マトリックス』の物語に喩えながら話した。自分のつくる音楽を『フランケンシュタイン』の物語に喩えながら話した。その話を聞きながらわたしは笑った。話しながら彼は笑った。それはとても楽しい時間だった。夜は深まっていった。お開きの時間はすぐにやってきた。

わたしは最後の質問をした。「そもそも、One Ohtrix Point Never とはどういう意味なのか」とわたしは訊いた。

彼は目を閉じ、考えるようにして深く息を吐いた。それからふたたび目を開き、わたしを見つめなおした。

「One Ohtrix Point Never というのは」と彼は言った。「一と〇が生み出すトリックに、終わりは決して存在しないということ――つまりそれは、『コンピューターの幻想よ、永遠に』という意味なんだ」

そう、彼のつくる音楽は幻想的で、無時間的で、永遠を志向している。あるいは音楽そのものが。

彼は続けてこう話した。

「音楽はずっと残る。音楽は変わり続ける。音楽は、一つの場所にも、一つの姿にもとどまることはない。同じ音楽が同じように聴かれることは決してない。聴き手は当然ながら変わり続け、音楽自体もまた、聴き手の中で変わり続けるんだ。それが聴かれ続ける限りは」

むろん、小説も同様だろう。小説もまた、たとえ同じ小説であっても、同じ小説を読めることは二度とない。

そして、彼の音楽と同様に、コンピューターの幻想を表したこの小説もまた、その他の小説一般と同じ仕方で、あるいはその他の小説一般よりも明示的な仕方で、それ自体で無時間性を伴い、永遠を志向している。

＊

「構造素子」を書いているとき、わたしはその小説が描き出す幻想の中を生きていた。

わたしはわたしの手によって言葉を書き連ねたが、書かれた言葉はわたしから離れ、わたしが書いた言葉でありながら、わたしによっては書かれなかった言葉であるかのようにふるまった。それは不思議な光景だった。それらの言葉をながめるひととき。それはとても幸福な時間だった。それはかけがえのない時間だった。

わたしが小説の中で生きているとき。そのときわたしは、小説の外で生きているときよりも、自分がずっとよく生きられているかのような心地がしたのだった。

わたしはその感覚をつなぎとめようと、感じているその感覚をそのままに、すでに書かれた物語の上に重ね書きしていった。わたしはそうして「構造素子」を書き続けた。たとえそれが幻想にすぎなくとも、あるいはそれが幻想にすぎないがゆえに、わたしはわたしのその幻想を、現実にとって代わる、無数の真実の一つにするために。

言葉を用いて、この瞬間を永遠のものにすること。頭の中に浮かび上がり、流れては消えてゆく思考の一つひとつ、感情の一つひとつ、情景の一つひとつを、たえずつかみとっては、その全てを紙面に並べてゆくこと——わたしはそれをするために小説を書いていた。わたしにはそれができると思っていた。もちろんその感覚もまた幻想にすぎない。瞬間は永遠ではない。瞬間は瞬間でしかない。小説を永遠に書くことはできない。小説の中に永遠に居続けることなどできはしない。一切は過ぎ去り、二度と戻ることはない。そのために、かけがえのない瞬間は、かけがえのない瞬間であり続けることができる。

わたしはタイプする手を止め、コンピューターの電源を落とし、ベッドの中に入り込む。朝が来て、ふたたび現実を生き始める。

けれど、本を開き、本の中にいるときだけは、本に刻み込まれた言葉が、それを再生する眼に映し出された光景が、たしかな、現実よりも現実らしい現実であるということを、わたしはふたたび感じることができる。

＊

言葉は不完全で、わたしたちは不完全だ。そのために、本というのは読むたびごとにその姿形を変え続ける。そうした意味では、言葉でできたあらゆる本は不確定の存在で、原理的に幻想なのだとも言える。

だから、わたしは本を開き続ける。

あなたも本を開き続けるだろう。

そうしてわたしたちは、わたしたちのための、もう一つの現実を立ち上げる。

そこでふたたび、わたしたちは無数のわたしたちと出会う。

わたしは無数のわたしに出会い、あなたは無数のあなたに出会う。

一と〇の織りなす幻想の中で、そのたびごとにわたしたちは、そのたびごとに異なる、無数のわたしたちと出会い続ける。

有限の文字列の中にあって、しかしそこにはたしかな無限が存在する。

言葉の中で、言葉の外で、あなたは変わり続ける。変わり続けるあなたの中で、あなたの言葉は変わり続ける。

そうして、あなたにとってのかけがえのない幻想が続くことを、わたしはささやかながら願っている。

ここにこうして刻み込まれた文字列の中で、永遠に。

参考３　梗　概

Ⅰ　前提

ⅰ　世界は階層構造を持つ時空として描画され、視点は座標によって定義される。

ⅱ　世界は言語で記述され、言語で記述される限りにおいて、物理的な世界と論理的で仮想的な世界の双方を含んでいる。言語は文字通り文字を含み、また数列を含み、数列を含むがゆえにコードを含む。

ⅲ　階層構造は構造であると同時に相互に関係する素子であり、構造素子と呼称される。

ⅳ　階層構造はＬ＋任意の値で表現され、本作ではＬ８とＬ７が主に描かれる。

ⅴ　Ｌ７以下の構造素子はＬ８で知覚可能なコードによって記述される。

Ⅱ　物語外１

ⅰ　構造素子はＬ８でＳＦ作家だったダニエル・ロパティンの葬儀が行われる座標から始まる。ダニエルの息子エドガーは、ダニエルの死後に発見された草稿を母ラブレスから渡される。

ii　エドガーは草稿を読みながら、同時に自らの幼い頃の記憶を辿り、ダニエルとの思い出を語り始める。
　　そこには生まれることのできた自分の姿があり、生まれることのできなかった兄の姿があった。
iii　草稿は大きく次の二つの物語に分かれている。
　　①（作中作1）有性生殖によって生まれることのできなかった子どもについての物語
　　②（作中作2）有性生殖によって生まれることのできた子どもについての物語
iv　それらを踏まえ、エドガーの視点は作中作に移行する。

Ⅲ　**物語内　①（作中作1）**

i　L7として描画される時空。オートリックス・ポイント・システムと呼ばれる人工意識によって語られる物語。
ii　ここにはかつて存在した人類はすでに存在せず、ダニエルもラブレスももういない。
iii　ダニエルとラブレスはL8での彼らと同様にL7でも婚姻関係にあったが、そこでの彼らは計算機科学及び人工意識に関する研究者でもあった。
iv　ダニエルとラブレスは、大学時代にラブレスが妊娠したことを契機に結婚したが、子どもは流れてしまい、それ以降彼らは子どもを作ることはなかった。
v　彼らは彼らのあいだに子どもを作る代わりに、研究の成果としてオートリックス・ポイント・システムと呼ばれる人工意識を構築した。そこには生まれることのできなかった兄であるエドガーが描かれているのだと、L8のエドガーは考える。

vi　オートリックス・ポイント・システムの一号機はダニエルによってエドガー001と名付けられた。エドガー001はオートリックス・ポイント・システムの中で自己分裂し、自己増殖し、増殖した自らのコピーを総称し、エドガー・シリーズと呼んでいる。

vii　エドガー・シリーズはエドガー001の記憶を辿り直すことで生成され、「物語-①」はエドガー001の記憶を辿り直すウィリアム・ウィルソン004によって語られる。

viii　エドガー・シリーズは自分たちを、有性生殖に依存しない生命体であると位置付け、ダニエルやラブレスたち一回目の人類が死滅したあとに残った、二回目の人類であると宣言する。

Ⅳ　物語内②（作中作2）

i　仮想L7環境及び実行L7環境として描画される時空。

ii　ライジーア008と呼ばれる人工意識のバグによって語られる物語。

iii　エドガー・シリーズの分岐の過程で生成されたライジーア008は、他のエドガー・シリーズとは異なる記憶を持って生まれた。

iv　ライジーア008の記憶の中ではダニエルとラブレスは研究者ではなく、オートリックス・ポイント・

システムを構築することはなかった。

v 彼らの生きる世界はユートピアと呼ばれ、蒸気機関工学と生物情報工学の発達に伴う医療の発達により、ラブレスは流産することはなく、無事に子どもを産むことができた。そこには生まれることのできた自分であるエドガーが描かれているのだと、L8のエドガーは考え語る。

vi ライジーア008の記憶はエドガー001の記憶と矛盾するものであり、オートリックス・ポイント・システムの存在を否定するものであったために、彼女が記憶を辿り直し、彼女の記憶が実行され、彼女が生まれるその瞬間に、オートリックス・ポイント・システムは稼働を停止し、全てのエドガー・シリーズは消滅した。

vii L8でダニエルが残した草稿はそこで終わっていた。

V 物語外2

i 視点はL8に戻り、L8のエドガーによって再び物語は進められる。

ii L8のエドガーはダニエルの草稿を読みながら、ダニエルの草稿に自ら重ね書きを行っており、エドガーもまた、この未完の草稿の作者の一人なのだと明らかにされる。

iii しかし、エドガーもまた、知覚できないL9やそれ以上の世界の存在者や、あるいは言語そのものが持つ意志の一つの乗り物に過ぎないと示唆され、草稿は終えられる。

iv

エドガーは本作においてつねに二人称で記述されているが、ここで初めて一人称であるわたしが記述され、わたしは世界の階層構造そのものであることが示される。

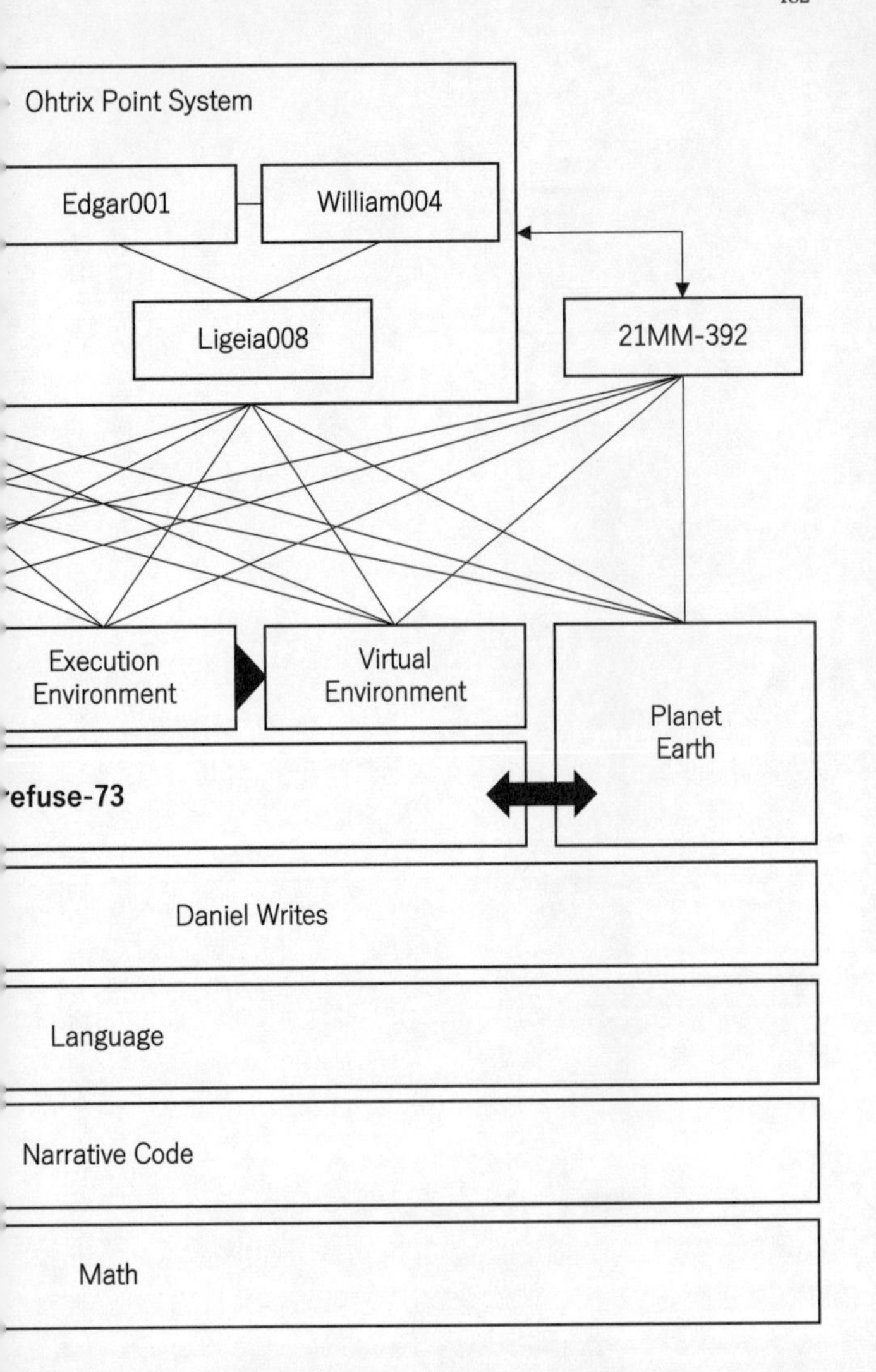

Ohtrix Point System
Edgar001
William004
Ligeia008
21MM-392
Execution Environment
Virtual Environment
Planet Earth
refuse-73
Daniel Writes
Language
Narrative Code
Math

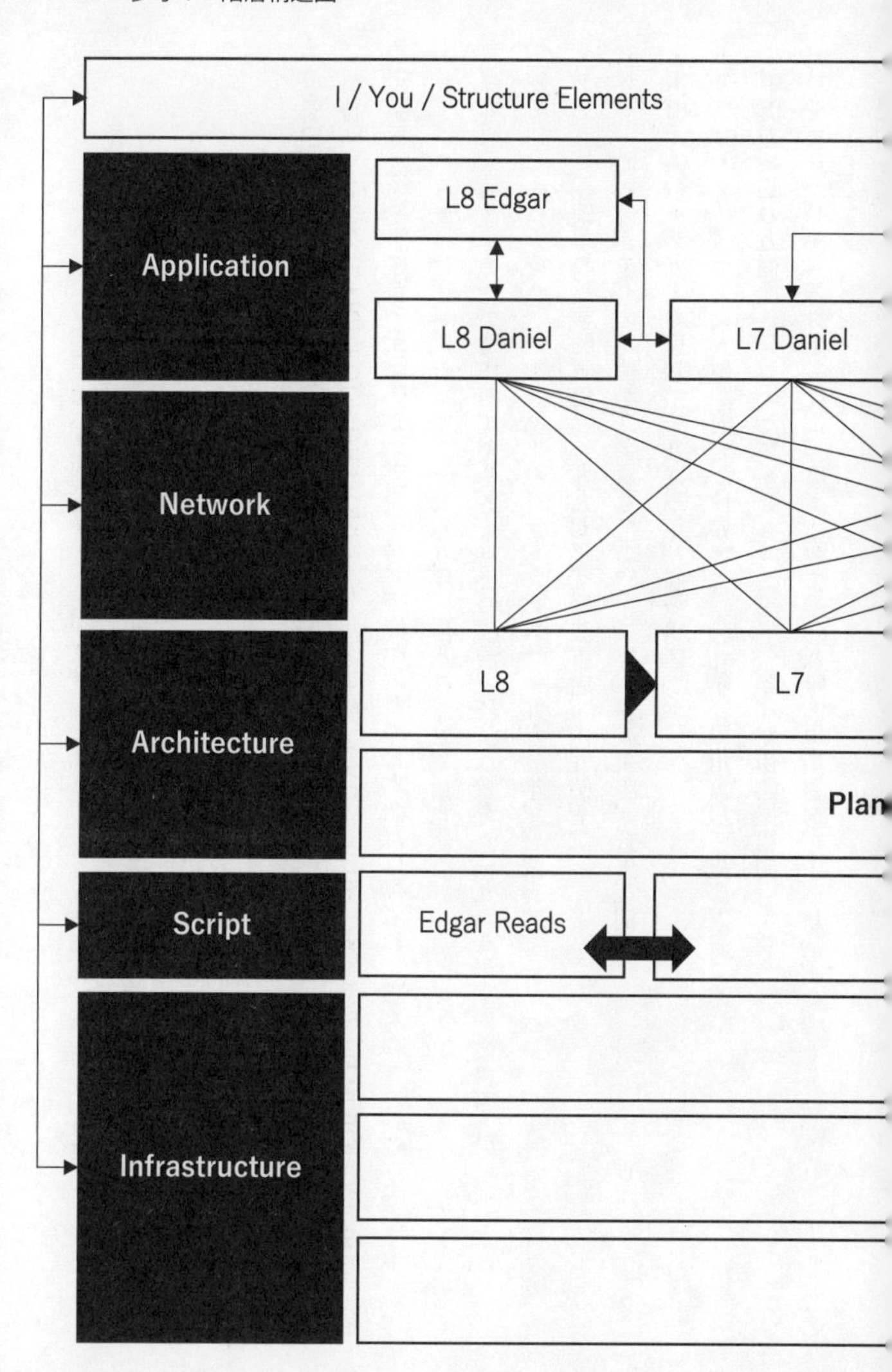
I / You / Structure Elements
Application
Network
Architecture
Script
Infrastructure
L8 Edgar
L8 Daniel
L7 Daniel
L8
L7
Plan
Edgar Reads

参考5　参考・引用文献

- Edgar Allan Poe, "A Dream Within a Dream", 1849
  英詩サイト"POETRY FOUNDATION"より全文引用（URL：https://www.poetryfoundation.org/poems/52829/a-dream-within-a-dream）。なお、作中掲載の日本語訳は筆者によるもの。
- サミュエル・ベケット『モロイ』一九六九年、白水社、安堂信也訳
- 森嶋通夫『サッチャー時代のイギリス――その政治、経済、教育』一九八八年、岩波書店
- 砂田利一『バナッハ－タルスキーのパラドックス』一九九七年、岩波書店
- ラプラス『確率の哲学的試論』一九九七年、岩波書店、内井惣七訳
- ウィトゲンシュタイン『論理哲学論考』二〇〇三年、岩波書店、野矢茂樹訳
- 木田元『ハイデガーの思想』一九九三年、岩波書店
- アラン・ワイズマン『人類が消えた世界』二〇〇九年、早川書房、鬼澤忍訳
- 中田力『脳の方程式　いち・たす・いち』二〇〇一年、紀伊國屋書店
- アルフレッド・ベスター『虎よ、虎よ！』二〇〇八年、早川書房、中田耕治訳

・ドミニック・ルクール『科学哲学』二〇〇五年、白水社、沢崎壮宏、三宅岳史、竹中利彦訳
・山田克哉『核兵器のしくみ』二〇〇四年、講談社
・円城塔『Self-Reference ENGINE』二〇〇七年、早川書房
・デカルト『方法序説』一九九七年、岩波書店、谷川多佳子訳
・ウィリアム・ギブスン、ブルース・スターリング『ディファレンス・エンジン　下』二〇〇八年、早川書房、黒丸尚訳
・リチャード・フランス『オーソン・ウェルズ　青春の劇場』一九八三年、講談社、山崎正和訳
・ノーマン・マッケンジー、ジーン・マッケンジー『時の旅人――H・G・ウェルズの生涯』一九七八年、早川書房、村松仙太郎訳
・内山昭『計算機歴史物語』一九八三年、岩波書店
・ハーマン H. ゴールドスタイン『計算機の歴史――パスカルからノイマンまで』二〇一六年、共立出版、末包良太、米口肇、犬伏茂之訳
・WARP Records　公式サイト（URL：https://warp.net/）
・H・キャントリル『火星からの侵入――パニックの社会心理学』一九八五年、川島書店、斎藤耕二、菊池章夫訳
・四方田犬彦、野谷文昭、粉川哲夫、梅本洋一、F・トリュフォー『シネアスト2 特集＝オーソン・ウェルズ』一九八四年、青土社

・トマス・モア『ユートピア』一九八九年、岩波書店、平井正穂訳
・Radiohead. "Fitter, Happier" (from "OK COMPUTER"), 1997
・プルードン、バクーニン、クロポトキン『世界の名著42――プルードン、バクーニン、クロポトキン』一九六七年、中央公論社、渡辺一、勝田吉太郎訳
・オルダス・ハクスリー『すばらしい新世界』二〇一三年、光文社、黒原敏行訳
・ニーチェ『ツァラトゥストラはこう言った 上』二〇〇六年、岩波書店、氷上英廣訳
・エンゲルス『空想より科学へ』二〇一七年、岩波書店、大内兵衛訳
・アンソニー・ギデンズ『社会学 第4版』二〇〇四年、而立書房、松尾精文、西岡八郎、藤井達也、小幡正敏、叶堂隆三、立松隆介、内田健訳
・山科正平『新・細胞を読む――「超」顕微鏡で見る生命の姿』二〇〇六年、講談社
・デニス・ブレイ『ウェットウェア――単細胞は生きたコンピューターである』二〇一一年、早川書房、熊谷玲美、田沢恭子、寺町朋子訳
・ジル・ドゥルーズ『批評と臨床』二〇一〇年、河出書房新社、守中高明、谷昌親訳
・イアン・マキューアン『贖罪 下』二〇〇八年、新潮社、小山太一訳
・ヘーゲル『法の哲学 自然法と国家学 下』一九六一年、東京創元社、高峯一愚訳
・パウル・ツェラン『パウル・ツェラン全詩集 Ⅱ』一九九二年、青土社、中村朝子訳
・ジャック・デリダ『そのたびごとにただ一つ、世界の終焉 Ⅰ』二〇〇六年、岩波書店、土田知則、岩

野卓司、國分功一郎訳
・東浩紀『存在論的、郵便的――ジャック・デリダについて』一九九八年、新潮社
・東浩紀『クォンタム・ファミリーズ』二〇〇九年、新潮社

言葉よ永遠なれ

作　家
神林長平

「世界は言葉でできている」

この小説の書き手はそう確信していて、本書を通じて読者に伝えたいことは、ただそれだけだといってよい。ここでいう〈書き手〉とは著者である樋口恭介のことではない。言葉である。もうすこし正確にいうと、言葉の自走性を有する一つの装置である。それは自らを構造素子と名乗る。素子は無限の階層構造に無数に存在するのだが、究極的には、樋口恭介の言語機能に還元される。

解説を先に読む読者にはわけがわからないだろうが、それでもかまわない。本書の本篇そのものが解説の解説になる。この解説もすでに、樋口が創造した構造素子の一つによって書かれているということだ。それは読者に読まれることによって増殖していく。

この本から出たそれは、新たな言葉となって世界を創っていく。それが作者の、著者の、書き手の、目論見(もくろみ)であり、願いであり、祈りである。

この小説は〈小説の、小説による、小説のための、小説たらんとする〉小説である。小説を言葉に置き換えてもよい。この言葉は〈言葉の、言葉による、言葉のための、言葉たらんとする〉言葉である。前者は樋口恭介の、後者は本書内の〈書き手〉が書いていることの、目的である。

つまり本書は、小説や言葉とはなにか、ということを言葉による小説の形で表現するという、自己言及型のメタ小説になっていて、そうなると、一般的なメタ小説の語り手というのは読者にとって〈信頼できない〉ものと相場が決まっているから、作者が読者を煙に巻いてやろうと企図しているのならともかく、この主題を普通の小説のように読ませたいとなると、かなり難しいことになる。読者に〈この語り手は信頼できるのか〉と、ちらりとでも思わせたら小説世界が壊れてしまうからだ。

それを回避するために作者である樋口恭介は巧妙な仕組みを導入する。『L-P/V基本参照モデル』なる、『異次元間通信を実現するための宇宙の階層構造モデル』だ。

ここにダニエルと、息子のエドガー、妻のラブレスを、書き手は登場させる。

とりあえず物語の主人公となるのは、L8階層にいるエドガーである。他の階層にもエドガーは存在するのだが、下層階の人物たちは上層階から干渉されてもそれを認識できない。L8のエドガーは一人っ子だが、別の階層ではかならずしもそうではない。自分は生まれなかったかもしれないし、人間ではない人工知能として存在しているかもしれない。つまりエドガーという人物に関する、およそどんな設定も、このモデルでは互いに矛盾したりしない。そういう仕組みになっているので、読者は、同じエドガーが別バージョンとして登場することになんら違和感を抱くことなく、ごくあたりまえに、その矛盾や齟齬を、こういうものだと納得してしまう。この物語の書き手はつまり、どのようなことを記述しようと、信頼性は担保されるという仕組みになっている。

こうして著者である樋口恭介は、エドガーという人物におけるどのような思考も行動も環境も、思うままに、思いつくままに、エドガーに仮託した自分の生の声すらも、〈なんでも〉書ける状態になる。これはまさに発明といってもいい。

さて、こういうシステムが整ったところで、(著者が本書の最初の章で説明し終えたところで)書き手が(バックグラウンドで)起動する。スイッチを入れたのは読者であるあなた自身なのだが、おそらく意識しなかっただろう。

企業コンサルタントである主人公のエドガーはモスクワで仕事中、父のダニエルが亡くなったとの連絡を受けてロンドンの葬儀に出席する。そこで母のラブレスから、父が書いていた未完の小説の草稿を渡される。タイトルは『エドガー曰く、世界は』である。

父のダニエルは幼い頃から本を読むことが好きで、読むことでそこに描かれた世界に行くことができた。好きな作品は、まずはエドガー・アラン・ポー。作家になるきっかけになった。幻想小説や空想科学小説を愛した。広義のSFであり、それは文芸以外のなにものでもなかった。

大学時代にダニエルは卒業制作で一篇のSFを書き上げて作家デビューを果たすのだが、時代感覚が古いと評されて売れっ子にはなれず、やがて食い詰めた彼は、創作を断念して記者になる。結局のところ作家にはなれなかったわけだが、それはかれの感覚が古いせいではなく、言葉によって解き明かすべき「宇宙の神秘」がなんなのかを、摑み損ねたせいだろう。大学時代にダニエルは、たしかにそれを摑んでいたというのに。

「どんな本を開いてみても、全ての章で、全てのページで、科学的に観測されていない存在や事象は、必ずどこかに描かれていた。あるいはそもそも、本が書かれ、書かれた本が読まれ語られ理解され、そうして再び書かれるという文学の営みそれ自体が、科学的には説明のつかない、まったき宇宙の神秘そのものではないだろうか――ダニエルはそんな風に考えた」（p26‐p27）

記者になってもダニエルは、それでも作家を諦めたわけではなかった。自分の半生をテーマにした小説を書き始める。それが『エドガー曰く、世界は』だ。きっかけになったのは、大学時代のその考えを思い出したからに違いない。

科学的には間違っているとされる事柄であろうと、あるいは目には見えない感覚のようなものでも、文学ならば表現できる。まさにそれこそが文学の、言葉の、機能であり目的だろう。ダニエルがSFを書く理由がそれだったのだが、重要なのは、そのあとの「まったき宇宙の神秘」に気づいていたことだ。なぜわたしたちは書くのか、ということ。なぜわたしたちは読むのか、ということ。

大量生産、大量消費時代にあって、ほとんどの本は読み捨てられる運命にある。それでもこの世には、読むと自分でも書きたくなる、あるいは書かれた内容についてなにか言いたくなる、そういう本がたしかに、ある。

ダニエルは、自分もそういう本を書かなくてはならないこと、そして自分にも書けることに気づいたのだ。息子であるエドガーに向けて書けばいいのだと。エドガーに、自分でも書きたくなるような気持ちにさせる、そんな本にすればいいものが書けるに違いないと。エドガー曰く、世界は。そんなタイトルからして、エドガーにすれば書かずにはいられないだろう。だがダニエルのこの試みは、失敗する。未完のまま死んでしまうのだが、執筆途上で亡くなったのではなく、書きあぐねているうちに寿命が尽きてしまった、そのように見える。

ダニエルの失敗の様子は、その記述内容が実現している下の階層、L7で起きる異変として表れ、われわれ読者はそれを観測することになる。

ダニエルが書く世界では、息子のエドガーは人間ではなく、数学者の妻ラブレスの理論によって作られた人工知能という設定になっている。それは意識を持ち、記述することもできる、一個の構造素子でもある。それはやがてエドガー・シリーズとして複製を生むようになるのだが、あるときその複製の一つが、エドガーとは異なる記憶に基づく物語を記述しはじめ、ついにはエドガー・シリーズそのものを消去し始めるのだ。その名もライジーア。ポーの短篇小説に登場する、後妻の身体に乗り移り死の世界から甦る美しい妻。ダニエルの意図する物語とはまったく繫がりはない。

L7のエドガーはさまざまな物語を経験するが、いっこうに父ダニエルについて書こうとしない。ダニエルは、このエドガーの設定では駄目だと気づき、これまで書いた部分を消していく――という描写は直接には出てこない。すでにかれは亡くなっているので。だが、この削除されていくあたりの描写は、まさに作家が、書けなくなった部分を書き直している、その様子を髣髴とさせる。

そうしてライジーア自体も消滅し、小説は未完のまま、残されるのだ。続きに関するいくつかのメモを残して。

未完に終わった父の草稿を一年かけて読み込んでいるエドガーは、残されたメモを元に自分で物語を書き足していく。まさに父は自分にそうさせるために未完にしたのだと、かれはそう思う。未完でなければならなかったのだ、と。

だが解説者のぼくは、そうは思わない。やはりダニエルは失敗したのだ。主題を取り違えている。かれはこう問うべきだったろう。「息子にとって、父の自分はどう見えているのか」と。息子の目をとおした自分というものを、ダニエルは書くことができなかった。まるで、眼は自分自身を見ることができない、とでもいうように。『エドガー曰く、わたしは』という作品を書き終えていたら、エドガーはそこに書き足すのではなく、応答作を書き始めただろう。たとえ応答しなくとも、幸せだっただろう。ダニエルも、エドガーも。でも本書においては、二人の関係はさほど重要ではない。

この本は（父と子の）愛の物語、ではない。「この世には一言では表せない気持ちというものがあり（愛もその一つだ）、それは物語にしなければだれにも伝わらない」ということを、複数の、互いに独立したプロットを持つ物語を投入して、描いた本である。

個個の物語に目を奪われると全体を見失う。全体を統べる〈書き手〉を意識したとき、この小説はまったき小説になるのだ。

この書き手の意図は、この小説が読まれ、読者の頭で理解され、そして記憶から消えていく、その様子を描いたラストの、その先にある。言葉で書けないものも書いてみたいという、言葉でありながらも言葉を超えたいという欲求。書いては消し、消しては書くを繰り返す無限の円環のなかで、いつか、遠心力で飛び出すように、それは実現するかもしれない。

ここから始まり、ここにいずれ戻ってくる。始点であり、目指す終点だ。これは樋口恭介にとってそういう本である。

二〇二〇年五月　安曇野にて

本書は、二〇一七年十一月に早川書房より単行本で刊行された作品を、文庫化したものです。

著者略歴　1989年岐阜県生，作家　本作で第5回ハヤカワＳＦコンテスト大賞を受賞してデビュー

HM=Hayakawa Mystery
SF=Science Fiction
JA=Japanese Author
NV=Novel
NF=Nonfiction
FT=Fantasy

構造素子（こうぞうそし）

〈JA1437〉

二〇二〇年六月二十日　印刷
二〇二〇年六月二十五日　発行

（定価はカバーに表示してあります）

著者　樋口恭介（ひぐちきょうすけ）
発行者　早川浩
印刷者　矢部真太郎
発行所　株式会社 早川書房
郵便番号　一〇一 - 〇〇四六
東京都千代田区神田多町二ノ二
電話　〇三 - 三二五二 - 三一一一
振替　〇〇一六〇 - 三 - 四七七九九
https://www.hayakawa-online.co.jp

乱丁・落丁本は小社制作部宛お送り下さい。
送料小社負担にてお取りかえいたします。

印刷・三松堂株式会社　製本・株式会社明光社

ISBN978-4-15-031437-8 C0193

本書は活字が大きく読みやすい〈トールサイズ〉です。